链式反应

邓静宜◎著

廣東省出版集團
花 城 出 版 社
中国·广州

图书在版编目（CIP）数据

链式反应 / 邓静宜著. -- 广州 ：花城出版社，
2014.4
ISBN 978-7-5360-7094-3

Ⅰ. ①链… Ⅱ. ①邓… Ⅲ. ①长篇小说－中国－当代
Ⅳ. ①I247.5

中国版本图书馆CIP数据核字(2014)第056837号

责任编辑：杜小烨　陈晓欢
技术编辑：凌春梅
封面设计：刘红刚

书　　名	链式反应 LIANSHI FANYING
出版发行	花城出版社 (广州市环市东路水荫路11号)
经　　销	全国新华书店
印　　刷	广东新华印刷有限公司 (广东省佛山市南海区盐步河东中心路23号)
开　　本	880毫米×1230毫米　32开
印　　张	10.375
字　　数	300,000字
版　　次	2014年4月第1版　2014年4月第1次印刷
定　　价	29.80元

如发现印装质量问题，请直接与印刷厂联系调换。
购书热线：020－37604658　37602954
花城出版社网站：http://www.fcph.com.cn

目　录

上　篇

中　篇

下　篇

上篇

第1章　尤拐子又挖路了

“矿长，不好了，昨晚尤拐子又把路挖断了！”门被“嘭”的一声推开，只见生产处长大佬洪气喘吁吁地闯了进来，把矿长黎明海的思路打断了。

大佬洪原名叫洪礼泉，因长着一米八八的个儿，又胖，便落得个“大佬洪”的绰号。

“真是屋漏偏逢连阴雨啊！”黎明海脑袋往座椅上一靠，叹了口气。

尤拐子是卧龙山矿区所在地尤家村的一个村民，六岁时在矿区的马路上玩耍，被载满矿石的运输车碾断了一条腿。当时，老矿长带着牛奶罐头等营养品亲自上门慰问，尤拐子的父亲，这位从没见过世面的农民非常感动，不但感谢矿上送来了这么多的慰问品，还自责自己对孩子缺少管教，任由他在外面调皮捣蛋，造成了车祸，并谢绝了矿里提出的进一步赔偿。

可时过境迁，四十多年过去了，尤拐子现在五十三岁，过去因为残疾一直找不到老婆，后来跟一个脑子有点痴呆的外来女结婚，一连生了四个儿子。这几个儿子个个身强力壮，可都是大字不识的白丁，一家六口靠尤拐子一个脑子，跟同村人相比，日子过得很拮据。有人给尤拐子出主意，说当年是矿里的车把你轧残的，现在就应该找他们要生活费。于是，尤拐子三天两头找矿领导要补偿。

三年前，黎明海刚上任时曾提出一次性补偿二十万元给尤拐子，但当时矿里其他领导不答应，说那么多的伤残矿工都没有赔偿这么多，怎么能给一个违章的农民这么多钱呢？于是，尤拐子就到矿里闹，矿里拿他也没办法，每次给个千儿八百地打发他。尝到甜头后的尤拐子现在闹得越来越勤，只要目的没达到就搞些破坏，不是把路挖了，就是把电线剪了。后来矿里答应一次性了断，可尤拐子又不干，他说现在钱不值钱了，要了断也可以，先拿两百万来。可如今矿里发工资都靠银行借贷，哪里还拿得出钱赔他。这尤拐子没钱就搞事，他也知道，国道、省道甚至县道都不能动，唯独这条运输矿石的必经之路，他动不动就挖个大坑，或者设点障碍，让你没半天时间就不能过车。

“现在这条路可是生产大动脉，全矿人的饭碗都在这呢，这么关键的时候怎么能断，赶紧找人先把路修复！”黎明海说道。

“这次不行啊，人去了也干不了活儿，尤拐子这个村的人全都围在那里，说我们供电所关了他们村的电闸。”大佬洪说。

“电力供应这么紧张，可尤家村却欠了我们五十多万的电费，村民们从来不会节水节电，难道我们还要像过去那样无偿地供他们用电炉煮猪食吗？尤家村就像个蚂蟥，以前卧龙山矿有的是血，任他们吸，可现在自己都要贫血死了，哪里还管得了这么多？实在不行，让我们的派出所出动，把尤拐子先铐起来。”黎明海气愤地说。

“是！”大佬洪领命出去。

没到半小时，大佬洪像旋风般地冲了进来：“矿长，糟了，派出所民警跟村民打起来了，尤家村全部出动，他们人多，拿着锄头棒子，掀翻了警车，还打伤了我们两个民警，现在这两人已经送到医院抢救，另外七八个民警被村里人扣住不放。”

“啊？”黎明海大惊失色，“你赶紧下去，叫办公室熊主任上来，看怎么跟县里交涉。”

一会儿熊主任上来，他无可奈何地摊着两手对黎明海说：“县里的领导个个都很忙，书记县长出差了，要我们找当地的领导和镇派出所协调解决。这些年老跟地方起冲突，矛盾不断，本地的公安检察机关根本就不支持我们企业，反而给那些农民壮胆，听说卧龙镇现在又换了一个新的党委书记，架子大得很，有事找他，从不接待，都是让下面的人敷衍一下。”

“那你打电话让邹镇长来一下。”黎明海很生气。

熊主任当着黎明海的面用手机打邹镇长的电话，那头说什么听不清，只见这边熊主任的脸色越来越难看，不一会儿，熊主任合上手机。

“他说什么?”黎明海急切地问。

“唉，还不如不说呢，你听了肯定不高兴。”熊主任说。

“说嘛，高兴不高兴都要说出来。”黎明海焦急地说。

“那我就将他的话原封不动复述给你听啦。”熊主任转述邹镇长的话：“你以为你还是过去的那个中央直属，叫我来我就得来呀，我现在陪省委部门领导下村调研，哪有时间?当地农民当年为矿山是作出了很大牺牲的，而你们对他们却越来越抠，希望你们拿出点大国企的气度来，不要跟农民们一般计较，他们有什么要求先答应，我过后再做工作。”

黎明海听了这话气得七窍生烟。这些年，由于矿山的际遇江河日下，在一些利益上，跟地方的冲突渐渐明显起来。先是土地的争端，当地人从不认为这些地是属于矿山的，他们觉得祖祖辈辈都生活在这里，想在哪里盖房子，想在哪里种庄稼，应该自己说了算，凭什么要听矿里人指手画脚呢。过去用矿山的水电不花一分钱，几乎家家都有一个一千瓦的电炉，冬天取暖，夏天煮猪食。自来水龙头一开就不关了，水哗哗地流。可现在不但水电要钱，连以前一到农忙就来支援的机械厂也开始有偿了。还有矿上的那些待业青年，精力旺盛又无所事事，偷鸡摸狗，在夜里把他们种的红薯、玉米偷得精光。矿里人偷农作物，他们就偷矿山的设备、剪电线，今天撬几个井盖，明天卸个变压器，双方领导磋商了几次，结果变成了相互指责，关系越来越僵。

“大佬洪，你马上到我办公室来。”黎明海挥手让熊主任出去，打通了大佬洪的电话。不到一分钟大佬洪就来到他的面前。雷厉风行办事利索，这就是黎明海喜欢大佬洪的原因。

黎明海说：“现在说什么都无济于事，把民警们救出来是头等大事，走，我跟你去现场看看。”

大佬洪连连摆手：“这个时候你千万别出面，你不了解那些农民，见了你又要提一大堆条件，问题会越搞越大，我跟他们打过交道，这事由我来办。”

“那你必须在今天之内把被扣的民警解救出来。我只有一个要求，不准出伤亡事故，不论你采用什么手段，我都默许，有什么责任我担当。”黎明海说。

“矿长，你放心。我已经想到一个办法处理这件事，你不必出面，我办就行了。”大佬洪走出矿长办公室。

晚上，被扣的民警毫发无损全部回来，大佬洪还带回了尤拐子的承诺，最起码在相当长一段时间内不会再发生此类事件。

“好险啊，这一关总算过去了，赶紧恢复运输，这个月完不成任务就麻烦了。每年到了十月，省局就会安排下一年的计划，如果明年定的产量还在减少的话，下拨的资金就更少，那我们矿几乎就没办法运转，事情就更难处理了。好在我还有你这根顶梁柱，大事小事都离不开你。”刚从医院探望受伤民警回来的黎明海向大佬洪投去赞许的目光。大佬洪憨厚地笑笑，类似这样的表扬，他听得不少了。

第2章　幕后诸葛

第二天，黎明海坐在办公室，想起昨天的事还是心有余悸，大佬洪靠什么办法把这么大风波压下去的？如果当时不是太晚了，他肯定要问个明白，想想还是忍不住打电话，把大佬洪叫了上来。

“哎，你昨天是怎么处理这件事的？尤拐子有那么痛快答应今后不闹事？”黎明海问大佬洪。

“真的想知道？我看你还是装不知道好些。”大佬洪说。

“说嘛，万一有什么违法事情也不能让你一个人承担，我肯定是有责任的。”黎明海说道。

“我找了老待的头头，他让人带着十几个剽悍的老待，每人拎了一大桶水，水里掺了点汽油跑到村里，吓唬他们说如果不放人就放火烧房子。农民最怕的就是这个，结果乖乖就范了。整个过程我没有露面，这里面有人出主意。”大佬洪说。

“你真行，不过这法子只准用这一回，用多了后患无穷。”黎明海苦笑着说。

“非常时期就要用非常手段，否则怎么解决问题。”大佬洪说道。

大佬洪嘴里说的“老待”，指的是矿里的待业青年。矿里已经八年没有招工，几乎家家户户都有待业青年，这个群体已经有上千人了，是一股不断膨胀壮大的队伍，时时刻刻牵动着矿里的神经。

“如果每次都要用这种非常手段怎么得了?”黎明海喃喃自语。他突然想起一件事:“待业青年里面有没有一个叫肖珂的男孩子?”

“有啊,这次我找的就是他,你怎么突然问起他来。”大佬洪不假思索地答道。“他的身世很坎坷,可不是个一般的人物。”

“说来听听。”黎明海饶有兴致。

“肖珂的母亲说起来你可能还认识,记不记得以前矿工会排过一场样板戏《杜鹃山》?”大佬洪问。

“噢,记得,那时很火。每演一场都有上万观众,把我们那个风雨足球场坐得满满的,我还记得那个演柯湘的女演员外号叫‘小妖精’。”黎明海回忆道。

“对对,这个‘小妖精’名字叫马莉莉,就是肖珂的亲生母亲,学戏剧的。”大佬洪说。

“是吗,我怎么不知道,他的父亲是谁?”黎明海有些诧异。

“你后来去上大学和当兵,一走就是七八年,这七八年变化多大呀。他的父亲是工会的文娱部长肖鸿蒙。俗话说,自古才子多风流,他是音乐学院毕业的高才生,也是个地地道道的花花公子,离开矿里差不多二十年了。”大佬洪说。

“两个人这么早离矿,怎么肖珂还留在这里?”黎明海说。

“唉,说来说去,别看他俩一个学音乐,一个学戏剧,可在对待孩子方面真是猪狗不如。当初就因为排个《杜鹃山》,两人好上了,好了几年都没打结婚证。后来‘小妖精’怀上了孩子,可那老肖不认账,说孩子是别人的,‘小妖精’一较劲就把孩子生下了。

生完孩子,‘小妖精’把小孩往老肖家里一丢,人就无影无踪了,听说是嫁到了省城。老肖没办法,把孩子扔给当地的一户乡下人带,连生活费也赖着不给,到小孩差不多到了上学年龄的时候,又抢了回来。他知道自己名声不好,一直不想留在矿里,就在外省找了个老婆,老婆不知道他原来有孩子,反正夫妻分居。老婆来了,他就把孩子往同事家藏几天,老婆一走,又把孩子接回来。平时也不管小孩，每个月扔十几元的饭菜票，让他自己去食堂打饭。孩子还不到十岁，他又把孩子往同事家里一送，调到老婆那个省去了，从此跟儿子断绝了一切联系。可怜这孩子，有父有母却跟孤儿差不多，可能是不愿寄人篱下，在父亲的同事家住了一年就搬出来一个人过了。平时靠左右邻居关照点，高中毕业后，没有考到大学，据说离分数线只差了一分，他没有复读，就在矿里做了老待。说是待业，其实都有活干，只是不在编制内，待遇较低而已。平时哪个分矿哪个厂有活儿缺人手，待管中心就把他们组织过去，这些人在矿里打零工，赚点生活费。我们矿的下属作业区、基建公司、机械厂、油漆厂都是老待们打转的单位。肖珂年纪比较大，待业时间长，主意多，很多人都听他的，那事我只跟肖珂一说，他立马就拉了几个捣蛋分子把事办妥了。矿里已经多年没有招工指标，一些领导的孩子都没办法解决，何况无依无靠的他，你怎么问起他来?”大佬洪问道。

黎明海说：“上星期我去省局开会，廖局要我关照一下这个人，说是过去一名职工的子女，现在还留在矿里，也不需要另作安排，只要能保证他有温饱，过平常人的日子就行。我问他这个职工是谁，他说不好说，你照办就是。我回来一直忙，顾不上这事，今天听你说待业青年便想起这个茬来。”刚说到这，桌上的座机响起来。

黎明海抓起电话，传来了对方爽朗的笑声，黎明海说道：“原来是廖局啊，这么巧，刚才还说到你呢，你就打电话来，是不是有什么喜事要告诉我?”

廖局哈哈大笑：“你说中了，先给你通风报个信，你们矿安置离退休老职工要的地皮，现在有眉目了。多好啊，一步到位，直接上省城，再也不用看县地两级的脸色了。”

“真的?”黎明海喜出望外，这是他三年前上任以来一直都在做的事。随着国家政策的调整，卧龙山矿国家收购量连年减少，国内同行纷纷转行，做起了小家电、小五金等行当，有些是转成功了，但对更多的企业来说都以失败而告终，尤其是对他们来说绝对行不通，地域交通、人员结构等不可改变的因素牢牢地制约了他们。企业实在太大了，建矿之初，国家对这个矿投入了大量的人力、物力、财力，已经形成了一艘航空母舰，如今，这艘“舰艇”因原料不足、年久失修濒临沉没，他就是最后一任舰长，必须在沉没前抓住一切时机，让这艘航母上的全体船员尽快、安全、彻底地撤离。

黎明海感慨地说：“当年很多年轻人满怀喜悦地来这个号称东南亚数一数二的央企报到，可望着重重叠叠的深山没有尽头的时候，一些女孩子当场就哭了，我们已经差不多八年没进大中专毕业生。这样恶劣的环境，职工们谁都不想老死在这里，包括班子成员也不想在深山养老，这两年我们绞尽脑汁想在地方上找一块地做职工们的安置点。可报告从县打到市直到省，碰了无数的钉子。要块地谈何容易，县、市基本上不理，他们说我们要的不是一小块地，快赶上一个开发区了，一个开发区可以招多少商，收多少税，给我们则是白给，岂不是太浪费了？”

廖局在电话那头说：“那个安置区的项目现在国土厅丁副厅长那里，可走走这方面的路子。”

黎明海叹了口气说道：“又是个难题了，丁副厅长我根本不认识，这路子怎么走，他要是批我地，见到他叫爷爷都行。”

“按级别你可比丁副厅长还高半级，咋这么怂包。”廖局打着哈哈说。

“哎呀你就别寒碜我了，像我们这样走下坡路的企业谁把你放在眼里，龙游浅水遭虾戏，虎落平阳被犬欺，别说是副厅长，现在要找个副县长都难死我了。”黎明海有些灰心。

卧龙山矿最鼎盛的时候有八个分矿，十五个附属厂，除此之外，医疗卫生教育等机构一应俱全，设施完善，职工待遇优越，可以称得上是一个典型的小社会。可这种好运在九十年代开始出现颓势，到了二十一世纪更是王小二过年，一年不如一年。在这十年间，这座百里矿山开始萎缩，除了一些直系单位和重要部门，其余都关停并转了。现在全矿一线职工不到两千人，学校医院这些社会事务性机构已准备移交给当地，原来的八个分矿只保留了一个作业区，而这个作业区就成了全部人的饭碗。矿里那些离退休工人，从二十几岁风华正茂的年龄来到大山沟里，转眼半个世纪过去了，很多人都有了第三代，他们戏称是献了青春献子孙。

近十几年来，周边的发展日新月异，卧龙山矿却在逐渐走向没落。鼎盛时期的十万人，现在连家属在内也只剩下不到一万，这些年已经把分散在山里其他分矿的人员全部集中在总矿生活区。矿里地处偏远，环境封闭，离县城一百多公里，离省城五百多公里，去一趟省城要颠簸大半天。原来为了将矿石运到外地冶炼，国家从省城修了一条铁路专线直通矿区，可现在这条铁路早已废弃用不上了。矿里过去一直是保密单位，很多基础建设都是国家搞的，地方上没参与，现在国家政策性调整，地方上也不管了，结果整个矿区破烂不堪。交通通信、供水供电、电力设施等等都靠自给自足。过去他们对地方不屑一顾，可改革开放以后，地方政府的腰杆慢慢粗了，一天天不把他们放在眼里。现在连找村长一点小事都要矿领导亲自出马，这在过去简直是不可想象的。

“上次我让你关照的那个肖珂现在怎么样？”廖局突然问。

“真不好意思，矿里现在虽说萧条了，也有近一万来号人，待业青年有一千多，今天才问到这个人，我了解一下他的情况后安排一个合适的位子给他。”黎明海赶忙说道。

“告诉你吧，丁副厅长的名字叫丁成奎，是肖珂的继父，不过他目前并不知道肖珂的事，托我的是肖珂的母亲，她二十八年前在矿里跟别人生下了一个孩子。她说现在的两个孩子不争气，一个吸毒，一个赌博，老丁又不管。看到两个孩子这样，她开始挂念起那个离散了二十多年的孩子来。我也跟她说了你们安置区的事，她答应帮忙说说情，毕竟是从矿里出来的老员工，知道那边的情况。你们的事，局里也是很关心的，大家都是一个系统的嘛。据说这件事已经差不多了，到了丁副厅长这一关，不出十天半月就会有结果的。现在肖珂的母亲马莉莉想看看那个二十多年没见过面的儿子，你能不能想办法把他带来?”廖局在电话那头说。

“现在才想起儿子是不是太晚了，而且是自己的孩子不好才想起他?”黎明海说。

“她也是有苦衷的，说在矿里名声不太好，不敢回去，丁副厅长现在还不知道这回事呢。你想想办法，能带就尽量带来，让他们母子在省局见一面。”

“没问题，正好明天要来省城参加机械厂转制谈判，我找个名目把他带来就是了。”黎明海回道。

“我也是这个意思。”廖局说。

第3章　老待集体上访

黎明海刚接完电话，只见办公室熊主任风风火火地冲了上来："黎矿，下面来了三十多个老待，闯到书记办公室把书记困在里面，说是要跟矿里谈判。"

"这帮小祖宗，怎么又闹到这里来了？"大佬洪顿足捶胸。

"领头的是谁？"黎明海问。

"不知道，闹哄哄的一群，为首的那个愣头青，说是老待们推举他来跟我们谈判的。"熊主任说。

"让他们一起到会议室吧，我来跟他们谈。"黎明海说。

正说着，党委秘书满头大汗进来："老待们给朱书记提条件，限他现场答复，否则不准出门，怎么办？"

黎明海顾不上回答，疾步下楼。只见二楼党群办公室的走廊上围满了人，尤其是党委书记朱世茂的门口水泄不通。黎明海从人群中踮起脚尖往里一瞅，只见朱世茂狼狈地坐在大板椅上，一个瘦瘦高高的年轻人拍着桌子大声吼道："你说，你管待业青年，我们这些老待在权益上得到了什么保障？你说，临时工和正式工的工资差距为什么相差三倍，什么时候能实现同工同酬？你说，那么多人搞腐败，有的穷死，有的富得流油，你们为什么不整顿！需要的时候好话说尽，让我们冲锋陷阵；不需要的时候，把我们当成破抹布丢在一边。"他的话音刚落，周围便响起一阵热烈的掌声，并夹杂着叫好声。

黎明海听了觉得这几句诘问还有点道理，不由得分开人群大声说：“大家不要吵，我是矿长，企业是矿长负责制，有什么不满跟我说。刚才那位小兄弟说得还是有点道理的，请到会议室来谈吧，只要大家说得对，我们一定改正，有什么好建议，也会采纳。”

见这群人没动，黎明海说：“我先到会议室等你们，想解决问题，就坐下来谈。”

黎明海坐到了会议室，不一会儿，三十来个老待陆陆续续地进来。

黎明海转头对大佬洪说：“请朱书记也来参加座谈吧。”

“我们不要跟那个老猪头对话。”有个老待说道。

“那怎么行，论工作，他是分管待业青年的，刚才你们还知道找他，论年纪，他是你们的长辈，最起码的礼貌还是要有吧，我必须听两方面的情况才能表态。”黎明海严肃地说。

这时，朱世茂手持水杯默默地走了进来。黎明海环顾四周，他的眼神很犀利，老待们似乎一下子被震慑住了，刚才还叽叽喳喳的会议室顿时鸦雀无声。因为待业青年归管委会，是朱世茂主抓的工作，大家见惯了老朱胖胖的笑脸，他平时就没什么威信可言，一打官腔，老待们就更恼火。然而对黎明海就不一样了，黎明海一直主管生产，大家对他了解不多，加上他平时比较严肃，在公众场所不大说话，别说老待们，就是同一栋办公楼里的机关干部都有些怕他。

“大家有什么意见，一个一个来，乱哄哄我什么也听不到。”黎明海说。

“好，我说。”还是刚才领头的那个瘦高小伙子：“我们老待就像你们领导的尿壶，要的时候捧在手里，不要的时候，有多远扔多远。”他话一出口，在场的人都笑了。

黎明海不由得也笑了。他问：“你叫什么名字，为什么这样讲。”

“我嘛，你肯定不认识，我老爹你一定知道。”他说。

“你老爹是谁?”黎明海问。

“郭傻子，我就是郭傻子的儿子郭子龙。”他讲完又是一阵笑声。

“哦，郭师傅，我认识，那可是矿里的老劳模。”黎明海说。

“知道就好，我父亲是怎么死的你也一定知道，可以说是病死的，也可以说是穷死的，还可以说他是笨死的，唉，这里我就不说了。矿长，你要关心我们这些老待，再这样下去，老待可就真的老了。八年没招工，最大的都快奔三十了。”郭子龙说。

“你们有什么意见，可以提，我一条一条记下来，看看有多少，我们能够改进多少。”黎明海听了深有触动，拿出笔记本认真记录。

大家七嘴八舌地提开了，意见集中在三点：一是要解决老待们的工作转正问题；二是要实现老待与在编员工同工同酬；三是打击假公济私行为，查处腐败。黎明海一边记一边点头，他认为，这些待业青年提的很大一部分都算是合理意见。等大家都说完了，他用笔点着笔记本逐条回应。他最后说：“你们都是矿子弟，了解矿的情况，关心矿里的发展，也积极为矿分忧，我非常感谢。多年没有招工指标，我暂时无能为力，因为指标是省里甚至是部里定的，我们没有话语权，但实现同工同酬，我认为可以考虑。我们的转民目前遇到了很大的阻力，现在正在寻找解决的办法，明天我就要去省局开会，参加机械厂的转制谈判，谈判后的结果很快会向大家公布。我们还在向地方政府申请用地指标，在城市建设职工安置点，让在矿山干了一辈子的老职工能够在城里安享晚年。你们反映的那些将劳力、资源外包，从中捞取好处等不正之风和腐败问题，希望大家一定要证据确凿，怀疑有据，公众场合不方便说的，我给大家留下电话，可以私下里反映，我会派专人跟踪这件事，责成纪检部门调查清楚。劳动分配制度现在就让劳资部门重新考量拟订，争取给大家一个满意的答复。”

见黎明海说得这么诚恳，老待们心情也平复多了，大家都是矿子弟，不会不清楚这些，只是一直没人理他们，心里有一种愤然，现在开诚布公一谈，气氛很快缓和了。

郭子龙说："矿长大人，老待也是有组织的，我们的带头人也很有能力，像昨天那事，如果没有老待出马，你们的脸可就丢到外婆家去了。"

"这么说昨天是你带的头，出的主意？"黎明海问。

"带头是我，出主意的是肖珂，他是幕后指挥，包括今天的行动，我们叫他小（肖）诸葛。"郭子龙得意地说。

"他为什么不出面？"黎明海问。

"这叫真人不露相，哪有幕后指挥抛头露脸的。"郭子龙说。

"大佬洪，赶紧把这个肖珂找到，今晚我在招待所请他吃饭，你把他的个人简历收集一下，跟人事部搞个特例安排他进矿外经办，明天让他跟我们一起到省里参加关于机械厂转制的谈判。这件事前期工作都做得差不多了，就差个讨价还价的环节，反正不管怎么样都要让出去的，吃亏不吃亏就是个数字，最好是现场就把合约签了。"待业青年一走，黎明海就对大佬洪说道。这一番话说得大佬洪呆若木鸡，想不到一个电话，一个惹是生非的待业混混就山鸡变凤凰了。

黎明海想了一下，把刚刚出门的大佬洪又叫住："你再把尤拐子也请来，大家一起吃个饭，另外叫上朱书记几个作陪。"

大佬洪愣住了："叫他，跟肖珂在一起吃饭？肖珂可是要烧他家房子的，这对仇人相见那还不当面就打起来？"

"冤冤相报何时了？现在不抓紧时间弥合这个裂痕，时间一长，仇恨越积越深就更难处理，我们是请他吃饭，他也不好意思翻脸。你让肖珂提前半个小时来，我先跟他说点事。"黎明海说。

第4章 杯酒释前嫌

在招待所，黎明海第一次见到肖珂。他对肖珂的母亲还有点印象：小巧玲珑，眉目清秀，有点像洋娃娃的样子，特别爱笑，笑起来一对小酒窝让很多男人魂不守舍，所以别人都叫她“小妖精”。肖珂的父亲人称“肖才子”，长得很英俊，也有才华，就是不负责任，懒散成性。肖珂在长相上更像父亲，也是高高大大的。听大佬洪说肖珂也很有艺术天分，他的架子鼓打得特棒，吸引了很多女孩子。也许是从小没人照顾的缘故，他看上去少有的成熟。交谈中，黎明海发现他虽说没有上过正规的大学，却知识渊博，言语不多，但洞察事理，绝对是老待们推崇的领袖人物，这让他深感意外。这些年总把这些待业青年当包袱，怎么没发现还有这样的人物呢？

“小肖，平时你喜欢干什么？”黎明海问。

“看书，郊游。”肖珂答道。

“我看了你的简历，你没读过大学，却拿到了境外研究生的学历，你是怎么学习的？”黎明海好奇地问。

“除了上班，剩下的时间就看书呗。这个学历国家不承认，矿里更不看，没必要解释那么多吧。”肖珂淡淡地说。

“听说你是一个人在矿里长大的？”黎明海小心地问。

“也不算吧，我十岁才一个人。”肖珂回道。

“你想不想你的父母？”黎明海又问。

“无所谓，反正那么早就跟他们分开了，跟没父母也差不多。”肖珂说话神情淡漠。

“从简历看，你做过很多工种，觉得你很能干，来矿里的外经办工作怎么样？”黎明海说道。

肖珂诧异地看着黎明海，怎么也想不到这等好事会落在他的身上。外经办是什么地方，多少人想去。

“为什么？”他毕竟是有经历的，不会像一般的年轻人那样简单。

“这个？”黎明海以为他会喜出望外，没想到他还要刨根问底，一下也不知该怎样回答。肯定不能告诉他实情，因为丁副厅长还不知实情呢。他只是想策划一场母子会，完成上面交待的任务，要知道他们的土地批文目前还攥在那些关键人物的手里，少不了要靠一番人情运作，他必须做好这些工作。

“不为什么，外经办需要一批年富力强有经营头脑的年轻人，我了解了一下你的情况，知道你在机械厂工作过，也给单位搞过推销，知识丰富，见多识广，完全可以胜任。”黎明海说道。

这下肖珂的脸上露出了笑容。

“小肖，我上次去省里开会听说你妈了。”黎明海试探地说。

肖珂的笑容刹那间不见了：“跟我有什么关系？”

“她现在退休了，你想见她吗？”

“不想！”没想到肖珂的回答如此干脆。

“那就不见吧，回去准备一下，明天一早坐车上省里参加转制谈判。你在机械厂做过车工，可以谈谈厂里的情况，要把厂里的优势充分展现出来，才能吊起对方的胃口。我们有厂房、有设备、有技术，就是没市场，没有销售渠道，要找那些资金雄厚的股东，依靠他们的财力，增强企业的后劲才能发展。”黎明海怕把事情搞僵，赶紧岔开话题。

不一会儿，矿党委书记朱世茂、副矿长利德隆都来了。黎明海说："现在就等尤拐子，等会跟他谈话的时候要多叙叙旧，不要再提上次挖路的事了。"

话音刚落，尤拐子就进来了。尤拐子六岁时被矿车轧断了一条腿，四十多年凭着一根拐杖和一条腿跳来跳去，所以他的身板结实，耐力特别好。跟他一起来的还有他的四个儿子，像四大金刚般簇拥着他。这哪里是吃饭，分明是来打架的。看到坐在沙发上的肖珂，他的眼睛立即瞪圆了，抡起拐杖，指挥着四个儿子："还愣着干什么，给我揍。"

肖珂顺手抓起了茶几上的一把水果刀，冲突一触即发。

"都别动，你们都是我请的客人，如果谁敢在这里无礼，就是敬酒不吃吃罚酒。"黎明海板着脸说道。

"老尤啊，今天别看你人多，可老待更多，今天打了他，明天就会有更多的人烧你的房子。来来来，大家都坐下，吃饭、吃饭。"大佬洪拍着尤拐子的肩膀说。

尤拐子也觉得有些鲁莽，今天是矿长请客怎么能打架呢，按级别，矿长比他的县长都要大得多呢，现在专门请他吃饭，这是很有面子的事，足可以向村里人炫耀。他也明白矿长的意图是想和解他们的关系，这帮老待们也是不好惹的，他们天不怕地不怕，啥事都敢做，他尤拐子所有的家产就剩下那么几间房，如果被一把火烧了连个立身的地方都没有。

于是尤拐子顺坡下驴，坦然坐了下来："矿长说得有道理，冤家宜解不宜结，这件事情我有错在先，不该挖路，先自罚一杯。"尤拐子说着将面前的一杯酒一饮而尽。

黎明海拍了拍他的手："这件事也不能全怪你，主要是矿山现在是政策性亏损，一天不如一天，没有能力和更大的精力来帮助周边的乡亲了，当年乡亲们对矿的贡献是很大的，我们一直都铭记在心。就拿那段已经不用的铁路来说吧，那些枕木是全村的乡亲出工出力免费搬运的。还有，刚建矿的时候，我们没有粮食、蔬菜和副食品，全靠你们的大力支援才有今天。”

黎明海这样一说，也勾起了尤拐子很多美好回忆：“你们没来之前，我连电灯都没见过，听老村长说全世界最大的城市就是上海，自从你们在这里建了矿山之后，我觉得这里就是大上海，那个灯火辉煌啊，把半边天都照亮了。不是你们，还真不知道什么是牛奶白糖白馍呢，我六岁以前吃的全是红薯稀粥和野菜。别人都说靠山吃山，靠水吃水，我们是靠矿吃矿。因为有了矿山，村民的日子才有这么好过，不管是男人女人，打扮得比县城的人还洋气。连镇长书记都因为矿山在我们的地盘上提成了副县级，全县一百多个村，有哪个村能像我们这样水电随便用，冬天用电炉取暖，夏天电炉煮猪潲。”

“咳、咳。”这话说到了黎明海的痛处，农民这样用电，他真是心痛。

“哦。”尤拐子马上反应过来：“你们的难处我也能理解，国家政策嘛，没办法，特别是有些老矿工过得比农民还苦，现在我们农忙的时候，还会到矿里雇一些老矿工干活呢。割稻子啊，扛猪仔啊，他们什么活儿都肯干，比起农民来素质强多了。行，以后我的电费一定交，挖路剪线的事不做，你也得让你们的子弟别侵犯我的庄稼和自留地，农民过得也不容易啊，是要靠天吃饭的。”

黎明海将头转向肖珂：“今天当着我的面，这话你听到了没有?”

“没问题。”肖珂一口答应。

“矿上人就是好看，高大、白净，一口标准的普通话，走在路上，一眼就能分辨出谁是矿子弟，谁是乡巴佬。不奇怪呀，你们的人来自五湖四海，吃的是牛奶白馍，后代都是杂交出来的，你看那些杂交出来的稻子，哪个不是个头要大一号?当地人找对象，以找到矿上人为荣。如果谁走了狗屎运被矿上招了工，立马身价百倍呢。过去，你们的广播站每天早晨准时响起，我们农民跟着‘东方红，太阳升’下田，中午喇叭播送矿内新闻，听你们的好人好事，到晚饭时广播又会响起，一直到八点钟转播中央电台的新闻联播节目。那时候我们别说电视机，就连收音机也没见过，每天听着你们那个大喇叭，农民们也知道国家大事了。一到星期天，周边的村民们都挑着自家的农产品到这里来赶集，矿上人多钱也多，那个热闹劲比县城都强多了。”尤拐子乘机大拍马屁，他不愧是在卧龙山矿成长起来的农民，虽然一辈子没有出过卧龙山，但他身上显现出这座矿山文化的强大渗透力，他素质不凡，见多识广，能说会道，侃侃而谈。

“你说的那是老黄历，如今不行啦，看你们地方现在多牛啊。”朱世茂说道。

回到家，已经是晚上九点多钟了，黎明海喝了点酒，进了屋就靠在了床沿上。妻子贾鸣芬见状连忙给他拧来热毛巾擦脸。鸣芬一边给他沏茶，一边跟他聊天。鸣芬就喜欢这种气氛，尽管丈夫的话不多，但只要听她说就行，她喜欢把白天的所见所闻告诉他。可黎明海近来实在太忙，很少有时间听她聊天，往往一回家洗洗就睡了，今天吃完晚饭就回家算早的。她一边给黎明海脱鞋一边说：“明海，跟你说一件好笑的事情，今天我和一个女同学去看妇科，到了医院，一个小护士说，正好主任在，让他给你检查吧。我俩当时挺高兴，进去一看，只见这个主任戴着大口罩，只剩两只眼睛。他一上来就要我脱裤子。我觉得这双眼睛有点熟悉，后来他把口罩摘下，你猜他是谁？”

“说得这么没头没脑的，我怎么猜得到？”黎明海说。

“嗨，原来是我们班的刘锋芒。他名字起得真好，只比流氓多一个字，专业也好，刚好是妇科，一认出他，我和同学尖叫一声赶紧跑出来。他觉得很没面子，特意追出来很生气地对我们说，‘不让我看也不要这样，别人还以为我是个很差劲的医生呢，告诉你，我已经当了二十多年的妇科医生了，什么样的女人我没有看过，你不给我看，我还不稀罕呢。'"鸣芬说完又笑起来了。

黎明海说："你们也真是的，他现在是医生，讲究那么多干什么。听我爸说，他父亲过去是矿里有名的外科医生，外号'刘一刀'，子承父业，又干了这么多年，医术肯定差不了。有病还是要看的，管他是谁。"

"就是不习惯嘛，满脑子都是他小时候那调皮捣蛋的样子，当年的男同学现在突然要我们脱裤子检查身体，谁受得了，以后要找个女大夫看才行。"鸣芬说道。

"好了好了，不要啰嗦这么多了，明天我要出差去省城，给我收拾一下，一早就要走。"黎明海说。

"知道要出差还搞到这么晚。"鸣芬嘟囔了一句赶紧给黎明海收拾行装。

黎明海坐在床沿，满意地看着鸣芬为他忙这忙那，这三年，黎明海做这个矿长，麻烦事特别多，不但回家吃饭少，连妻子的脸似乎都很少注意。灯下看着鸣芬这张脸，平静贤淑，似乎比十六年前还要耐看点，想当初跟这个女人结婚是那么的不情愿，不由得有些内疚，对妻子的关爱实在是太少，他忍不住一把将她搂了过来。

"你干什么呀，这么变态，女儿还在隔壁看书呢，明年就要中考了。"妻子虽然嘴上这样说着，可脸上却充满了笑意。

黎明海自己也觉得平时很少这样，有些失态，不由得自我打圆场："我是高兴，你知不知道，省城那块安置地估计不出半个月就能批下来，将来你和女儿都要搬到省城去，我们在这山窝窝里生活了三代，现在终于有了出头之路。"

"真的？我们要搬到省城？"鸣芬更是喜不自禁。

"是啊，你老爸八十多岁，终于等到了这一天，可惜我爸死得早，他一辈子都是钻山旮旯的。"黎明海感慨地说，"为了女儿的前途着想，我也要下决心实现这个目标。你看现在子弟学校的教学质量一塌糊涂，那些名校出来的老教师调的调，退的退，一个都不剩了。师范院校的大学生又不愿来这里，师资力量哪里能跟当年相比，我们那时候连音乐、美术这样的副科都是专业老师教的，不信现在随便找一个美院的学生跟我比素描，他们的基本功绝对没有我扎实。”

鸣芬笑着说：“我信好啦，不听你瞎吹了，我们早点睡觉吧。”

第 5 章 卧龙山的前世今生

越野车行进在颠簸的路面，矿里到省城开车差不多要五个小时，其中有一半的时间是在走山路，很多地方都没有水泥路面，所经之地扬起一路灰尘。除司机外，车上坐着矿长黎明海、副矿长利德隆、生产处长大佬洪和刚到外经办的肖珂。

车上大家都不说话，各怀心事。

在中国铀矿事业的辉煌史册上，卧龙山矿的发现和开发可谓是彪炳史册的一页。卧龙山矿位于中国腹部连绵起伏的一座山脉，东西长，南北窄，像一条巨龙卧在一片苍翠的大地。这一带方圆百余公里，山高、林密、人烟稀少，在上世纪五十年代还是一个几乎与世隔绝的地方。

1958 年的一个炎热夏天，卧龙山的村民们又听到了天上传来的嗡嗡响声，一个个走出茅草屋往天上看。只见一个灰黑色的，像对翅膀夹着个油桶一样的东西盘旋在上空。

这两天怎么总有这家伙出现，是什么东西？大家纷纷发出疑问。

“应该是飞机吧。”一个有点见识的农民说道。

“飞机不是白色的吗，这算什么？”，“这也是飞机呀，它跑来这里转悠啥呢？”村民议论纷纷。

“看来这里有情况了。”老村长捋着胡须意味深长地说。

这正是一架担负着寻找铀矿任务的航测飞机来到卧龙山的上空，今天已经是第二次来了。飞行员和物探技师透过舷窗，望着下面葱绿的山头，不由得降低了飞行的高度。飞机绕着山头飞行一周后，突然，机上的放射性勘探仪器指针抖动了一下。

“有情况，伽玛异常！”物探技师心里一阵兴奋，他要求飞行员再一次以更低的高度在这一带回旋。此时，地面上的景物更加清晰，仪器上的指针颤动得更剧烈了。看到了山里一些稀稀疏疏的茅草房，物探技师果断地投下了标记物。一个多小时后，他们带着数据飞回基地。

南方发现高品位的铀矿，这将给我国正在研制的原子弹提供强有力的保证。中央领导立刻打电话给二机部的负责人，要求尽快查明这个地区的铀储备情况。

在发现地质异常的第二天，一支地质勘查小分队来到这一带，通过空中与地面的紧密配合，勘探队员终于找到了一个露出地表的矿脉，在矿脉附近还发现了许多次生铀矿物，这一切都预示着这里有一个很富的铀矿床。

勘查小分队在卧龙山深处的一个尤家村发现了这种颜色稍带黄绿色的石头，当地村民说，过去不知道这是什么石头，但后来他们把它叫作销魂石。这里有一个故事：不知在多少年前，村里有个少女在深山捡到一块石头，觉得这石头白里带黄挺好看，于是将它打磨成心形，并从中间凿了个眼，穿了根细线，然后像城里的姑娘那样将它挂在脖子上。同村的其他女孩子觉得很漂亮，也学她捡来一样的石头，将它们做成项链。一年后，戴项链的女孩子一个个变得面黄肌瘦，浑身无力，后来离奇死去。从此，他们再也不敢碰这些有着黄色花纹的石头。可勘探队员找到它却如获至宝，因为石头里含有一种威力无比的放射性金属元素——铀。大半年后，所有的勘察工作结束，一个深藏地下的铀资源聚宝盆初露端倪，这是一个由几十个大、中、小型矿床组成的巨型铀矿田。消息传到北京，中央从战略角度考虑，决定在该地区建立铀矿基地。为了运矿，国务院批准，修建了全国第一条铁路专用线直通卧龙山。

六十年代初的一个春天，在一个在版图上找不到地名的驿站，突然聚集了上千名士兵，从他们的制服上看，陆海空各类兵种都有，不知他们从何而来，又要到哪里去，不大一会儿，几十台披着绿篷的军用大卡车把他们接走了。其实，车上的人也并不知道自己此行的目的。他们不敢问，也不能问，他们都是军人，军人以服从命令为天职。几十辆大篷车行进在崎岖的山路间，融化在火一般的杜鹃里，这瑰丽的景象把这些军人的心灼热了，他们在默想，为了党的事业兴旺发达，为了国家的繁荣富强，无论被派到哪里，都将心甘情愿，粉身碎骨在所不惜。

这种军人大规模的结集，目标只有一个，就是那座有着黄色岩石的山峰。他们谁都没想到，一场惊心动魄的事业正在前方，一部宏伟壮丽的篇章由他们来书写。为彻底粉碎帝国主义的核讹诈，让原子弹提前爆炸，提取铀原料的首要工程——矿山建设必须立即上马。中国过去一直被人称为“贫铀”国家，原料的匮乏曾让人一筹莫展，可如今，这个聚宝盆的发现，无疑是雪中送炭，开发卧龙山矿刻不容缓。领导们形容这项工程就像铸造一把威力无比的利剑，直插敌人心脏。党中央对此项目高度重视，二机部部长亲临前线部署督战，各路人马迅速向这里挺进。

为了确保这支开采队员的素质，所有的矿工都从部队整编而来。大批的转业军人从全国各地开拔来到这里，只用了短短几年的时间，就迅速形成了一个方圆百里、人口十多万，规模远超当地县城的都城，奠定了系统一哥地位。按军队的编制，矿的行政级别定为地市级，由中央直接管辖，矿长跟地委书记是同级。

矿上的职工队伍来源很单纯，一共只有三个系列，一支是占百分之七十的以转业军人为主体的工人，一支是来自五湖四海各大院校的毕业生，包括最早一批留苏人才组成的技术人才队伍，还有一支就是招工到矿山做后勤的少数当地农民。那时矿山一切都实行军事化管理，车间领导不称主任称连长、指导员；厂领导不称厂长称营长、教导员；职工们上班像部队战士一样出早操，上班要列队前进。

沧海桑田，这个开采了将近五十年的矿山如今已经到了一个十分关键的时期。原来红红火火的局面已不复存在，以转业军人为主体的矿工队伍已全部退休，接过风钻的是他们的后代和当地的农民工。技术人才十多年前已陆陆续续调离本矿，留在矿里的也退休了，矿里已经八年没进大学生，照这样下去，他们面临的就是全部关停并转的困境。

矿长黎明海是老矿工的子弟，他父亲黎友山是最早来矿的一批人。1958 年深冬，父亲的部队整编到这里，一年后他们才脱下军装集体转业成为产业工人。黎明海在这里出生长大，八十年代地质大学毕业，学的也是采矿专业。三年前，在国家对军工企业政策再调整的时候走上矿长岗位，不到一年，他就觉得在这个位子上工作相当吃力，现在这种状况跟父亲当年兴盛繁华的情形不可同日而语。父亲从团长转业到卧龙山矿的一个分矿做分矿长，那时父亲真是呼风唤雨，一个电话就能把县委书记招来。就说尤拐子这件事，儿子被轧断了腿，尤拐子的父亲还惶恐不安，说影响了矿里的生产，妨碍了革命事业，哪敢像尤拐子这样漫天要价。

第 6 章　机械厂改了姓

刚进省局大院，黎明海连脸都没洗，直扑副局长廖丙章的办公室。廖丙章正在看简报，省局现在的架构是一正三副，他是直接负责下属各级矿山的分管领导。该系统分散在全省境内有八座矿山和十几家厂，由于卧龙山矿的规模最大、级别最高，黎明海跟廖丙章相比，级别上还要高半级，所以他对黎明海特别客气，两人的关系也非常好。有什么事经常会打电话沟通。虽说级别上差一点，但廖丙章毕竟是省城的业务主管领导，黎明海对他也颇为尊敬。廖丙章今年五十五岁，当年在卧龙山矿工作过几年，那时黎明海在部队当兵，还没转业他就调走了。他微胖的身体，性格不温不火，帮人又热心，加上原来也是从基层上来的，各个厂矿的领导们对他的评价都不错。

“我把人带来了，你看怎么办?”黎明海说。

“好，我马上通知马莉莉。”廖丙章拿起桌上的电话。

“不过我问过肖珂，他说不想见。”黎明海压住廖的手为难地说。

“工作我来做，你配合就行了。”廖丙章拍着胸脯说道。

“要怎么配合?”黎明海不解。

“谈判下午三点在省局的小会议室举行，其实两个小时就差不多了，反正这次谈的还是上次那家红光集团，条件别人基本上同意，全盘接收员工、债务，然后转产。谈判也就是做个样子，到时双方签个字就行了。字签完后，我让其他人离开，肖珂留下，告诉他说有人找，这种情况不管他想不想见都没有办法，最起码马莉莉了却了一桩心事。”廖丙章说道。

“这样行吗，如果双方见面发生了不愉快，或是适得其反怎么办?”黎明海有些不放心。

“有我在还会有什么事，现在去局里的饭堂吃饭，已经叫师傅给你们加了菜，我也沾沾光。本来应该请你们到外面的餐馆吃一顿的，可你知道我连个签单权都没有，能做的只有这些了。你们这八大金刚，占山为王比我有实权多了。”廖丙章笑着说。

黎明海说：“廖局，我多想跟你换个位子，我是有苦说不出啊。”

下午三点，谈判签约仪式准时进行，黎明海这次是第二次见到红光集团的董事长兼总经理倪锦添。倪锦添五十来岁的年纪，个子不高，但体格强壮。他天庭饱满，环口豹眼，虎虎生威，额头上有一条刀疤，随着岁月的增长，这条刀疤已经不明显了。记得第一次见面的时候，黎明海就有点始料不及，他准备的材料还没拿出来，倪锦添就将机械厂的设备条件、人员配置摸了个清清楚楚。一谈到设备，倪锦添就说：“据我所知，你们虽然有四台价值八百万的设备，可那都是十年前的机器，已经远不能适应现在的形势。”黎明海一说到技术优势，倪锦添又说：“那一百五十名退休人员咋办，可以不管么，欠下的一千万元债务可以剥离么?”最后大家只得协商，择日再谈。对方要求谈妥之后，立即签订协议。

这件事黎明海跟省局领导通气，局领导说无论如何都要把这个企业转出去，否则包袱越来越重。廖丙章说现在企业转制都讲靓女先嫁，你们那个靓女早就是黄脸婆了，再不嫁出去，娘家贴不起。黎明海想想也是，机械厂在五年前就开始亏损经营了，每个月不计原材料，只要开工就要赔上水电费和员工工资十来万。主要是产品的销路不行，如果能转出去，厂子起死回生，员工的日子也会好过些。

这次他们又坐到了一起，省局和卧龙山的代表一边，倪锦添的人坐对面。一坐下，倪锦添就开腔了："按理说，这样一个几百来万的谈判轮不到我出面，我手下一个小公司就可以搞定这事。但是，这个谈判对我有异乎寻常的意义。大家都知道，我是民营企业，而你们是国有军工企业，民营企业吞并央企的老字号，这对我来说是第一次，希望这是一个良好的开端，但愿这样的兼并更多，兼并的国有企业更大更强。"

倪锦添的一席话让对面的人听了很不是滋味，在黎明海看来简直就是公然的挑衅。好在他的老丈人没有听到这番话，否则，连桌子都会掀翻。黎明海忍不住说道："倪总言重了，说不上是谁吞并谁，只不过是各自发挥优势的一次合作罢了，你出资金，有销售渠道，我们有技术有设备有人，都是缺一不可的，还是好好谈谈合作事宜吧。"

"你有技术有设备有人，但没有我的资金介入，那就是一个包袱，你那么看好你的实力，那就不需要找我。既然找我，规则就该由我来定。我原本只打算给一百五十万的，看在你们的处境和老友的份上，决定出三百万，增加了一倍，应该不少了吧。"倪锦添傲慢地说。

黎明海一时难以反驳，说实在的，转掉机械厂他心里也不好受，机械厂是建矿初期成立的，当时主要是以维修矿山设备设施的辅助性企业，后来可独立生产汽车配件和一些压铸件，在八九十年代也红火过一阵子，曾经是矿山最拿得出手的企业之一。厂里有五百多工人，光八级工就有二十来个，很多还是从上海来的解放前的老工人，技术活干得十分漂亮，工资也特别高。现在那些老工人都退休了，剩下的虽说比不上第一批老工人，但在周边的企业中，还没有超过他们的。

见没人插话，倪锦添又说道：“其实大国企比民企的日子好过多了，有政策扶持，大部分的民企都是围着大国企转的，吃你们的残羹冷炙。你们只看到政策的限制，却没看到那么多的政策向你们倾斜，做得不好，还可以等啊、靠啊、要啊，总不能让你们饿死吧。而我们，做不好就得手停口停。你们总是看不惯我们跟官员在一起吃吃喝喝，但我明白告诉你们，这是必须的，不吃，哪来的关系，不喝，哪有渠道，我们民营企业家，只要像点样的，哪个不具备政治家的胆识和素质，你们知道喝这一杯酒需要多少智慧吗?”

他这一席话，尽管是半开玩笑，可说得对面的人脸上都有些挂不住，几位正副局长的脸上红一阵白一阵，黎明海则脸色铁青。这时，肖珂发言了，他拿出一个小本子，里面记录了厂里的系列产品在全国、省市获得的各种大奖和荣誉，提供了产量、产能及技术等一组数字，并描绘了一幅该厂后续发展的大好前景。他的一番发言，句句以事实为依据，在场的人都点头称是，觉得跟这些比起来，这个收购数额实在是太少。黎明海听了心生感慨，还是肖珂的工作做得细，讲得透。可尽管如此，倪锦添仍不为所动，他坚持只出这个数。不过在这场拉锯战中，他也退了一小步，说如果前景真的能够如愿，可以按利润的百分之十返给卧龙山矿。

谈判中途休息十分钟，廖副局长向黎明海传达了局长的意思，不要再争了，赶紧签。倪锦添不是好对付的角色，跟他搞翻了，他可能就真的只给一百五十万，这个人是什么都敢说，什么都能做得出来的。

情况果然如廖丙章所言，除了结果比他们预想的数额少了一大截外，其他一切正常，双方很顺利地签了字，然后合影留念。倪锦添临走时心情大好：“各位，今晚我在五星级宾馆鸿程酒店订了房，庆祝这次谈判成功，欢迎大家惠顾。从明天起，卧龙山机械厂就正式更名为红光机械厂了。”

第7章　弃儿初见生母

一切完毕后，廖丙章朝黎明海使了个眼色，黎明海又拍拍大佬洪，大家心领神会，立即向会议室外走去。肖珂神色黯然地收拾东西也准备往外走，被廖丙章叫住了：“小肖，你等一下，还有点事。”于是，肖珂只好留下。

廖丙章和蔼地说：“你刚才讲得真不错，为你们厂争得了很大的利益。”

“我以为这么大个厂最少可以转到五百万的，没想到三百万就转了，尤拐子都敢开价两百万。”肖珂不满地说道。

“小肖，很多事你不了解，这个厂就是零转让也没话可说。你不想想机械厂有多少退休工人，多少债务？慢慢来，将来你一定会有出息的。”廖丙章顿了顿：“现在有个人想见你，你等一下，我叫她进来。”说着，他走了出去。

不一会儿，一个中年妇女走了进来，这女人个头不高，一双眼睛凝望着他，这双眼睛很陌生，可冥冥中又好像在哪里见过。肖珂顿时明白了：这是他的亲生母亲马莉莉！

肖珂曾经幻想过无数次母子相逢的场面，可没想到会是这样。在他的脑海里，从来就没有过母亲真切的印象。母亲生下他一口奶都没有喂就丢给了父亲，父亲转手又将他丢给了一个乡下女人代养着。所以，讲到妈妈，他脑海里偶尔会浮现出一个模糊形象，那是一个曾经把他养到六岁的农家妇女。胖胖的，力气很大，很凶，大家都叫她彭婶，他叫彭大妈。她是个寡妇，带着五六个孩子，家庭生活很困难。她当初之所以愿意收留他，主要是看在父亲每个月十五块钱的生活费上，父亲一年来看他不超过三次，到后来两年，不但再也见不到父亲，连他的生活费也停了。彭婶大为恼火，曾跑到矿部去追讨。可矿里的人说，这个人神龙不见首尾，老是跟领导说他是艺术家，必须到处采风找灵感，我们有事找他都找不到，你就更别找了。连扑了几次空的彭婶没招了，只好把肖珂当小儿子养。一个寡妇，凭空又添了个儿子，于是村里有了闲话。好在彭婶够泼够辣，只要听到风言风语，她就敢打上门去。生活实在艰辛，又多了一张嘴，彭婶气不打一处来，整天叫肖珂小讨债鬼，指使他干各种各样的家务和农活。六岁那年，许久不见的父亲突然出现了，说他到了上学年龄，可以去上子弟学校了。彭婶为了讨他这两年的生活费，跟父亲大吵了一场，结果，彭婶硬是扒了父亲手腕上的一块表才放人。肖珂回到父亲身边才知道，父亲又结了婚，继母是外省的，她并不知道有他这个继子的存在，每当父亲的妻子从外省来时，父亲就将他放在同事家藏几天，妻子走后又把他接回来。他从六岁起生活就完全自理，不但要自理，还要照顾父亲，父亲爱喝酒，一喝醉了便对他又打又骂。看到同龄人幸福的家庭，想起自己凄苦的童年，寄人篱下的日子，他恨透了母亲，他觉得这都是母亲的出走造成的，见到母亲他一定要问：你为什么生我却又抛弃我？

然而，他面对泪水如决堤的母亲，却开不了这个口。

“我可怜的孩子，你受苦了！”马莉莉一把抱住肖珂的胳膊。

肖珂很想甩开她的手，然而胳膊却很沉重，他只能低下头看着对他来说只是一个概念上的母亲。二十八年毫无音讯，只是从矿里那些老职工的嘴里得到一点关于母亲的描述。他听那些人说，他的母亲很漂亮，一双眼睛会说话，嗓子也好，人称“小妖精”，然而眼前的妇人已年过半百，岁月在她的脸上留下了一道道明显的皱纹。肖珂从小到大，一直都渴望亲人的爱，现在，见到母亲那迫切的眼神，肖珂那颗坚硬的心也在一点一点开始融化。他想，也许是她当年真有不可言说的隐情？

“你，好吗？”肖珂问完这句话便沉默了，他实在叫不出“妈妈”这个字眼，哪怕他在心底里成千上万次地呼唤。

“孩子，你一定会怪妈妈的，可我也有苦衷啊。那时我跟你的生父没有结婚，我们的性格实在合不来，几乎天天打架吵架，最后只有分开。妈妈太自私，为了自己的幸福和前途，把你丢给了不负责任的人，把你当成惩罚你生父的工具。我原以为你生父调走也会把你一块带走的，没想到这无赖竟然把你一个人留在那里，我是后来才知道的。我想接你来，可你继父从来不知道这件事，不知该怎么说。”

原来还是私心作怪，为了自己的一己之私，竟然将亲骨肉弃之不顾。听到这，肖珂的心又一点点地硬了起来。他表情冷酷，心如磐石，此时的他宁愿叫那个乡下女人妈妈，也绝不想认这个母亲。他说：“既然如此，今天的见面也没有必要。”

“我想见见你，这么多年见不到你，其实我天天都在想你。”母亲又哭了。

“没有必要，听说我生父后来也结了婚，生了一对子女，过得很幸福，不要因为我而影响了你们的家庭。我已经习惯一个人，没有你们我生活得更自在，你们这样的父母，我一点也不稀罕。你放心，在矿里温饱问题还是能解决的，实在不行的话我还可以外出谋生，就是讨饭我也不会讨到你们家门口，将来你的生活有什么困难倒是可以随时来找我。就这样吧，以后不要见面了，免得打扰你家平静的生活。”肖珂说完头也不回地走了出去。

廖丙章进来了，马莉莉还在哭。

“别伤心了，以后我会让矿里关照他的。年轻人现在还不大懂事，一下体会不到大人的难处。”廖丙章安慰道。

“谢谢你，终于让我们母子见了一面，以后我会慢慢找机会跟老丁说，让他接受事实，希望你们继续关心我这儿子。他那生父我不指望了，今天看来，我现在的这两个孩子远不如他，他很懂事，是我们伤害他太深了。”马莉莉说道。

“这你放心，我会跟黎矿长说的。卧龙山矿离退休职工安置点那块地的事你可要跟丁副厅长吹吹风，将来肖珂也可以在省城落脚了。”廖丙章不失时机地说道。

第8章 遇上怪球手

完成了签约这件事，肖珂又与母亲见了面，黎明海觉得这两件大事都有了着落，下午老同学方志凌打电话请吃饭，他欣然前往。

方志凌是他从小到大的伙伴，从幼儿园他们就在一起，一直到大学毕业，真正的铁哥们。那时候，黎明海的父亲是分矿长，贾鸣芬的父亲贾二宝是分矿长助理，方志凌的父亲方仁峻是工程师，每个分矿都要有工程师跟驻。他们三个的父辈过去是战友，后来又在矿里长期搭档，形成了铁三角的关系。童年时代他们都是在山里度过的，后来一起到总矿的生活区上中学。高中毕业，贾鸣芬没有考到学校直接参加了工作，黎明海和方志凌考入了同一所大学同一个专业。大学毕业后，方志凌回矿做技术员，黎明海却先到西藏当了三年兵，复员后也回到卧龙山矿。

那些年，方志凌跟黎明海在一起，跟他们的父辈一样，一个做管理，一个搞技术。三年前一场竞岗，黎明海和方志凌还是竞争对手。当时总矿的老矿长退休，为了加快这家老字号企业的改革，省局决定从一批中层干部中破格提拔一位年富力强的担任矿长，黎明海和方志凌都是考察对象。他俩同年，资历学历各方面都差不多，发表竞选演说得的票数也难分高下，上级部门一时难以取舍，最后黎明海还是靠在西藏当过兵这点资本取胜。在那么艰苦的地方锤炼过，毅力肯定比一般人要强。为了平衡一下方志凌的情绪，省局想让方志凌做副矿长，但方志凌不干，他要求到省局工作，他的理由也很充分，为了照顾家庭。他的妻子青岚是省地方剧团的二胡演员，两人长期分居两地，于是方志凌平调到了省局的计划处做了处长。级别上比黎明海差了一截，可毕竟来到了省城，脱离了父辈的大山沟，特别是在矿山如此不景气的情况下，方志凌的前景要更胜一筹。虽然曾是竞争对手，但这件事丝毫没有影响两人的友谊，每次黎明海到省城开会或是出差，只要方志凌知道了，都会请他出去吃顿饭，找个僻静的地方喝喝酒，聊聊天。这次签约，他也在现场。黎明海非常愿意跟他出来闲聊，除了两家是世交，他们又是发小外，还因为方志凌在省局的关键部门，上面下面以及同行之间的很多内幕都是从他这里得到的。方志凌还掌握着卧龙山矿每年生产计划的部分话语权，年年都是通过他，才保证了一定的产量，也就等于保住全矿人起码的“口粮”。

黎明海来到方志凌的办公室，他还没下班。方志凌说：“现在才五点半，哪有这么早吃饭，你为什么不吃倪锦添的宴席？”

“吃他的庆功宴，别闹心了，你不是也没吃吗？”黎明海问。

“看你不去我才没去的，让局领导和老利几个陪就行了，我专门陪你。今天约了个人过来打乒乓球，你不是总吹你的乒乓球打得好吗，我给你找了个对手，杀完了我们才吃饭，怎么样？”方志凌说。

“没问题，别找国家队的就行，可惜我的专用球拍没带来，你那烂拍我打不顺手。”黎明海曾拿过全省业余乒乓球比赛冠军，这点自信还是有的。

“放心，给你准备着呢，一点都不比你的专用拍差。”方志凌拿出一个球拍递给黎明海。

“喔，还是专业球拍呢，是不是打算送给我的？”黎明海问。

“当然，这个球拍要一千多块呢，不过有个条件，今天你必须打败对手，否则，球拍还不能给你。”方志淩说。

“一言为定，在哪儿打?”黎明海问。

“就在省局的活动室。”方志淩看看表：“他已经到了，走吧。”方志淩说。

在活动室，黎明海看到了一个戴着眼镜的中年人，他体态匀称，举止斯文，看不出有什么特别之处。

“介绍一下，这位是省医胸外科一把刀葛彬彬主任，这位是我的发小，卧龙山矿矿主黎明海。”方志淩介绍道。

“幸会。”黎明海与这位葛主任握手。

“我们跟葛主任的爸爸见面更早。”方志淩说。

“什么时候见过主任的爸爸?”黎明海不解地问。

“我们出生第一个见的就是葛主任的爸爸。他爸大学刚毕业在矿医院做过实习医生，我俩就是他爸接生的。”方志淩说。

“是吗?”黎明海有些惊喜。

“是啊，可惜我爸在卧龙山矿只干了一年就回省城了，否则，我也是你们矿子弟的一员。虽说他在那里只待了一年，却对那个地方可有感情了，到现在还时不时提起。”葛彬彬说。

“你们怎么知道这层关系的?”黎明海问方志淩。

“大家同在一座城市，有缘成了朋友，时间长了自然就知道。有机会去看看他老爸，七十多岁了，就像老葛的哥哥，还在给人看病呢。好了，不聊了，开打!”方志淩说道。

黎明海拿出球拍迎战。然而等了半天，却看到葛彬彬从包里拿出一个锃亮的瓷碟。葛彬彬捏着瓷碟挥了两下，把黎明海看傻了：“这是什么意思?”

“葛主任就是用这个当球拍的，开始吧。”方志淩说。

“什么，这叫什么比赛?”黎明海觉得有些受辱，不想打了。

“你打不打，不打就认输。你别管别人拿什么工具，我只看胜负。”方志淩说道。

“打就打！”黎明海瞪了方志淩一眼。

黎明海把球开了出去，对方出招抵挡，只见瓷碟一挥，“啪”的一声，球弹了回来，快得目不暇接，黎明海再接，球便不知所终，好一会才从天花板上掉下来。原来，葛彬彬的瓷碟没有弹性，只要他接了球，这球就没可能再打回来，稀里糊涂地，黎明海输掉两局，而且是高比分败北，两局才拿八分。

黎明海脸上有些不好看，心想，这是什么名堂嘛，你乱来，我也不守规矩。于是他用上了背身发球这个杀手锏。黎明海的发球具有相当的杀伤力，一是转速快，二是变化大。对方没办法控制，因为不知道这球是上旋还是下旋，落点在哪个方位，他以前就靠发球这一招得分。后来乒乓球比赛的规则改了，发球必须高于台面，不准隐蔽发球，他这一招的威力大大减弱。现在既然对方连球拍都不正规，他也没必要墨守成规了。于是，他改变战术，发过去的球变幻莫测，对方根本没有办法接。由于葛彬彬违规在前，方志淩对黎明海就不好说什么了。这样一来，形势立即发生逆转，黎明海连扳三局，最终赢得了这场比赛。切，小菜一碟，我还怕你？黎明海终于出了一口恶气。

打完球，葛彬彬将碟放入包内，二话不说，转身就走。

“怎么这样，生气了？”黎明海有些不解。

“别管他，没关系，他就是一个怪人，我跟他是多年的老朋友，习惯了。他一般输了就走，也不说话，赢了就要留下来喝酒，还要唱歌。”方志淩说。

“看他的外表不像打球的，他杀球好狠。”黎明海擦着汗说。

“他是外科医生，做手术需要体力，他就打乒乓球训练。”方志淩说。

“那他为什么用碟子打，正正经经用球拍不好么？”黎明海说。

“我都跟你说了他是个怪人，这是他练了三十年的绝招，他过去打遍省城无敌手，从不按规矩出牌，很多专业队的都没办法跟他打，今天终于败在你的手里，心里能舒服么？还有一个原因是，之前我跟他打赌，如果他赢了，我珍藏了二十年的一块沉香木要给他，输了，他那套汽车音响归我。”

黎明海点着方志凌：“你这家伙，拿我当赌博工具。”

“现在我就犒劳你啦，去洗洗，然后吃饭去，晚餐我已经订好了。”方志凌喜气洋洋。

第9章 老友推心置腹

这次方志凌选择的是一家马来西亚餐厅，昏暗的环境，低迷的音乐，加上两支长城干红，很有情调。黎明海因为白天两件事办得很顺利，球也打赢了，心情很不错，两人边喝边聊着。

“还是你脱离了苦海，你现在都不知道我过的是啥日子？不是离退休工人找我要待遇，就是待业青年要工作，再不就是当地农民与矿上的冲突，每天都周旋在这些麻烦又难以解决的事情中，你看我老了多少？”黎明海对方志凌大倒苦水。

“所以啊，人不能死心眼，不能在一棵树上吊死，要另外想办法。”方志凌说。

“说得倒容易，我现在就这一棵树，你让我往哪儿吊？先跟你打好招呼，明年我们的生产计划不能少于今年，否则，整个矿都运转不了。”黎明海说。

“你以为你是金矿银矿啊，又不能像煤矿那样可以到处跟人谈生意，你们的产品除了国家收购没有第二条出路。除了国家，谁敢要你们的货？”方志凌说。

“那你说怎么办，等着上面出政策关闭？”黎明海道。

“国家现在是和平时期，当年刺向帝国主义的利剑要暂时收回剑鞘，军工业这些年都没有什么发展，很多军工厂都转成民营的了。核工业的转民比较麻烦，民用的只有核电站，但现在核电站还不普及，需求量也很少。而你们的设备技术都趋于老化，生产成本大大提升。从你们那收购比从国外进口都贵，如果不是政策性的照顾，早该关闭了。你今年的任务都是省里为了维持你们的生计才下拨的，现在是九月下旬，眼看着十月份就要到了，你们才完成百分之八十五，如果连这点任务都完成不好，明年想要份额就更加难。”方志凌说。

“提高产量很容易，我们有产能的，主要是技术人员有些青黄不接，我今年想接收几个大学生，报告已经批准了。”黎明海说。

“批准有什么用，现在的大学生谁还愿意到那儿去，总不能把他们绑过去吧，我看现有的也走得差不多了。我明确告诉你，明年的计划就是增加产量也不会增加到你那里。看看你们，号称世界第一，机构臃肿、人员老化、设备陈旧、技术薄弱，哪还有半点优势，要给也应该给那些灵活精干的富矿呀。”方志凌说。

黎明海急了：“你才从那出来几年，就你们你们的，照你这么说，我们这一哥的地位岂不是浪得虚名？我不管，你一定得给我想办法，如果明年没有今年这个产量，我做也是死，不做也是死，不如现在就不做了。”

“就是嘛，学学你的搭档老朱，人家不但能写诗歌，还能投资呢。”方志凌说。

老朱是卧龙山矿党委书记，黎明海的搭档。在地方政府，党委书记是一把手，而企业却是反过来的，特别是碰上一个强势的业务领导，书记就更没什么发言权。黎明海上任以来，刚好遇上政策调控，他把全副身心都放在生产上，几乎就是一条直线管下去，跟朱很少有交集。老朱分管党群教育和职工培训，可朱在业务上是外行，除了管党政组织，其他一概不管。他本想将职工的培训这条线抓过来，可当时怕手伸得太长，朱有意见，于是便放任自流了。现在他有些后悔，丧失了这一块的管理，就像一个瘸腿的田径选手，另一条腿就是硬不起来。矿里已经八年没进人，只有退休的。本来加强员工业务素质教育，办好职业技术学校，职工队伍就不会出现技术力量薄弱的现象，可老朱每年除了慰问一下离退休职工，组织党员干部学习，逢年过节举办文艺汇演，其余就没什么事。

“老朱还有一年就退休，他已在提前预习退休后的生活了，注重养生，喜欢文学、书法，他在办公室放了一套笔墨，没事就写写画画，听说最近还出了一本诗集。”黎明海无可奈何地说。

“你知道收购机械厂的股东吗?”方志淩神秘地问。

“不是红光集团吗?”黎明海说。

“我说的是集团的董事长。”方志淩说。

“董事长不是倪锦添吗?”黎明海不解。

“那你知道倪锦添是个什么人物吗?”方志淩急了。

“什么人物，有什么背景?”黎明海问。

“老朱是他的大舅子。”方志淩说。

“我说呢，这个人怎么对我们的情况那么了解，老朱可是一点没透露，不愧是搞组织的，深藏不露。”黎明海恍然大悟。“其实，只要不违规，说出来也不要紧，我们的现状只有走转制这条路。”黎明海说。

“他肯定是摸清了你们的家底才出那个价，他这妹夫在市里可算是一个人物，经营的产业简直是一艘航空母舰，有矿产、有化工、有黄金、有物流、还有商业，十几个亿的资产，在本地早就上了富豪榜，去年还收购了市里的一家百货公司，你猜猜是多少钱收购的?”

“多少钱?”黎明海好奇地问。

“一块钱！象征性的。”方志淩说。

“是吗？政府怎么会把这么多国有资产拱手相让?”黎明海问。

“这还用说，人情运作呗。他跟上面的关系非同一般，很多省市领导的话语权都不如他。我曾经认识他手下一个办公室主任，知道此人不少奇闻逸事。”方志淩说。

“非同一般，绝对是奇葩。”黎明海笑着说。

“他六亲不认，管理公司真算得上铁腕。有一年他老婆的亲侄子挪用了公司五万块钱，他杀一儆百，不但把侄子拉到公司大会公审，还把他送进了监狱。公司的总经理，干得好的年薪一百万不算多，他不满意就立即卷铺盖走人，分文不给。一个总监犯错，底下一条线都要换，那位办公室主任只是帮老乡改了一下年龄，结果被开除了。”方志淩说。

“管理企业这样做也无可非议，别人做不到，他能做到，说明这个人还是有一套。”黎明海说。

“北京来了一位商务部长，他请部长到农庄钓鱼，从下午五点一直钓到凌晨，这位办公室主任就在一旁给他们上鱼饵。他在公司睡一个女明星，主任在门口给他站岗，这样贴身的一个人，说炒就炒，是不是太狠了？有一个包工头，带资给他干了一年，他只付百分之十的工钱，急得包工头坐在地上嚎啕大哭，他连看都不看一眼。”方志淩说。“他搞房地产，本来地是国家的，钱是银行的，最后变成地是自己的，钱是自己的，债务是国家的。”

“不说他了，这种人我们永远学不了。说说卧龙山转民的出路怎样，出点主意吧。”黎明海打断了他的话。

“我的大实话就是趁早逃离，像卧龙山这样的企业，转民是一条死路。”方志淩说。

“你也这样说，看来真是没有活路了。今天倪锦添说这样的话不奇怪，谁让我们出不了经营人才呢，机械厂讲转民讲了十年，到现在还是转不出去。我们的思想太僵化，太狭窄，只有换个主人才能有转机，也许真得让倪锦添这样的人掌管才有出路。倪锦添说的那些话也没什么大错，只是听起来太刻薄、太刺耳了，好在鸣芬的爸不在场，否则真会打起来。我来之前，她爸还跟我吵了一架，他把企业转制称之为卖，认为企业转为私有跟过去资本家没有什么两样，工人们干活要看老板的脸色，这不是回到解放前了吗？那么多年的仗就白打了。可他不能理解我的苦衷，一千多的待业青年，两千多的离退休职工，再守着这么多的亏损企业，我还有活路吗?”黎明海说。

这些年矿里不管什么人闹事，离退休人员始终稳定，这主要是有一批像鸣芬的父亲贾二宝这样有威望的老人压阵的结果，否则还不知会乱成啥样。近年来，翁婿之间却常常因为转制问题产生分歧。黎明海跟他解释，他根本听不进，那天他们又为机械厂转制的事吵起来了。“你这个败家子，老子抽死你!”贾二宝把皮带都抽了出来，要不是鸣芬及时拉住，已是厅级干部的黎明海还得吃老岳父的皮鞭。

方志凌喝了口咖啡：“我跟你说吧，如今局下属的二十几个企业可以分成四类，一类是真富，你别以为我们系统是一片漆黑，还真有富的，像零零陆厂，你知道他们的福利好到什么程度，职工的工资花不出去，水电煤气不但不要一分钱，厂里还每家倒贴好几百，职工家里餐桌上的鱼肉蛋奶全是厂里供给，共产主义也只能是这个样子了。一类是装富，这种就不用说了，打肿脸充胖子，以此骗骗外资什么的。还有一类是装穷，其实有点钱，但他们怕上面知道后利益被瓜分，只能偷偷发。最后一类是真穷，我看你们就是这类，真穷。一千多的待业青年，两千多的离退休职工，一大堆的亏损企业，众人皆知，瞒都瞒不住，我真替你发愁。”方志凌一边说一边摇头。

“看你那口气明明是拿我们开涮，幸灾乐祸，你发愁，别哄人了，那你为什么不留下来跟我同甘共苦，副矿长不干，宁愿做个处长。”黎明海不满地说道。

“那我告诉你，即使是个科长我也愿意，我在那里待够了，才不留呢，我连老婆都要娶城里的，明知她是演员，分居是家常便饭，我也认了，就怕烂在山里。你只埋头拉车，从不抬头看路，难怪没有活路。据我所知，你们那幢机关大楼，除了你和大佬洪几个

‘一根筋’外，其他的矿领导都在省城置了业，有些人还不止一处，像跟你一起来的那个利副矿长，他在省城起码有五处房产。”方志淩伸出了五个指头。

“是吗？他们的钱从哪儿来？”其实，黎明海对这些机关干部在外面捞外快，他多少也有耳闻，可矿里半死不活的样子，他也没办法。任务不足，产能过大，很多人闲得发慌，真正忙的就是那么一小部分人。他自己也经常抱怨，忙的忙死，闲的闲死，可根本改变不了现状。现在职工跟领导离心离德，跟父亲当年没法比。他八岁的那年，因为不少新来的职工没房子住，他和鸣芬的父亲等整个领导班子集体空出矿里分的宿舍楼，拖家带口搬到一幢四面漏风的破平房里，在那里一住就是五年。干部以身作则，吃苦在前，工人们干起活来，那种场面又是何等壮怀激烈。记得当时矿广播站播了一个被称为“郭傻子”的劳模事迹，印象非常深刻。为了清理出堆积如山的型砂，这位“郭傻子”连续几天加班加点，在高温烟雾的熏烤下，两眼红肿，双手脱皮，声音嘶哑。有一次，他连续加班了三天，终于累得昏了过去。可他被抬出去刚休息一会儿，清醒后又挣扎着起来，操起铁铲继续干。还有很多像他一样的人用自己的血肉之躯顽强拼搏，坑道工是一批刚刚从部队转业的战士，为了多出产量，在百米深的巷内打水平钻。他们争分夺秒，饿了，啃个冷馒头；渴了，喝口生水，一直打到钻机发烫，再换下一拨人。现在的领导哪有这种高风亮节，别说别人，包括他自己都难以做到，干部光为自己着想，工人们怎么会卖命呢。

“蛇有蛇路，龟有龟路，不说了，等会去看看庹老师吧。听说他最近不大舒服，你又好不容易才能来一次。”庹老师是他俩的高中数学老师，复旦大学数学系毕业的。上世纪六十年代初，他从上海分配到卧龙山矿担任数学老师，整整三十年，培养了学生无数，黎明海和方志淩都是他的得意门生。

第10章　夜访恩师

黎明海和方志凌拎了一大袋水果来到庹老师家。庹老师果然病了，好像是肺部方面的原因，见了他们又高兴又激动，咳声连连。

当时矿里有一所完全中学，师资优良，设施齐全。老师都是全国各地师范大学的高才生，北大清华复旦也不乏其人，最难得的是，连副科老师都是毕业于美术、音乐、体育学院这样的专业人才，这在当地的教育系统实属凤毛麟角。他们的所在地卧龙县看到矿子弟学校的人才和装备望尘莫及，垂涎三尺，连县城的领导都想尽办法把孩子送到子弟学校读书。据说，这是当年矿领导对前来视察的中央省市领导提出的条件，他们说："为了祖国的国防事业，我们愿意把一生都奉献在大山深处，但是，我们的孩子要接受最好的教育。"中央领导不但答应了他们的请求，并且承诺在生活上也要给最好的待遇。他在现场要求地方领导，确保一线工人每天能吃上一顿猪肉。为了这顿猪肉，卧龙山矿成了各路人才趋之若骛的地方。

望着虚弱的庹老师，黎明海回忆起当年老师在讲台上意气风发的模样，他至今还记得庹老师第一天给他们上课的情景。那时，他刚升高一，第一天上课，进来一位体型消瘦，略带上海口音的中年老师。他开口介绍自己："我姓庹，这个字很多人不认识，你们只要记得一坨粪的坨就行了。"同学们轰地笑了。老师却没笑，接着说："粪是臭的，我是臭老九，也是臭的。"庹老师这个"牛粪"的外号就这样叫开了。

那时的庹老师不过三十来岁的年纪，他讲课风趣幽默，在学校最受学生欢迎。虽然教的是数学，可在他的演绎下，那些枯燥无味的数字一个个都变得有灵性了。黎明海就是在那个时候迷上了数学，还当了数学科代表。作为庹老师的得意门生，他要协助老师做很多工作。庹老师喜欢考试，两天就考一次，还特别喜欢考判断题，一考就是一百多道，后面附上一份答题表。考试题全部都是他亲自出题，考完了要黎明海帮他改试卷。开始黎明海头都大了，这么多卷子不知怎样改。当他无所适从的时候，庹老师不慌不忙地抽完最后一口烟，拿起一张答题表，用烟头在上面烧起一个个窟窿来。烧完了交给黎明海："喏，你往他们试卷上的答题表上套一下，结果不就出来了，真笨！"黎明海豁然开朗，改卷速度果然加快十倍，他还发动方志凌和其他几个人一起干，十来分钟就帮老师改完试卷了。现在学校里所谓的过机打卡改卷，跟庹老师发明的烟圈改卷如出一辙。有一次，庹老师把家里的几本旧挂历拿到班上，他把挂历拆开，每个同学发一张包书。第二天，班上的好几个同学议论："庹老师家真有钱。"原来庹师母每个月都到银行存钱，她每次都把存款数额写在当日的挂历上，黎明海那本书上的封皮是 10 月份的，果然在 10 月 15 日那天看到"存款 20 元。"的字样，他们把每个月的存款数加起来，一年有近三百元的存款。这么多年下来，她家的存款肯定过千了，那时有积蓄上千元的绝对是富裕之家。

庹老师的外号叫"牛粪"，然而人们更关心的是牛粪上的鲜花。庹师母的的确确是一朵美丽的鲜花。

庹师母是音乐学院毕业的，当过他们的音乐老师，那时候的师母容貌俊秀，气质优雅，嗓音甜美，是每一个男孩子的梦中情人，可眼下师母也成了风烛残年的老人。

庹师母单纯，没什么城府，他们家里有什么好吃的，经常会拿给同学分享，有时是每人一把花生，有时是每人一块小饼干，全班人其乐融融。学校每个学年开学，学生都要军训，学校请了附近部队的六名官兵来训练学生。他们的父辈都是军人，对这些一点不陌生，只培训了两天就走得像模像样了。校长说，不能光训练学生，老师也要操练，特别是女老师。于是，庹师母和那些年轻的女老师们站成一排，听着那位解放军排长的口令，立正、稍息、左右转、向后转，女老师个个年轻漂亮，绝对是一道亮丽的风景。师生们把她们团团围住，开心地看着她们做各种动作，出各种洋相。那时候的庹师母留着两条齐腰的辫子，大辫子随着庹师母婀娜的腰肢甩来甩去，勾起人们无限的遐想。黎明海第一次才知道男女还有这样的区别，觉得只有庹师母这样的才算得上是女人。苏紫云与庹师母有很多相似之处，以至于他第一次见到苏紫云就喜欢上了她。

黎明海在读书的时候深得庹老师夫妇的喜爱，他是庹老师的数学课代表，庹师母也很欣赏他，说他的音质好、音域宽、有特点，加上人长得精神挺拔，有艺术细胞，是个不错的男高音，便怂恿他去考音乐学院。其实黎明海也喜欢音乐和美术，但他知道父亲不可能让他报考艺术院校，只好遗憾地谢绝了庹师母。

“你不敢跟父母提，我去帮你说。”庹师母自告奋勇当说客。

庹师母跟着黎明海回家，当黎友山听完庹师母建议后，眉毛拧成一个结：“什么，唱歌，让我儿子当戏子？不行！”庹师母再三解释，黎友山就是不听。

“黎矿长，你的思想太封建了，现在的文艺工作者是很光荣的，也是很好的职业，明海喜欢，你为什么不让他报呢。”庹师母生气了。

黎友山说：“我就是一根直肠子，转不过弯来，你让别人去报吧，我儿子一定要接我的班，现在没仗打了，否则我还会送他去打仗，吹吹唱唱，算什么男人？”黎友山不客气地回绝了。

庹师母生气地走了。黎明海对父亲说：“我不去学音乐，那去考美院怎么样？”

“画画，那只是比叫花子多一门手艺而已，这都不是咱们男人干的，男人就是要干大事，为国家效力，把两弹一星送上天，这才是我们的骄傲。”黎友山说。

“两弹一星是你送上天的，那别人两弹元勋是干什么的？醒醒吧，你知道别人叫矿工什么吗？”黎明海揶揄地说道。

“叫什么？”黎友山问。

“地老鼠。”黎明海知道情况不妙，他边说边退。

“去你妈的！”黎友山操起身边的一个小板凳，愤怒地向儿子砸去。

黎明海扭身躲闪，一溜烟跑了。

庹老师夫妇差不多是学校最后一批离开的名牌大学老教师。庹老师有一个独生儿子，长得人高马大，却不太会读书，别人背地里说走了种。儿子长大后当了一名矿工，在一次井下冒顶事故中丧生。中年丧子，庹老师夫妇悲痛万分，他们打定主意这辈子不离开卧龙山，终生厮守在掩埋了儿子尸骨的大山里。因这些年矿里走的人才太多，黎明海他们想方设法地留住技术干部，而对庹老师，他却从内心希望他早日离开这个地方。这主要是矿里的医疗社保方面都很落后，而庹老师夫妇年纪又大了，真有大病矿里很难承受。他做了很多工作动员庹老师调走，像庹老师这样的学历和资历，任何一间学校都会接收的。为了不给矿上添负担，庹老师终于在快要退休的几年前回了城。当时考虑到年岁大了，为了保险起见，只将简历投给了省城所辖县里的一所中学，寄的时候无意将县误写成同名的市，他的简历被省城的一所重点中学发现，这间中学当场截留，通过市教育局直接下调令将庹老师夫妇调了过去。

庹老师说：“我俩在省城的中学退休，每个月都有六千多的退休工资，医疗费可报百分之八十，足够了，如果还留在矿里，连医疗保险都没有，我和师母近年老生病，又要给你们添麻烦了。”黎明海听到这里禁不住热泪盈眶。

“听说卧龙山矿快要倒闭了，那些退休工人怎么办?”庹老师问。

“我们已经在省城置了一块地，将来所有的离退休人员和职工都会搬到省城。”黎明海告诉他。

“那好啊，和矿里的老熟人又可以在一起了，在城里我们实在太寂寞，说起来到城里也十几年了，可对面住着什么人还不清楚，城里就是这样不好，人情太薄。以后有了那帮老同事就可以一起聊天了。”庹老师夫妇高兴地说。

“你在这里还有几天?”从庹老师家出来，方志凌问。

“明天下午回去，老利说要回乡下看老娘，明天中午才回局里，我也想等等国土厅那边的消息，看那块地最快什么时候能批下来。你不用管我，照常上班吧，我去廖局那里坐一下。”黎明海说。

第 *11* 章　初恋情人来电

第二天，黎明海一觉睡到自然醒，这几年还真没有睡过这么好的觉，秋日的阳光透过窗户暖暖地照在身上，感觉十分舒坦。他伸了伸懒腰，洗把脸，这时床边的手机突然响起，他慢腾腾地拿起一看，一个熟悉而又陌生的电话号码映入眼帘。

这个号码说陌生，是他差不多有十年没有打过这个电话，如果今天不是它自动跳出来，他可能还一时想不起这是谁的电话。说熟悉，这个号码的主人是藏在他心中最深处的一个秘密。都说每个男人心中有一个秘密，而这个秘密一般都跟女人有关。黎明海今年四十五岁，在别人眼里，他是个成熟稳重的男人，读书、当兵、做领导，一板一眼，谁都没有听说他什么时候出过风流韵事。妻子贾鸣芬是矿总机房的一名普通员工，相貌平平，为人低调，但她在这方面却很张扬，她经常对同事和朋友说："我贾鸣芬一无是处，相貌、学历、家境、才干，没一样拿得出手，只有老公比你们的好。有才有貌，忠实可靠，绝不会有那些乱七八糟的事。"然而，她毕竟是后来者，前面发生了什么，她并不清楚。

——这个电话是苏紫云打来的。

苏紫云是大学同学苏青云的妹妹，比黎明海小三岁。大学期间，他跟苏青云走得很近。苏青云是省城学生，回家很方便，黎明海有时跟苏青云回家玩，这样认识了他的妹妹苏紫云。紫云有着一张白皙的瓜子脸，五官精致，身材苗条，走在街上回头率颇高。那时她刚考上省城的另一间大学，几个年轻人经常在一起聊天郊游。时间长了，苏紫云却对哥哥的这个同学暗生情愫，正好黎明海也为了逃避一个狂热追求他的大学师妹，跟紫云一拍即合。那时黎明海才二十出头，个子很高，长得浓眉大眼，结结实实。苏青云的书生气比较浓，而黎明海却有一种领袖的气质在里面，机智果敢有担当，他们在外面玩，遇到情况，一般都是黎明海拿主意，这也是受女孩子们青睐的原因。随着时间的推移，苏青云和方志凌渐渐退出了，苏紫云和黎明海变得形影不离。

黎明海大学毕业到西藏部队当了三年兵，那时候他们还保持密集的书信来往，后来转业回卧龙山矿，而苏紫云大学毕业留在了省城。他们的恋情被苏紫云的父母知道后，遭到了极力反对，老人不愿意女儿嫁到山里去，更重要的是，他们认定黎明海所在的工作岗位有放射性，那里的人会受到射线的影响，给身体带来损害，不希望女儿离开省城到这样的环境工作和生活。再说，苏紫云的哥哥因为照顾夫妻关系已经调去了另外一座城市。

可越反对，两人要在一起的决心就越大。开始几年，黎明海频频来省城与紫云相会，不得已，苏紫云的父母强行把女儿送到日本留学三年，回来后，通过关系安排进了市政府的外事部门。整天忙于各种各样的外事接待活动，与黎明海的联系渐渐少了，几年过去，两人的感情慢慢淡了下来。这时候，父母又开始紧锣密鼓地托人给女儿介绍对象。紫云虽然觉得分居两地确实是个不小的问题，但对父母介绍对象仍很反感，她表示，一定要自己认识的，凡介绍的一概不谈。在众多的追求者中，她最后选择了韩非同。

那一年，苏紫云的父亲突发脑溢血，恰好母亲同事的儿子韩非同那天在家里，他用一知半解的医学知识让紫云的父亲暂时脱离了生命危险，然后又将他送到医院。在以后的两个月，他天天上门探望，端水送汤，生活上无微不至地照顾他们，博得了包括苏紫云在内的全家人的好感。加上韩非同是研究生毕业，在省某科研所工作，是家里的独生子，人品好，长得不差，各方面条件不错，身后也有不少的追求者，苏紫云动摇了。见女儿没有反对，全家人便开始轮番做工作。韩非同的父母也非常喜欢紫云，一家三口来得更勤了，让人感觉俨然已经成了一家人。

在黎明海又一次来探她的时候，苏紫云告诉黎明海，她谈了个对象，双方家长都催他们结婚。虽然这种结果在他的意料中，可听到这种“宣判”的时候，心中那片明朗的天空还是灰了。他是那么的难以割舍，总希望挽回局面，他问苏紫云：“我还能来看你吗?”“当然可以，你要经常来看我啊。”苏紫云幽幽回答。

没过多久，苏紫云结婚了。黎明海没有去参加她的婚礼，然而事后忍不住还要来看一看苏紫云。而苏紫云对新婚丈夫好像也不是很投入，因此，在苏紫云刚结婚的那一年里，他们还是藕断丝连，时不时约上一次。他俩最后一次见面大概是在十六年前，那个时候苏紫云已经结婚两年多了，她很郑重其事地告诉黎明海以后不要再来往。那时，黎明海也成了单位的骨干，渐渐走上了领导岗位。工作越来越忙，于是两人只是逢年过节偶尔发个祝贺短信，关心一下对方的近况。后来，连这种形式也没有了，粗粗算来，他们已经十多年没有任何联系。

“喂!”黎明海接通了电话。

“你，能不能来省城一趟?”苏紫云说。

“我现在就在省城，有什么事吗?”黎明海说。

“那见面谈吧，在以前我们常去的地方。”苏紫云挂了电话。

又跟苏紫云见面了，黎明海有一种莫名的紧张，更多的是一种期待。他在心里暗暗算了一下，跟苏紫云已经有整整十六年没见面，现在她突然给电话他，究竟会是什么事情呢？苏紫云红粉绯绯的瓜子脸，窈窕的身材，一双深深的大眼，神采飞扬，那是黎明海心底永不磨灭的一幅画。

来到了苏紫云说的相聚一刻咖啡馆，这也是以前他们经常见面的地方。黎明海推门进去，看见他们过去经常坐的那个拐角位上坐着一个女人，黎明海一进门，她就站了起来。

“紫云?”黎明海大吃一惊：苏紫云憔悴多了，尽管才四十出头，目光有些呆滞，眼袋松泡，满脸的憔悴之色。一种怜惜之情涌上心头，他忍不住握住了苏紫云的手，手也是冰凉的，这实在不是一个幸福女人该有的状态。

黎明海有些不明白，难道她丈夫对她不好?当年紫云跟他说要断绝关系的时候曾经跟他说过，她找对了人，丈夫对她很好，儿子叫小涛，已经会叫妈妈了，非常可爱，日子过得很平静，不想再有什么事情打扰自己平静安乐的生活。黎明海见她如此决绝，也明白任何感情都经不起岁月的打磨，终究会有这一天的，这种无疾而终的结果应该是最好的结局了。

“你现在过得怎么样?看上去好像精神不太好?”黎明海看着她说。

苏紫云抬起眼睛，泪水开始迷蒙：“我们有十六年没见了吧?”

第 12 章　木石前缘

跟苏紫云分手后，黎明海虽然很伤感，但理智告诉他，一个男人不能把儿女情长看得过重，男子汉应该以事业为重。他全副身心扑到了工作上，转眼就快到三十岁，老父亲不干了。

黎明海的父亲黎友山是四十年代年参加革命的老军人，抗日战争和解放战争三大战役出生入死，战功卓著，他的脾气也变得火爆和独断。他 1958 年整编到矿里，跟他一起的还有他的老战友加同乡贾鸣芬的父亲贾二宝。黎明海上面有一个姐姐，家里就他一个儿子，三十岁还打光棍，父亲绝对不能接受。

黎贾两家是邻居，两人从小就在一起，两小无猜。鸣芬的上面有四个哥哥，她是老小，也是父母最疼爱的孩子，她的哥哥们没少挨父亲的拳头。贾二宝打辽沈战役的时候，一颗子弹从右脸颊进左脸颊出，满口的牙全没了，但他爱活动，身体硬朗，喜欢走家串户跟人聊天。他跟黎友山一样都是火爆脾气，而他文化程度更低，更粗鲁，打起儿子来，黎友山都看不下去，不管孩子对错，都是拳打脚踢往死里打。有一次，贾鸣芬的小哥小四子上学的时候不小心掉进湍急的河里，被正好路过的黎友山救了上来，黎友山把湿漉漉的孩子送到贾二宝跟前说："小四子落水了，好在我刚好经过把他捞了上来。"贾二宝二话不说，飞起一脚就把儿子踢翻在地："你这王八犊子，咋不淹死你啊！"气得黎友山跟他对骂起来。鸣芬的四个儿子跟父亲都不亲，他们高中一毕业就下乡，走得远远的，哥哥们成家后最多每年回来看一次。

贾二宝嗓音洪亮，无论是大会小会，一说话整个会场就只有他一个人的声音。“文革”的时候，凡带头呼喊口号的都是他，根本不用扩音器，振臂一呼震撼全场。他的烟瘾极大，年纪大了还收敛点，年轻时每天要抽四包烟，手指头熏得发黄，满口牙黑漆漆的，因此得了个“贾四包”的别号。那时，黎明海也跟其他的矿子弟一样，见了贾二宝都会跳起脚叫：“贾二宝，吹大炮，抽大烟，要四包。”鸣芬听了很不高兴，向黎友山告状，黎友山把儿子揍了一顿，说：“他是你二爹，你下次再敢叫贾四包我就打烂你的嘴！”

黎明海痛恨贾二宝还有一个原因，有一年，矿里严禁养狗，总矿和分矿领导干部必须从自身做起，而黎明海正好养了一只金毛狗，这只狗养了两年，几乎天天都跟他在一起。黎明海上学，金毛就在外面等着，回到家，金毛会为他做很多事，拿书包、递拖鞋，睡觉也是睡在黎明海的脚边，真是亲如兄弟。听说分矿成立了打狗队，第一个打的就是自家的狗，黎明海急得抱住父亲的腿，央求留狗一条性命，实在不行就把狗送人。黎友山把儿子一推，一声令下：“打!”结果五六个大汉三下五除二就把金毛打死了。黎明海哭得昏天黑地，傍晚的时候，鸣芬端了一碗喷香的狗肉进来：“明海哥，这是我爸炖的狗肉，他让我给你端一碗来，可香了!”黎明海气得差点将那碗狗肉扣在鸣芬的脸上，他大叫：“滚、滚、滚!”

为了报杀狗之仇，黎明海经常作弄贾鸣芬，有一回，黎明海让她晚上十点钟来家里，说要给她看样好东西。鸣芬如期而至，只见家里一片漆黑，鸣芬正在迟疑中，只听得门后一声惨叫：两个龇着獠牙、吐着长舌、脸色煞白的鬼魅正瞪着自己，鸣芬吓得“哇”的一声哭出来，原来是黎明海和方志凌趁大人不在家装鬼吓人。他俩裹着黑色的雨衣，用手电筒从下巴往上打光，表情恐怖瘆人。

鸣芬是父亲最疼爱的孩子，从没挨过打，因为在山里长大，野性十足，纯粹就是个假小子。无论是爬山、下水还是上树，一点都不比男孩子逊色，晒得黑不溜秋的，七八岁了，还打着赤膊跟男孩子下河游泳。黎明海跟贾鸣芬的关系就像哥们，鸣芬小他一岁，但为了跟黎明海一起读书，她提前一年上学。黎明海走哪她都要跟着，后来长大了，鸣芬才有了自己的圈子，但对黎明海更增添了一种浓浓的爱意。可黎明海对她就是没感觉，他不喜欢贾二宝，也就不喜欢贾鸣芬，每次看到她那张大而平的脸，他就想逃离。而贾鸣芬却总是黏着他，哪怕刚刚被黎明海骂了，一会儿又拿出课本找他请教功课。别看黎明海对鸣芬不感冒，黎友山夫妇却很喜欢鸣芬，勤快、朴实、善良、脾气好。而贾二宝夫妇也早把黎明海当成自己的儿子，甚至比自己的儿子还要亲，这让鸣芬的几个饱受父亲老拳的哥哥们很嫉妒。

在父辈看来，他跟鸣芬也许是上天安排的夫妻。那时候，几家人住在那幢破平房里，山里的夏天，闷热无风，不管大人孩子，晚上都在外面纳凉。每天傍晚，他们将门前的地洒上水，搬出竹床、摇椅，躺在上面，一边打着扇子一边聊天。黎友山和贾二宝是隔壁邻居，两家喜欢将几张竹床拼在一起，孩子们都睡在上面，到下半夜天凉了再进屋去睡。有时大人不叫，孩子们就在外面一觉睡到天亮。有一天早上，鸣芬的妈把明海的妈叫过来：“你看看，将来你家明海不娶我家鸣芬说出去就难听了。”原来，半夜起风了，别的孩子都进屋了，只有黎明海和贾鸣芬睡在外面，他俩合盖着一床薄薄的线毯，可能在夜里感到了凉，互相搂着，睡得正香呢。明海的妈看着这两个小家伙也忍不住笑出了声：“哎呀，这怎么办啊，就这么定了吧。”

黎友山觉得儿子娶鸣芬是天经地义的事，在他看来，儿子跟二宝那丫头简直就是天生一对，地造一双。黎友山只有一儿一女，女儿早就出嫁了，家里只剩下这个儿子，他多少有些重男轻女的思想，女儿恋爱谈对象，他不怎么管，但儿子的个人问题他一定要插手，因为这关系到他老黎家的香火。他对儿子还是满意的，一米八的个，相貌堂堂，器宇轩昂，还读过大学。鸣芬个儿也高，特别是发育后个子窜得飞快，居然长到了一米七，虽然皮肤黑点，但在黎友山看来那是健康的表现，特别是鸣芬那张大方脸，按照老家的话说，这可是旺夫相。可每次说起这事来，儿子总是不上心。他不清楚儿子为什么不喜欢鸣芬，甚至怀疑儿子这方面的取向是不是有问题，因为从来没见过儿子跟哪家的闺女搭过讪，倒是天天跟方老三家的小子混在一起，方家那小子也不小了，也是个老大难。不是别人看不上他，而是他看不上别人，方老三说姐姐们给他介绍的对象起码有一个排了，可那小子一直都在挑三拣四。这且不说，据说他还老关在家里织毛衣，做裁剪，儿子时不时拿来一两条牛仔裤，既不要姐姐改，也不要老娘动手，每次都交给他，改得怪模怪样的，要么在上面磨个洞，要么好好的裤子打个补丁。这两个年轻人咋想的，黎友山就是摸不透。他知道儿子不会跟他说实话，跟他妈妈倒是有话说，于是，他偷偷问老伴是怎么回事。老伴轻描淡写地说，儿子在大学里谈了个女朋友，但女方家在省城，嫌咱们家是矿山的，父母死活不同意。

黎友山一听就火了："城里人有什么了不起，老子还看不上呢，这没出息的东西！"黎友山并不希望儿子找女大学生，他觉得女孩子读书多了，心眼太活，不会持家。

年一过，黎明海就吃三十岁的饭了。一天，黎友山叫住了准备上班的儿子："你到底打算什么时候结婚，让我跟你妈抱孙子？"

"我可以结婚，但不娶鸣芬行不行？总觉得她是我妹。"黎明海说道。

"混账东西，过去在我们东北，还不都是这样。不娶她，难道你有更好的，你那个城里的女友会尿你这壶吗？你告诉我。"黎友山骂道。

黎明海一时无话。这个时候他尽管已经跟苏紫云分了手，也从失恋的沮丧中走了出来，却没有遇上比苏紫云那样让他心仪的女人。在他看来，苏紫云跟贾鸣芬无论在相貌、情趣、爱好及言谈举止等各方面都反差极大，他已经熟悉了紫云，让他找一个跟紫云差别这么大的他连想都不愿去想。对贾鸣芬他并不是不熟悉，他闭上眼睛都能画出贾鸣芬的肖像，鸣芬不但个子高，而且骨骼粗壮，脸大嘴大，五官扁平，长相跟白皙灵秀、体态婀娜的紫云根本没法比，也谈不到一块去。

"凭什么你老要管我，当年报考大学，我喜欢艺术，你不让报，还把庹师母气走了。非要按照你的意思学了采矿，现在找对象又这样干涉，我想找自己喜欢的不行吗?"黎明海顶撞道。

"凭什么，就凭我是你爹，混账东西，夫妻在一起主要是过日子，整那些没用的干啥?"黎友山给儿子下了最后通牒：在三十岁生日之前必须结婚，而且一定要娶鸣芬。要也得要，不要也得要。

如果不是黎明海赶着上班，非得跟父亲大吵一场不可。

可那天晚上，鸣芬来找他了。因跟父亲怄气，黎明海不回家住到了办公室，而鸣芬的总机房距他的办公楼也就是一百来米的距离，这天鸣芬刚好值夜班。她看到黎明海的办公室灯亮着，便让同伴顶一下班，她一个人来到办公楼找他。鸣芬的到来让他很意外，虽然他不愿娶鸣芬，但都只是跟父母吵，并没有当着鸣芬的面，况且自参加工作以来，双方都有了自己的圈子，她跟黎明海来往也不是很多。

鸣芬的突然造访让黎明海很过意不去。凭良心说，长大之后的贾鸣芬也算是女大十八变，比小时候好看多了，虽说不是很出众，但绝不难看。性格也变得温顺文静，她的孝顺善良大家都有目共睹。她在别人面前很开朗，但看见黎明海总是有那么一丝羞涩，黎明海对她熟视无睹，她却无时无刻地在背后默默地关注着她所爱的人。以前黎明海放假或探亲的时候，她总是去找他聊天，她问黎明海高原反应是什么感觉，黎明海说，就像整天捂了一床大棉被在头顶上，于是她就经常想象一张大棉被捂在头顶的感受。后来，黎明海转业回到卧龙山，他们几乎可以天天见面了，可接触却很少。她每次跟黎明海见面总很紧张，不知道该说些什么，又怕说错话，让黎明海对她反感。今天，她终于下定决心，把一切都抛之脑后，决心面对面跟黎明海谈一次，如果被他当面拒绝的话，她就决定不再想这件事了。

“明海哥，我就那么不被你待见么?”贾鸣芬问道。

“不关你事，我从来都没说过你不好，只是不习惯。”黎明海低下头。

“时间长了不就习惯了么。明海哥，今天我就是来问你一个明白话，你愿不愿意，你要真不愿意，我决不会勉强你。但我有一件事想告诉你，现在不讲将来也没办法跟别人说。”

“什么事?”黎明海有些意外。

“我十岁的时候，就喜欢你了，上四年级开始记日记，每天记的都是跟你有关的事情，比方说跟你一起做过什么，或者做梦梦到你，一直记到现在。十八年了，除了你，我从没喜欢过别人。上高中后成绩这么差，主要是每天都想着你，老师讲什么都听不进去，每天这样单相思，实在很痛苦。”鸣芬说着哭了起来。

黎明海定定地望着她，没想到这个整天在他视线里而他又视若不见的女孩对他居然是这样一往情深，他许久没有出声，不知道该怎样回答她。整整十分钟后，他突然对贾鸣芬说道：“国庆节结婚。”

“你说什么?”贾鸣芬一时反应不过来。

“还没明白吗，国庆节，你跟我结婚!”黎明海大声说道。

“现在离国庆节只有一个月，哪里来得及啊?”贾鸣芬吃惊地说。

“什么来不及，要结婚今晚就可以，你结不结，结就国庆节，不结就算了，你看着办吧。”黎明海说完这话，把鸣芬一个人撂在办公室，居然起身离开了。

黎明海接受了父亲的通牒，这样一来皆大欢喜。

结婚的第一天晚上，黎明海是背着贾鸣芬睡的，第二天依然如此。第三天贾鸣芬终于发了狠，睡到下半夜的时候，她脱了睡衣，从后面紧紧地抱住了黎明海，紧贴着那丝滑紧致的酮体，让年轻的黎明海终于燃烧起来。可在很长一段时间里，黎明海只要听见鸣芬的脚步声和喘息声，都会有一种反感，每次跟鸣芬亲热，他必须要先想起紫云才能继续下去。一年后，他们有了女儿黎霜。女儿乖巧可爱，特别是在鸣芬的调教下，对父亲敬爱有加。上幼儿园的时候，每天黎明海下班回到家，女儿就给他拿出拖鞋，晚上依偎在父亲身边看电视。有时会缠着他讲故事，鸣芬只要说一句：“爸爸上班辛苦了，别缠着爸爸。”女儿就会乖乖地去睡觉。贾鸣芬对黎明海的爱更是爱到骨头里，近乎于崇拜，一切以黎明海的喜恶为标准，对他百依百顺，家里所有的活儿，不管轻重，全部都是贾鸣芬包揽。每天早上她比黎明海早起床，将他当天穿的衣服放在床头，给他的牙刷挤上牙膏，做好早餐，收拾好上班的东西。晚上黎明海一下班，她就会先给他端上一碗汤，然后做全家人的晚饭，临睡前给他打好洗脚水。她每天都满心欢喜地做这些，觉得这辈子能跟黎明海生活在一起就是一种幸福。尽管她这样，黎明海好像还是不大领情，每天跟她说的话不会超过十句，鸣芬主动跟他说话更是爱理不理。有一次，鸣芬委屈地对黎明海说：“你娶了我什么事情都不用干，连我生病了还要照顾你，就这样，可我还是觉得嫁了个好老公，这是什么天理啊。”

黎明海说：“既然这样你就不必抱怨什么了，这说明是老天注定的。”

他这种行为不知被父亲骂了多少次，说他身在福中不知福。只有鸣芬的父亲还沉得住气，说：“我女儿就是这个贱命，明海的本质是好的，是读书读野了心，在卧龙山安安心心干几年自然就会好。”随着女儿的长大，在后来的十几年，黎明海习惯了这种日子，紫云终于淡出了他的记忆。尽管他和鸣芬的感情不是很浓烈，但夫妻间也没有什么矛盾，一直平平安安。十年前，黎明海的父亲去世，他的老战友、鸣芬的父亲紧紧抓住他的手，说：“放心去吧，这里还有我呢，我会看着他们的。”

第13章 血浓于水

黎明海看着苏紫云，伤感地说：“这些年工作太忙，其实应该问候一下你的。尽管我们现在都有了家庭，但还是朋友，朋友之间还是保持一下联络的好。”

“小涛越来越像你了。”苏紫云低低地说。

这话声音虽小，却如雷贯耳，振聋发聩。黎明海虽然一时还不明白细节，但他不能不知道此话的含义：“你，你说什么？怎么会越来越像我，我的？”

苏紫云低着头：“原来我打算这辈子不告诉你。”

“可你现在为什么又要说，你丈夫知道吗？”黎明海愕然。

苏紫云点点头：“过去不知道，现在知道了，因为孩子病了，白血病，他的血型不对。”

“白血病？”黎明海如同掉进了冰窟。“怎么会得那种病，现在怎么样了？”黎明海急切地问。

“在隔壁的省医血液病治疗中心住院，医生说要做造血干细胞移植，也就是换骨髓，只有直系亲属间骨髓配型的成功率大。你们那得这种病的人是不是概率要高点？”苏紫云流着眼泪说。

“据我了解，除非是当年采用土法上马冶炼金属的工人得病概率会高点，其他人都很健康，主要是那里的空气好，没有城里这么多废气。再说小涛一直都是在省城，从没去过矿山，要说影响首先是我，怎么会轮到他呢？其实，白血病在青少年中还是很普遍的，只要配型成功，治愈的希望还是很大，抓紧时间带我去看小涛吧。”黎明海望着苏紫云说。

“谢谢，我知道你不会逃避的。”苏紫云说。

“这是我的责任，你为什么不早告诉我，我可多陪陪他。”黎明海诚恳地说。

“你陪他，你跟家里怎么解释？”苏紫云说道。

“该怎么说就怎么说，我一定会跟家里说清楚这件事的。”黎明海决然地说。

“还是考虑一下吧，毕竟是两个家庭的事。”苏紫云拦住他。

“你放心，我有分寸，我们现在去看小涛吧。”黎明海急切地说道。

苏紫云默默地跟在黎明海的后面，黎明海走得很急，苏紫云跟得有些吃力，她望着这个身材高挑，步履矫健的男人，二十几年过去，他变得成熟稳重，更有一种强烈的责任感，当年两人在一起的一幕幕又浮现在眼前。如果不是父母极力反对，她是无论如何不会跟这个男人分手的。

刚走到医院的大门口，大佬洪来了电话，说肖珂昨天下午签完字就自己走了，并问黎明海是不是今天下午回去，他和老利已经回来。

黎明海在电话里告诉大佬洪，说有重要事情要在省城多呆两天，让他和利副矿长先回。

大佬洪说：“肖珂走的时候好像很不高兴，说我们把矿里的资源又贱卖了，这件事本来在工人中意见就很大，我怕回去后又要闹事。肖珂还说不该带他来见母亲，说相见不如怀念。”

“谋事在人，成事在天，事已至此，听天由命吧。”黎明海说道。

然后，他又给鸣芬打了个电话说要晚几天回去，没事别找他。说完干脆关掉了手机，他要彻底避开喧嚣，安心地陪紫云母子。

黎明海跟着苏紫云快到病房的时候，几乎没了力气。他万万没有想到自己竟然有一个十八岁的儿子，苏紫云对这个真相守口如瓶，如果没有发生这件事，她一定会带着这个秘密进坟墓的，而他也不会知道这个世上还有一个人的身体里流着他的血。

来到血液治疗中心，黎明海隔着无菌舱的玻璃，看见了躺在里面的儿子。儿子双眼微闭，走近了才发现那漆黑的眉毛，挺直的鼻梁简直就是自己的翻版，果真是自己的骨血。由于病魔的折磨，孩子的脸色苍白，见到他们来了也没有任何言语。此情此景，黎明海心潮起伏但不能表现得太激动，因为苏紫云的丈夫就坐在旁边。这个男人中等身材，相貌忠厚，架着一副黑色的宽边眼镜，默默地看着他们。他朝黎明海点点头，然后站起身走了出去。

黎明海突然感到羞愧万分，他深深觉得自己对不起这三个人，他在门口握住了苏紫云丈夫老韩的手，却不知道该说些什么。

“事情已经发生，现在说什么都没有用，大家共同面对吧！你们也多年没见面，好好聊聊。”说完，他走了出去并带上门。

“你家老韩真是个男子汉大丈夫，我不如他。”黎明海感慨地对苏紫云说道。

苏紫云说：“他确实做得很完美，在家是个好丈夫、好父亲，在单位是个好员工、好领导。他在哪里都很有人缘，这次如果没有他在后面撑着，我是肯定捱不下去了。那时候就是看清楚了他的品格，我才死心塌地跟他在一起。”

黎明海说：“你放心，现在还有我，我也会陪你们走下去的。赶紧跟医生联系，尽快抽骨髓配型，如果我的不行，他还有个十五岁的妹妹。”

听苏紫云说，她跟老韩去年买了一套联排别墅，那里环境不错，离儿子就读的学校也近，为了让儿子有一个好环境读书，夫妻抓紧时间把这套房子装修好，半年前入住了。儿子今年参加高考，一个月前感冒了，打针吃药老不好，还有些低烧，当时以为是学习太用功，于是就拼命给他加强营养，结果情况不见好转反而越来越严重。她和老韩带儿子到医院检查，医院抽了血做了化验后严肃地告诉他们："情况比较严重，血色素只有 3 克，初步诊断是血液病，要立刻住院。"

听说儿子得了白血病，有点医学常识的老韩立即就想到了骨髓配型，他拿了儿子的血型跟自己的一对照，顿时傻了眼。儿子的血型跟他一点关系也没有，儿子是 A 型，他是 B 型，他记得苏紫云也是 B 型，两个 B 型血的人不可能生出 A 型血的儿子。孩子的亲生父亲竟然不是自己，那么出问题的就只能是苏紫云，可紫云是个好女人，在他心里怎么也没办法将妻子和那些水性杨花的女人联系起来。

眼看着隐藏了二十多年的秘密即将暴露，苏紫云整整三天没办法入睡。但儿子的命要紧，她心一横，终于在一个晚上将所有的秘密全盘托出。

其实，从拿到检验结果的那一刻，老韩就预料到了这样的结果，可面对苏紫云平静地诉说这一切的时候，老韩还是沉不住气。

"你为什么不早点告诉我，为什么要欺骗?"老韩愤怒地问。

"你想想，如果我在十八年前就告诉了你，我们的日子能有这么快乐吗？不告诉你是我一个人的痛苦，告诉你就成了双份的痛苦，不是吗?"苏紫云说道。老韩无言以对。

"那孩子的亲生父亲知道吗?"老韩问。

"我也是这次孩子生病才知道的，他怎么可能知道，不过孩子慢慢长大了我有一种预感，但我不想把这个秘密公开，更不想让孩子知道这回事，只想一家三口和和美美地生活下去，可谁知老天非要和我过不去呢?"苏紫云哭着说。

整一个星期，老韩没有跟紫云说话，但该做什么还是照做。他每天在沙发上过夜，一大早做好家人的早餐就上班，中午按时给在医院的她和小涛送吃的，不同的是，晚上从医院回来要带瓶小酒，一个人默默喝完后就睡觉。紫云跟他说话，他也只是回一两个字便没了下文。前天晚上，紫云面对沉默的老韩哭了，哭得很伤心，终于，老韩叹了口气才说：“过去的事情就让它过去吧，我们现在面对的是将来，你放心，我对你的感情是不会变的。这事目前还不能让孩子知道，要让他安心养病，如有可能的话，继续让他参加高考。另一件事就是尽快跟小涛的生父联系，让他来做骨髓配型，如果配型不成功的话，你跟他可能还要再生一个孩子来救小涛的命。如果真要走到那一步，我成全你们，只能说一切都是天意，命该如此。”

“老韩，我无话可说，下辈子我做牛做马报答你。”苏紫云泪水滂沱。

为了专心配合治疗，黎明海断绝了与外界的一切联系。苏紫云通过关系找了熟人，特事特办，在见面的当天，黎明海就抽血检测，为了尽快得到配型结果，黎明海特意联系了矿区医院的档案室，将部属放射病研究所曾经为他做过的 DNA 检测结果调出，供医院比对。在特殊岗位工作过的人员，上级会定期对他们的身体状况进行体检。各种指数显示出情况良好，他与小涛成功配型，医生说治愈的可能性有五成。黎明海这几天除了各种检查，寸步不离小涛，直到他清醒过来。

看到小涛有了好转，几个大人的心终于稍稍安定下来。

第 14 章 情难自禁

“今天就回去了，身体能吃得消吗?”从医院走出来，苏紫云问黎明海。

“没关系，最近事情比较多，我要先回去一下，单位的车已经走了，我搭下午两点的班车回矿。”黎明海说。

“现在才上午十点多，后天就是国庆节了，我陪你去给爱人和孩子买点东西吧，医院旁边就是省城的商业街，这里有全省最大的商场，来了一趟别空手回去。”苏紫云说。

“不用。”黎明海的意识里从来没有给妻子买礼物这一概念。他不知道，鸣芬对他言听计从百依百顺，主要是太爱他的缘故，真正的鸣芬倔得很，凡是她认定的事情九头牛也拉不回来。也许是家里的男孩子多，父亲贾二宝管得粗糙的原因，贾鸣芬喜欢做的活儿跟女孩子没什么关系，跟方志凌恰恰相反，方志凌的姐姐多，他耳濡目染，会织毛衣、裁剪衣服；而贾鸣芬呢，却会搭灶台、建柴房。尤其是她砌的灶台非常好用，通风、火旺，贾家的灶台都是鸣芬砌的，左邻右舍砌灶的时候会请她去亲临指导。她喜欢男孩子所有的运动，如钓鱼、打篮球、开车。后来被安排到总机房接线，性格才委婉了些。明海的父亲曾笑着跟贾二宝说：“咱们矿只是现在没飞机了，如果有飞机，你闺女照样能开。”正因如此，黎明海在心目中只把鸣芬当男孩子看，对她一点怜香惜玉的感觉都没有。

苏紫云看他这副样子就知道妻子在他心中的地位，心里有一种说不出的滋味。“你怎么能这样？你跟她结婚也有十几年了吧，你就这样对她？我家老韩只要出门在外，没有一次不给我带东西，看来我这条路还真没走错。”

“她太能干了，什么事都不用我插手，我除了给女儿买点学习资料外，从不往家里买东西。”黎明海说。苏紫云心想，你过去可不是这样，当年给我的那些项链、手镯等手信，不都是你买的么。

“那你去不去？”苏紫云说。

“我不去！”黎明海转身要走。

“嗨！”苏紫云喊了一声，眼睛盯着他，什么话也不说。

真是一物降一物，如果是跟鸣芬外出，鸣芬想做黎明海不愿做的事情，那几乎是没有商量的余地，鸣芬根本不会也不敢这样，而眼前的苏紫云就不同了。不仅过去是这样，现在也同样如此，望着苏紫云那双黑葡萄似的眼睛，黎明海顿时不再反抗，乖乖地跟在她的后面。

苏紫云脸上掠过一丝看不见的微笑，心想这狗脾气还是没有改，她就是喜欢这种冰山男的性格，拽拽的，但是她又可以征服，充分感受征服男人就是征服世界的感觉。

“去商场看看，给你爱人和孩子买几套衣服，算我送的。我在外事部门，整天伺候那些出国的领导，穿衣打扮是我的强项，给你爱人挑两套衣服包她满意。”苏紫云信心十足。

“你知道她穿多大的衣服吗？”黎明海问。

“那你是干啥的，一根木头吗，说吧，你爱人穿多大号，长得啥样？”苏紫云没好气地说。

“说什么？我不知道，没买过。”黎明海明白了苏紫云是想通过买衣服了解鸣芬的情况。他结婚也没请苏紫云参加婚礼，平时避免紫云和鸣芬碰面的机会，因此到现在她们之间还互不认识，特别是鸣芬对他的过去一无所知。不过苏紫云也不愿打听，如果她想知道早知道了，他很佩服苏紫云的脑瓜子转得快。以前他们在一起交往的时候就经常被她这些小聪明搞得哭笑不得，快乐无比。

黎明海指了指对面的一位柜台售货员说：“你就参照她的模样吧。”

苏紫云看了看：“哦，看来你眼力不错，这女孩个子高、身材好，曲线毕露，肤色也不错，白净细腻，你爱人是一等一的漂亮。”

“我还没说完呢，除了个子，其余都反着来。”黎明海面无表情地说。

苏紫云白了他一眼：“行了，我心里有数。”

因临近国庆节，商场里人山人海，节日的气氛非常浓郁，黎明海与苏紫云在人群里游弋，或十六年后再次重逢让他恍如隔世。以前他们就是这样，一到星期天不用上课的时候，就手拉着手在城市的街头漫步。遇到人多的地方就进去凑一把热闹，边看边笑，他们的逛街并不在于买东西，而是在于这个过程。有时候一天下来什么也没有买，却收获了快乐，这种快乐还给他们今后的时光提供了源源不断的快乐源泉。

看到人太多，苏紫云怕跟黎明海走散，而黎明海也怕把苏紫云挤坏，他俩不约而同地牵起了手，在手碰手的那一刻，两人的心如同触电般地狂跳不止。拥挤的人群给他们制造了这样一个机会，他俩几乎是紧贴着一起，默默地注视着，他们多希望时间就这样永恒。黎明海看见紫云那苍白的脸渐渐有了绯红，从她那黑黑的瞳孔里看到了自己的脸。紫云也在这双眼睛里看到了自己，这双眼睛睿智、执着，她曾经是那么的熟悉。这是十六年之后再一次挨得这么近审视对方，现在，他们从对方的眼中都看到了忧伤。

两人买好东西走出商业街。黎明海把苏紫云送到医院门口，看了看表：“一起吃饭吧？”

“不了，老韩和孩子在病房等我，你不用上去了。”苏紫云说完走了。

第 15 章　井下冒顶了

望着苏紫云的背影消失在电梯里，黎明海回过神来，商场里的情不自禁，现在又慢慢回归理性，他明白苏紫云这样做是对的，他只能默默地祝福这一家人能够渡过难关，特别是与他血脉相连的亲人。

黎明海打算在附近吃点东西然后去车站坐大巴。突然想到手机已经整整关了四天了，赶紧开机，接二连三的提示音不绝于耳，仅从昨天到今天竟然有五十多个未接电话，查看了一下：大佬洪的电话就有二十多个，妻子的电话十多个，还有他的老同学方志凌的电话等等。这些天，他好像从人间蒸发了。

手机响了，又是方志凌打来的。

“怎么失踪了，现在全世界都在找你，再打不通，我们准备报案，让公安局通缉你呢。”一通电话，方志凌就在那边嚷道。

“我跟他们说了要晚几天回去，想清静两天不行么?”黎明海说道。

“但你不该关手机，你知道不知道，昨天你们矿出大事了，我看你别回去了。”方志凌说。

“怎么啦?”黎明海的心脏剧烈地跳动了几下。

“矿工闹暴动了，昨天下午，一千多名离退休老工人和待业青年包围了机关大楼，囚禁了矿党委书记和副矿长，砸了机关的轿车，还跟派出所的干警发生冲突，已经有人受伤。我第一时间打你电话，可你一直关机，问鸣芬，她说这两天你有事，叫人不要打扰。她爸心肌梗塞住院，也找你不到，你从来没干过这么没谱的事，你到底怎么啦。”方志凌简单地把情况说了一下，也狠狠地埋怨了他一通。

“我马上回去，情况紧急，我不能等班车了，能不能把你的车借我用一下，最好现在把车开到省医这儿来。”黎明海说道。

“你这家伙的要求还真多，你等着，我现在就过来。”方志凌放下电话就往这边赶。

“紫云，矿里出了紧急情况，我必须马上赶回去，这里就拜托你和老韩了，等事情处理完我一定回来。”黎明海打电话给苏紫云。

“你回去吧，现在这没你的事，有事会打电话的，谢谢。”紫云还是一口一个谢，说得黎明海无地自容。

黎明海刚出了医院大门，方志凌就到了。

“你怎么在这儿，几天前你不是回矿了吗，怎么，不舒服?”方志凌疑惑地问。

“没有，以后再跟你说，我先走了，过几天我会把车给你开回来。”黎明海说。

“路上小心!”方志凌把方向盘交给黎明海。

黎明海开足马力驶出了省城。在车上，他的手机响个不停。黎明海按下免提接听键，是妻子那带着哭腔的声音：“你上哪儿去了，爸爸前天心脏病犯了，现躺在医院里，医生说就是这两天的事了。不过，你还是先不要回来，县里和地区都派了特警大队来维持秩序，现在那些人还在大楼里，他们说当官的把机械厂、油厂、仪器厂全都卖了，卖了钱在省城买别墅、买公寓，而他们每月才拿一千块的退休金，活不下去了。待业青年更是没有固定工作，成不了家，这样活着还不如跟贪官拼了，要死大家一起死。书记和几个副矿长都挨了打，你回来也一样，有几个待业青年还在我们家门口转悠，女儿吓得不敢出门。”

“好了好了，我现在正在路上，马上回来，不要怕，我回来就什么事都能说清了。”黎明海说道。

“你在哪里?”刚挂掉妻子的电话，又传来大佬洪的声音。

“我正在回来的路上，你没有在大楼里吗?”黎明海听到大佬洪的声音有些意外，他以为大佬洪也被工人们围困住了。

“没有，我从省城回来没有回机关，直接到了作业区，工人们都到机关里闹事，只剩下井下作业的三十几号农民工在这里干活。这些农民工大部分刚招不久，只经过短暂的培训就上岗了。矿长，技术熟练工越来越少了，再这样下去生产很受影响。我们就只有这个工作面的产品质量还可以，无论如何要保证。我昨天下井检查一下，发现四号井穿越破碎带的那段岩石层有清水渗出，层面有些松动，恐怕有冒顶的可能，而工人们却茫然不知还在拼命掘进，我不放心，今天特意调来一批坑木加固一下。”

“在这非常时期，一定要保证井下的安全，千万不能出事。你在那等我，我这就回来，我们一起到工人面前讲清楚，有些改革还是要坚持下去，否则一点出路都没有。至于工人们反映的问题，也要痛下决心改了。过去就是没有认真听取工人的意见，搞得像个小政府一样，自己想怎么弄就怎么弄，这样肯定是死路一条。”黎明海说。

刚放下电话，廖丙章的电话又传了进来：“是你吗，你倒好，发生了这么大的事一走了之，连个音讯也没有。局长找不到你发火了，省局已经对你作出了暂时停职的决定，下午局里的刘书记和主管生产的郝副局长开车到你们矿去了，如果你能赶在他们之前到达，把事件平息下去的话，情况还可以逆转。”

黎明海全身一震，知道事情麻烦了，没想到关机四天后果这么严重。他一定要赶在省局的人之前到矿里。他决定抄近路，虽说这条路险了点，但最少可以节约一个小时以上。他说：“我同意上级领导的决定，不过我正在返矿的路上，希望把这次事件平息后你们再宣布。”

“你这几天到底哪里去了，这个问题你要向组织讲清楚，即使讲清楚了，背个处分是肯定要的。”廖丙章关切地说。

“处理完这件事再说吧。”黎明海说。

“还有，那块地批下来了，不过你们要好好考虑，要，还是不要，要就尽快交钱，两千万，一分不能少，下月底交清，不要就赶紧吱声，人家要重做规划。”

“两千万，这么多，不是说有政策照顾，我们这是划拨用地，不用什么钱吗?”黎明海愕然。

“你开、开什么玩笑，这已经是按政策照顾后的价格了，人家早就搞好了五通一平，这要花很多钱，本来是为了引进一个国际大项目，现在那个大项目来不了才被我们争取到。换了房地产，没有两个亿别想拿下来，你以为这是你们那大山里的地皮啊，一给就给一个县城的面积，这是省城，寸土寸金的地方，现在虽然偏一点，过几年就会旺起来的。”廖丙章那边气呼呼地说。

“我知道了。”黎明海再也没说话，用力踩了一脚油门。

天渐渐黑了下来，黎明海返回的行程也已过半，又要开始走山路了。那一座座熟悉的大山黑黢黢地耸立在他的眼前，他打开小车的夜灯，小心而又快速地在崎岖的山路间行走着。他一边开着车，一边在脑子里清理着思路：这两千万从何而来？当务之急是把地圈起来再说。现在也不知道矿里闹成什么样了，只要把安置工程项目批下来的消息告诉大家，工人们的怒气应该很快能得到平息。他自己也清楚，这些年一心扑在生产上，眼里只盯住全矿人的饭碗，按自己的意志行事，没有注意与职工多沟通，党委书记老朱在这方面也不给力，如果跟群众一直保持一种畅通的关系，情况绝不可能恶化到这种程度，可现在为时已晚，接下来怎么办呢，怎样跟省局交待这几天关机的事，怎样跟鸣芬说小涛的事呢？事业和家庭的难题都让他饱受煎熬。

在即将驶入矿区时，黎明海的手机骤然响起，电话的那头传来了大佬洪绝望的声音："矿长，五分钟前，四号带出现冒顶将巷道堵死，三十名正在作业的工人被埋在里面了！整个作业区只有我和另外两名信号工逃出来。"

黎明海眼前一黑，大脑一片空白，脚下却下意识地加大了油门，小车像脱了缰的野马一样朝山崖冲去。在冲下山崖的那一刻，黎明海还有一丝的清醒："对不起，终于解脱了！"

中篇

第16章　闯过鬼门关

恍惚中，黎明海听到耳旁似乎有人在说话。他微微睁了一下眼皮，眼前是模模糊糊的一片。忽然，有一张脸向他靠拢过来：“你醒了?”黎明海说不出话，但他知道自己还活着。

很快，来了一名医生，他俯下身子仔细翻了一下黎明海的眼皮，照了照他的瞳孔，然后对守候在一旁的鸣芬说：“好消息，他醒过来了。”

“真的，葛主任。”贾鸣芬欣喜若狂。

“不过他现在意识还比较模糊，你可以在他耳旁轻轻跟他说说话，刺激一下他的反应，让他尽快恢复认知，明天我们几个再会诊一下，情况乐观的话这两天就可以恢复思维。”葛彬彬说。

“谢谢、谢谢。”贾鸣芬不停地道谢，说着说着哭了。

医生走了，贾鸣芬还在哭，哭了好一阵，她突然抱住黎明海的头，在他耳边倾诉起来：“你终于活过来了，知道在这里躺了多久吗，整整一个月啊，再不醒来我就捱不下去了。你倒好，这一个月什么事也不用管，就躺在这里，我简直要崩溃了！在你出车祸的当天，爸爸去世了，心肌梗塞，在医院抢救了两天，临走一句话也没有留下。霜霜现在志淩家，多亏了志淩，不但爸爸的后事全靠他操持，连本来应该由你承担的井下塌方事故也由他处理了……”

鸣芬喃喃倾诉的时候，黎明海躺在那里一动不动，听到这里，他的眼睛猛然睁开了一道缝，他抓紧了鸣芬的手，喉咙里吐出一些含糊不清的词语。

贾鸣芬十分清楚丈夫的性格，她知道丈夫现在最想见的是谁。她在他耳边说道："你先别动，我马上就叫志淩来。"

方志淩得到消息，立即赶到了黎明海的床前。见了方志淩，黎明海的眼睛也睁得更大了些，直直地盯着他。他嘴巴张了张，连说了几个"ta、ta"怎么也说不下去。方志淩拍了拍他的肩说道："别急，我知道你想问什么，不要出声，我说你听，慢慢来。"

那天，卧龙山矿井下发生冒顶事故，三十名正在作业的工人被埋。消息一传到局里，局里也乱了阵脚。建矿近半个世纪来，从未发生过这么大的事故。在危机处理会上，大家焦急万分，七嘴八舌，只有方志淩沉默不语。"方处长，你是从那个地方来的，你说说怎样才能尽快救出工人？刚省里的领导打电话问，省市安监部门正往那边赶，我们无论如何也要把工人们救出来。"局长点了方志淩的名。

方志淩说："最好是现在我带几个人赶赴事发现场，看情况而定。"工程技术人员出身的他毛遂自荐带着一班人马连夜赶到卧龙山。大佬洪向他汇报了当时井下作业面情况，在了解了事故发生段的深度和地质环境后，他当即制定出救援方案：用水平钻跟管钻进，尽快打通塌方段，建立临时通风和给养通道。同时组织精干队伍在塌方段一侧打一条联络巷道，设法把人救出来。十二个小时后，就在工作面氧气即将耗尽时，通风钻孔打通，立即通过钻孔向被困矿工送去了新鲜空气、水和牛奶，被困的矿工们有了给养，情绪逐渐稳定下来了，为营救赢得了宝贵时间。大佬洪又指挥掘进队日夜作业，三天后联络巷道终于打通了，三十名工人被顺利救出，避免了一起特大事故的发生。

当十几个小时过去，他看到黎明海还未到达现场，就知道大事不妙。天刚亮，立即派出两路人马沿着山路仔细寻找，终于发现了翻在深涧的那辆马自达轿车和已昏迷的黎明海。车已完全报废，黎明海身负重伤。据处理事故的交警说，好在车在坠落的时候，先挂着了一棵树，然后再缓冲下来，否则后果更加不堪设想。当时黎明海只有微弱的心跳，他被紧急送往省人民医院，正在休假的葛彬彬被叫回医院参加抢救。经诊断，黎明海的两肺被肋骨戳伤，肝脾破裂，在 ICU 抢救了二十多天，直到生命体征恢复正常才转到特护病房。方志淩在卧龙山矿待了整整十天，处理完鸣芬父亲的后事才回到省城。

黎明海默默地听着方志淩的叙述，更紧地抓住他的手，虽然他说不出话，但表现出的是一种感激之情。方志淩说："你累了，好好睡一觉，我明天再来看你。"说完转头对贾鸣芬说道："你辛苦了，我明天再来。"

鸣芬笑着说："你来了他好得会更快些，早点来。"

方志淩走后，鸣芬开始为黎明海洗脸、擦身。因为黎明海的肋骨和腿几处骨折，鸣芬一边小心翼翼地做这些事，一边跟黎明海说着话，黎明海也慢慢地开始有所回应。葛彬彬和几名医生过来查房，他们对黎明海的状况都报以乐观的态度。对这个结果，他们归结于伤者的身体素质好和求生意志强，同时也夸鸣芬照顾得无微不至，康复起来应该很快。

黎明海的清醒，让鸣芬感到整个世界都亮堂了，她一下子变得精力充沛，身心愉悦。

黎明海的神智确实在清醒，车祸前的那一幕又开始一遍遍地出现在脑海里……

黎明海一觉醒来，只见窗外阳光明媚，病房里一片亮堂，混沌了几天，他觉得今天人清爽多了，精气神好像又回到了身上。

窗前伫立着一个女人，灿烂的阳光把她从头到脚好像镀了一层金色。她身着一件墨绿色秋装，西装领口露出一节白色的高领毛衣，显得高挑有气质。女人转过脸来，黎明海看了好一阵，他迟疑地喊了声：“鸣芬？”

“醒了？”鸣芬高兴地走过来，她突然有些害羞地问道：“好看吗，第一次穿你给我买的衣服，感觉真是太特别了。你的眼力真不错，不用试都能买到这么合身的。”

黎明海也是第一次发现妻子如此漂亮，他真正体会到“人靠衣裳马靠鞍”这个道理，鸣芬在穿着上从不讲究，除了灰就是蓝，还特别喜欢穿宽松的休闲服，现在，鸣芬还是鸣芬，只不过是换了件衣服，人就立马大变样了。

“好看。”黎明海由衷地说。

“给你看一样东西。”鸣芬拿出一张报纸，报纸的头版有张照片，画面上人头涌涌，是在一家大商场拍的，照片说明写的是：国庆前夕，城市居民消费热情高涨，老百姓踊跃选购节日用品。黎明海往报纸上扫了一眼，突然心脏一抽，不由得又闭上了眼睛。这家商场正是给鸣芬买衣服的那家，黎明海出现在照片的一个不太显眼的位置。他的旁边，站着苏紫云，两人挨得很近，但那天商场里人太多，看不出任何问题。

鸣芬说：“有天我翻旧报纸，看到这张照片上竟然有你，实在是太巧了，就把这它收起来了。”

黎明海知道这层窗户纸早晚要捅破，他不知道该如何跟鸣芬开口，鸣芬知道后，她的第一反应是什么，黎明海不敢想。一想到这件事，他真希望自己永远不要醒来。“鸣芬，有一件事情我想跟你说。”黎明海艰难地说。

“什么事？”鸣芬俯下身子。

黎明海欲言又止。“工人闹事的事情怎样解决了？”话到嘴边，他突然扯起了另一个话头。

“因为井下出了事故，消息传来，闹事的人当时就散了，谁也不好意思这个时候闹。”鸣芬说。

“哦，就这么结束了，你知道是哪些人挑头的吗，是不是肖珂他们？”黎明海颇感意外。

“不是肖珂，我听说他从省城回来就辞职出走了，到现在一点消息都没有。这次闹事的是郭傻子的儿子那帮人，你还想他们怎样，还嫌闹得不够？”

“郭傻子？”黎明海愣住了。

“是啊，他那儿子愣头愣脑，整天游手好闲，闹事倒是一把好手，郭傻子从不会教育孩子。他这次能闹起来，主要是很多人心里有气。郭傻子儿子头脑简单被人挑唆，说他爸参加革命那么早，工作任劳任怨，多次被评为劳模，死了却没半点好处，孩子连个工作也没有。他们也不看看，他儿子是那块料吗？人家肖珂有思想，也会做事。肖珂这样的都这么难解决，还轮到他？”鸣芬说道。

黎明海听了，半晌他长叹一口气，说：“话不能这么说，首先是我们对不住人家。”

第 17 章　傻子的逸闻

说起郭傻子这个人，在矿里可是大名鼎鼎。他是位抗战老革命，第一批随部队整编来矿里。他在部队就是以骁勇善战出了名的，一等功都不只立过一次，如果不是因为文化程度太低，早就走上领导岗位了。有关郭傻子还有一个笑话，当年他一个人在矿里工作，老婆在老家农村，大家都知道郭傻子没啥文化，只认得自己的名字，平时写信都是让别人代笔。可那段时间郭傻子跟老婆的书信往来却特别勤，也没看到他让谁帮他写信。别人问他老婆为什么来信这么勤，郭傻子跟大家说，老婆快生孩子了，奇怪的是郭傻子接到信从来不拆。问他为什么不看信，他说都在信皮上画着呢。大家都不相信，非要他拿出来展示。果然，郭傻子的信里面都是空的，信封上倒是有各种不同的图案。有的上面是一朵小花，有的是一排小猪脑袋。大家问是什么意思，郭傻子拿起一封信说：“你们看，这上面有七个猪脑袋，说明我家老母猪下了七头小猪仔了。”一个工友说，这两封画的都是一模一样的圈圈，有必要重复吗？郭傻子说：“你看看清楚，这是一样吗？明明这封的圈圈里多了一个点嘛。”大家问他这多一个点是什么意思，郭傻子说：“圈圈里有一个点，说明孩子还在娘肚子里好好的，下一封那个点没了，就知道孩子已经生下来了。”众人恍然大悟。郭傻子不好意思地说，这也不是我发明的，是跟我的老班长学的，他就是用这个办法跟老婆通信。

郭傻子只做到班长，而且一直都在一线。刚建矿时，国家对这批老兵的待遇非常好，在物资相当匮乏的六十年代，一线工人每星期有一斤猪肉、一包奶粉，还有口罩、手套等防护用品。郭傻子把老婆接到矿里后，又生了一大堆孩子，除了养活自己一大家子外，还要接济老家的穷亲戚。那时候，家属工无住房、无户口、无口粮，尽管郭傻子有劳保，可他家人多，为了维持全家人的生计，郭傻子的老婆领着子女开荒种地自力更生，用红薯代口粮。他的口罩和手套都给老婆拆了，织成孩子们的线衣，干活的时候没有任何的防护，他们中有不少人得了矽肺病，郭傻子也是其中的一个。

早期对矽肺病人很优待，只要确诊了，就可以享受优厚待遇，甚至在疗养院里度过余生。国家对他们的照顾，让这批老兵有恃无恐，干起活来不要命，从不懂得怎么爱惜身体。他们有句口头禅：活着干，死了算。郭傻子就是这样一个典型代表，他干活从来没有时间观念，也不计较报酬，不是他当班的时候也是随叫随到，加班加点毫无怨言，以至于一些人叫他“傻子”。他也不生气，在一次做发言时还自豪地说：“有人说我傻，我是傻，可为了早日实现共产主义，我就是要做一个革命的傻子，要让傻子精神永放光芒。”“革命的傻子”这个绰号就这样被大家叫开了，后来大家干脆简化成“郭傻子”。

郭傻子离休了，却没有好好地休息过一天，他看到煤场人手不够，就每天主动去帮忙，他说闲着也是闲着，发挥余热更有意义。上世纪九十年代，上级派来了医疗专家组为老工人体检，发现得矽肺病的人数惊人。如果按照以前的待遇，单位根本就负担不起，于是就说他们还不够疗养的等级。终于有一天，郭傻子兴奋地跟黎明海说：“我的矽肺病鉴定下来了，已经超过了我们老班长的等级，我什么时候能跟老班长一样，住到疗养院去?”黎明海心情很沉重，不忍心告诉他真相，对有些人来说，梦醒了反而痛苦。一个月后，郭傻子死了，死在一线岗位上。矿报一位记者为他写了一篇感人肺腑的广播稿：郭师傅去世了，他走得很安详，脸上流露出一种幸福，因为他是怀着对共产主义的憧憬而去世的……

每每想起这件事，黎明海心里就十分内疚，因为矿里还有不少像他这样的“革命的傻子”，要解决这批“傻子们”晚年的生活和养老问题，让他们安度晚年，只有从大山里迁移出去才是唯一的出路，这也是黎明海迫切想做的事情。

“你快点好起来吧，这次你的手机关了差点误事，本来局里要处分你，是志凌帮你遮掩过去的。”鸣芬打断了黎明海的沉思。

“怎么帮我遮掩?”黎明海问。

“说你病了，在住院，还有医生写的证明，所以手机没开。他说的是不是真的，你得了什么病?”鸣芬说。

黎明海沉默不语。

“到底得了什么病，跟我都不能说吗?”鸣芬急了。黎明海要她那几天别给他打电话的时候，就觉得有些奇怪，但她已经习惯了不问缘由，加上黎明海当时的语气也很平静，没什么异样，所以就没把这件事放在心上，现在想起来，她不能不问个清楚。

“鸣芬，有一件事要告诉你。”过了一会儿，黎明海才开口。

“说吧，什么时候变得这么婆妈，是不是车祸把脑子摔坏了?”鸣芬笑着说。

“是这样的，我……”黎明海硬了硬心肠，刚想说下去，鸣芬的手机又突然响了。黎明海听着双方的对话，知道是方志凌打过来的，只见鸣芬一边点头一边“好、好”地答应。一会儿鸣芬合上手机，说：“志凌说他今天有事，保姆回乡下了，青岚又要到外面演出，三爹一个人在家他不放心，要我过去照顾一上午，下午保姆就回来。我说你这里也离不了人，他说医院有熟人，已经打了电话让葛主任过来照看一下。”

黎明海、贾鸣芬和方志凌三人的父亲过去都是出生入死的战友，他们在战争年代义结金兰，黎明海的父亲是老大、贾鸣芬的父亲老二、方志淩的父亲最小，于是他们的孩子称各家的父母亲为爹娘。十年前，黎明海的父母就去世了，这几年二娘三娘也陆续走了。在国庆节前一天，他们的二爹，鸣芬的父亲也走了，老一辈剩下的就只有三爹方志淩的父亲，如今也是八十高龄。鸣芬父亲的去世给他刺激很大，这些天身体一直都不好，全靠家里的保姆照应。志淩家跟鸣芬家相反，志淩是家中唯一的男孩，姐姐们早就出嫁了。志淩喜欢省城，不愿在矿里找对象，直到三十八岁才结婚，妻子青岚是一名二胡演员，因为演出经常不着家，他的孩子从幼儿园开始一直都是全托。

“那你就赶紧过去吧。”黎明海催促道。

第 18 章 祸不单行

鸣芬刚走，方志凌就推门进来。

“你今天不是有事吗?”黎明海诧异地问。

“我故意把鸣芬支走的，找你有事。”方志凌说着朝门外喊了声：“进来吧!”

黎明海定睛一看来人，惊诧不已：“紫云，怎么是你?”只见苏紫云一袭黑衫，满脸哀愁，尤其是鞋子上的一朵小白花让黎明海惊骇。因为当地有这样的风俗，家里死了亲人，鞋子上会缀一朵白花。他颤抖地问：“你给谁戴孝?”

“给老韩。”紫云哀伤地说。

“怎么会这样?”黎明海的心在往下沉。

那天，方志凌把车借给黎明海开走后，总觉得黎明海神色不对，得到的回答也是支支吾吾的。他放心不下，正好葛彬彬在省医，于是当即就去找他了解情况。葛彬彬说，医院每天进进出出几千人，你让我怎么查?方志凌说，你不会到后台看一下门诊和入院患者的姓名吗。当得知黎明海是去做骨髓配型的，还是亲子关系，这让方志凌大跌眼镜。黎明海在大学期间有一段恋情他是知道的，苏紫云他也不陌生，以前跟着黎明海一起见过几回，当时是苏紫云的父母不同意才没跟黎明海谈成，黎明海不太愿意提及这件事，方志凌也从来不说。近二十年了，方志凌为黎明海严守着这个秘密，可他从没听说过，他们居然有了孩子，他决定去看个究竟。他对葛彬彬说："哥们，这是我最好的朋友和兄弟，你一定要给我保守这个秘密，跟任何人都不许说。"

血液治疗中心在医院的另一隅，他刚走到二楼，病房里传来嚎啕大哭声。只见一名中年妇女披头散发，硬是要往手术室里冲，三四个医护人员都拽不住她，方志凌被人叫住帮忙。尽管女人头发凌乱，满脸憔悴，但在如此近的距离，方志凌还是从这张脸上认出了这个女人就是苏紫云。女人被强行拉进病房后，方志凌小声问旁边的一个患者怎么回事，这人叹息道："惨那，孩子得了白血病，老公又出车祸，死在手术台上。"方志凌问："她老公是什么人?"对方说："好人啊，戴副眼镜，和气得很，听说是个高工，每天都给孩子老婆送饭，今天就是在送饭的路上，过斑马线时被飙车的撞了。"

"啊!"方志凌目瞪口呆。

"你是她什么人，如果是朋友还是去劝劝吧，我看她快要疯了。"那人说。

方志凌想现在上去显然不合时宜，对方根本不知道自己是谁。这时，他看见当年的同学苏紫云的哥哥苏青云匆匆赶来。

"我是刚得到消息赶过来的，方志凌，你怎么会在这?"对方愕然。

"今天碰巧来这里，快进去看看吧，我过几天再找你。"方志凌落荒而逃。

方志凌当晚接到卧龙山矿出事的消息，立即赶赴现场，十天后回到省城。安顿好鸣芬母女才跟苏紫云一家人接触，终于把情况全部了解了。在见到苏紫云儿子的那一刻，他被小涛那张酷似黎明海的脸吓着了。苏紫云听说黎明海也出了车祸，住在医院生死难料，几次提出要来探望都被方志凌劝住，他告诉她还不是时候。现在黎明海醒了，他支走了鸣芬，将这事和盘托出。

听说老韩车祸死了，黎明海半天说不出话来。好久他才对方志凌说，查查那天是个什么日子，为什么二爹去世，我和老韩的车祸都在这一天。

“这都是命！明海，紫云和小涛的事千万不能这么快告诉鸣芬，我怕她受不了，现在你们要听我的。目前小涛已经好转，过几天就出院，没有特殊情况你们别见面。如果要见最好通过我，我会妥善处理的。”方志凌再三叮咛。

志凌和紫云刚走，鸣芬就回来了。她一边脱外套一边说：“三爹情况还好，我一去他就把我往医院赶，还说医院不能缺人。”说完鸣芬又给黎明海削苹果，她装作漫不经心地说：“是不是志凌来过了？”

黎明海惊讶道：“你怎么知道？”

鸣芬说：“我刚才好像看到他了。”

黎明海松了口气：“这有什么奇怪，他来有点事，我还以为你闻出味儿呢。”

“你说话别骂人好不好？什么叫闻出味儿来。”鸣芬不满道。平时黎明海的表情挺严肃，但他说话很幽默，常常另有含义。

黎明海笑了：“我是说你对他的到来很当一回事，可又装作无所谓的样子。”

“这你也知道？我是看他跟一个女人走在一起，那女的不是青岚，从没见过，很苗条，长得白白的，穿一身黑衣服。我叫了他一声，也不知道他听见没有。叫了他之后，他跟那个女人反而走得更快，一下子就无踪无影了，神神秘秘的。哎，你说他会不会有什么事瞒着我们？”鸣芬说。

黎明海说：“志凌认识的人，凭什么你一定要见过，不要在人后乱说是非。”

“你才乱说呢。”鸣芬嘴里嘟囔着。当年三十八岁的方志凌带着才二十五岁的青岚来卧龙山，逼着黎明海和鸣芬叫嫂子，黎明海和鸣芬都不服气。方志淩说："我比明海大两天，绝对算大哥，怎么对待大哥的老婆，你们看着办吧。"

黎明海问满脸绯红的青岚："我们怎么称呼，你说了算。"

"就叫名字吧，你们都比我大。叫嫂子我还不好意思呢。"青岚道。

黎明海看着方志淩说："你说怎么办?"

"算你厉害。"方志淩无可奈何。

"好在我们没叫青岚嫂子，否则志淩肯定处处要以老大自居。"鸣芬说。

当时鸣芬问青岚，方志淩是用什么办法追求她的，青岚说："他给我做了一条连衣裙，织了一件背心，我就死心塌地了。"鸣芬讲给黎明海听，黎明海一愣："又是织背心，据我所知，他起码给女孩子织过五件背心，这一招真是天下无敌。"

"志淩前两天跟我说了一句话，觉得怪怪的。"鸣芬说。

"他说什么?"黎明海问。

"说夫妻间感情不能太好，太好了，如果一方有什么事，另一方就承受不了，还是看淡一点好。这么说是什么意思?"鸣芬问。

"那还不是你哭天喊地要死要活的。"黎明海没好气地说。

"你滚!"鸣芬娇嗔道。

矿党委书记老朱特意来看黎明海。黎明海受伤住院后，他暂时负责全面工作。贾鸣芬见状赶紧端茶让座，然后掩门出去。

"那块地怎么样了?"黎明海首先就问。

"没问题，地已经圈下，款都付啦！职工们听说安置到省城，可高兴了。"老朱说。

"钱是哪里出的，银行贷款?"黎明海精神一振。

"我们穷得叮当响，银行哪里会贷款，现在的银行，哪家不是嫌贫爱富。我是近水楼台先得月，找了红光集团公司，两千万，一分不少，已经到账了。”老朱说。

黎明海听方志凌说过，红光集团公司的董事长倪锦添就是老朱的妹夫，商人无利不起早，他出钱一定是附带了条件的。但直接问老朱，一是伤和气，二是老朱也不会完全说实话。再说他还在住院，等出院了，组织上怎么安排也不知道。

第 19 章 找钱难于上青天

“老兄，你们这件烂事把我也拖下水了，今天局长找我谈话，说老朱不懂业务，又快要退休，而卧龙山矿正是关停并转的关键时期，要我去代理矿长。”方志淩一进黎明海的病房就说道。

“很好啊，如我所愿。”黎明海笑道。

“我说不去，他说你现在住院，一定要个懂业务的坐镇。我只好说，暂时代理而已，你一出院，就把位子给你腾出来。”

黎明海笑道：“这次局领导算是做了件英明的事，我可以安心养伤了。”

“你住院住得可真及时，在这躺了一个多月，什么事情都解决了。出了工人骚乱事件和冒顶这么大的事故，原来省局还想处分你，可你当时生命垂危，昏迷不醒，想追债都找不到债主。现在时过境迁，一切都平息了，领导们多一事还不如少一事，就不了了之了。”方志淩说。

“知道是你为我挡了驾，可我现在对你生不出感激之情，如果就这样死了，一了百了该多好。”黎明海笑着说。

“你这不知好歹的家伙，大难不死必有后福。”方志淩骂道。

“这么说我还得感谢这次事故，我摔成这样还要感到侥幸？”黎明海不满地说。

“那当然，你躺在这里人事不知，知道周边的人承受了多大的压力吗？别人就不说了，那几天鸣芬都快疯了。一个心地那么善良的人，居然跟护士长打了一架。”方志凌道。

“鸣芬会打架，为什么？”黎明海说。

“你送来的那天已经是奄奄一息，有一度连生命体征都快没了，护士长就通知医院太平间的人准备收尸。这护长是个大嗓门，在通知人写验尸报告的时候被鸣芬听得一清二楚，她上去就给了护长一个大耳光，说人还没死，写什么验尸报告收什么尸啊！那护长也不是吃素的，反手打了鸣芬一拳，鸣芬跟发怒的豹子一样，扑上去把护长打得鼻青脸肿。如果不是大家急忙拉住，那护长说不定会被鸣芬打死呢。”志凌说。

“啊，那别人还能放过她。”黎明海吃惊地说。

“护长当天就把鸣芬告了。我找了几个人给护长做工作，葛彬彬也出了面，说了特殊原因，要她体谅一下家属的心情。再说，护长也有不对的地方，哪能当着家属的面，人还没死就嚷嚷着收尸呢。”方志凌说道。

黎明海猛然想起，他好像有片刻觉得灵魂脱离了肉体，漂浮到了天花板上。他看见自己身上插满了各种管子，医务人员在他身边走来走去。这时，门外忽然听见一阵嘈杂声，他就飘出了门外。看见有一个女人被大家使劲拉住，她的头发遮住了脸，不知道是谁，于是他飘近了点，看清楚是鸣芬，他也想拉她，可他没有任何能力，连手脚在什么地方都不知道。一会儿，这张脸又变成了紫云，他仍是无能为力，他感到还是要回到肉身去，又飘了回来。难道这就是濒临死亡的体验？

黎明海在讲死亡体验的时候，葛彬彬进来了，他接着说：“你这种体验我也得过一次，那次是在西藏海拔五千米的高原，我因缺氧无力地躺在车座上，这时我突然感到全身没有知觉了，身体一下飘到了车顶，从上往下看到了悄无声息的自己是那么可怜。当时他们测得我的氧饱和浓度只有百分之六十，这是一个很恐怖的数字，人的氧气饱和浓度降到七十就有危险，我只有六十，不但没死，还让我体验到那神奇的感觉。”

“这是不是说明人真有灵魂?”黎明海问。

“等生命医学发展到那个程度再告诉你吧，你们慢聊，我查房去了。”葛彬彬说完走了出去。

“有一个消息要告诉你，如没有特殊情况，开发安置区三个月后就开工。”方志淩说道。

“我还想问你呢，老朱的妹夫可不是盏省油的灯，他贷款给我们有什么条件?”黎明海问。

“他提出所有的建筑由他做，然后再将一半的土地做商品房由他卖，利润三七开，他拿大头。”志淩说。

“这块地总共也就两千亩，不但要建安置房，还包括了发展用地，这样一经他手就变成一千亩了，他赚了工程款，凭什么还要拿地，不行!”黎明海坚决地说。

“没办法，我也不同意这‘丧权辱国’的条款，可当时一是没钱，二是老朱全力推进，那时我连代矿长都不是呢。”方志淩说。

“签下合同了?”黎明海问。

“签了意向协议，正式合同要看局里和你的意思，如果局里不介入，你住院不出声，一切就照常进行了。倪锦添为了表示诚意，已将两千万资金打到了账上，现正等着规划部门的红线呢。局里要钱没钱，要人没人，你问局里要，那不是要饭的碰上叫花子吗，最后还不是自己拿主意。”方志淩说。

“你最好跟朱世茂敲敲边鼓，告诉他协议在签正式合同的时候要改动一下，说迟了，生米做成熟饭就不好办了。”黎明海说道。

朱世茂几乎是小跑着进了倪锦添的别墅。

“黎明海清醒了，那个项目怕是成不了。”朱世茂擦着汗对倪锦添说道。

“不是说成植物人醒不过来了吗?”倪锦添说。

“医生也说是个奇迹，他的生命力很强，前两天刚醒，今天就什么都记起来了，说那个项目卧龙山矿损失太大，其中的条款要改。以他的个性，我看结果是要么改条款，要么终止合作。”朱世茂说。

“他想怎么改，我就这个条件，就凭个政策拿到了这么多地，什么也不用出，房子有人给他建好，还不满足？不同意我就撤资。”倪锦添说。

“黎明海说都给了你建房子，安置区就没有发展的余地，你要得太多了，这个条件找任何一个开发商都会愿意跟我们合作。”朱世茂说。

“那就让他找试试!”倪锦添气得摔了茶杯。

“明海，规划部门的红线已经出来了，我们的开发安置区命名为剑光小区。要求在一年之内将安置区的首期建成。两年内卧龙山矿实现关停并转，老职工全部进城。合同一签，就要请专家进行规划了。倪锦添今天打电话给我，说月底把正式合同签了，我说有些条款要做一下修改，他不同意，说没有商量的余地，如果我们月底不签字，他就撤资。”方志凌说。

“现在既然没有调离我，我就表个态，我不同意这个协议，以这个条件，任何一家开发商都会愿意跟我们合作。撤就撤，看有没有合适的合作人和组织机构。我就不相信，非得靠他才能将剑光小区建起来。你再跟其他几位班子成员联络一下，动用所有关系，一定能找到合作对象。我今天就办理出院，在这里躺了三个月，闷死了。”黎明海决定搏一次。

“你还是再住一段时间吧。”方志凌劝道。

“还有几天就过年了，你们喝香吃辣的，让我在病房里吃药，才不干呢。”黎明海说。

“哥们，你要搞清楚，这是省医，三甲医院，床位多紧张啊，如果不是葛彬彬这层关系，你想住这么久，门都没有。这里有多少癌症病人，有的动完手术还没拆线就被通知出院，别说你在这里住三个月，别人做了肿瘤切除手术才三天就出院了，况且你住的还是高干病房、单间，还想怎样。”方志凌说道。

“那得感谢你，好，谢了。出去还有很多事情做，鸣芬，赶紧给我办手续吧。”黎明海催促道。

说来也怪，这些日子他们分头找了十多个有可能的合作对象，但对方一听这块地之前是红光集团插手过的时候，一个个都打起了退堂鼓，甚至是同等条件别人都不肯干了，这让黎明海很困惑，他让利德隆去打听。几天后，利副矿长道出了其中谜底。原来，倪锦添早年是黑道出身，在省城曾经雄霸一方，后来身价丰厚了，通过金钱把身份洗白，开始做正经生意，进了政协，还入了民盟，但他的威名在江湖上无人不晓。倪锦添做生意遵循的是丛林法则，只要竞争对手对他稍有挑衅，他就一定要将对手致之死地。利副矿长说起倪在商战中的几件轶事：八年前，倪锦添在市中心开了一间大型的西餐厅，有一个不知死活的家伙在他的对面也开了一间规模较小的西式餐店，为了吸引顾客，这家西餐店特别开出了十元一顿的自助餐。如果仅仅十元吃西餐，连本都回不了，但就是有了这个噱头，一时间，生意相当火爆，抢了倪不少生意。倪锦添得知后，每天掏一千元召集五十名身强力壮的民工，让他们专门去抢吃这十元一顿的自助餐，除加送十元外，吃得多的还另外有奖。天下竟然有这等好事，把这些民工乐坏了，他们放开肚皮铆足了劲，专挑最贵的吃，只吃了十天，这家西式餐店活生生地被吃倒闭了。还有一次省里有个拍卖会，拍卖京城的一些老字画儿，有很多字画爱好者跃跃欲试，可人们一看见红光集团的人去了，一个个都偃旗息鼓。他做地产生意，承建商几乎每次都要通过打官司才能从他那里拿到钱。这个人在江湖上，钱很多，名声臭，然而，就是因为钱多，上上下下的领导都对他笑脸相迎。他还有一个本事，虽然得罪了不少商家，但跟大官员的关系特别密切。他舍得砸钱，为了疏通关系，再多的钱他也敢砸。大领导出国他陪同去买单，大领导旅游他跟着去付款，他常说这是领导看得起我才花我的钱，换个人想送还送不进呢。听说他还找人算过，说他来财的方式是凶利，他自己也常说富贵险中求，因此，他投资的都是风险极高，回报极大的项目，包括海外投资。最近，人们又在暗地里传他跟余副省长结成了儿女亲家，这样的人，谁惹得起。说不定今天签了合同，明天就让你消失。

黎明海听了默不作声，普通人哪知道这样的内情，老朱这把口也守得紧。黎明海拿着电话簿，挨个地联系，结果大失所望。一是能拿出这么大笔投资的毕竟不多，二是区域性限得很死，只能在省内找，由于没有抵押，哪家银行都不愿贷款。

方志凌说："我还听过这样一件事，倪锦添在外省投资了一个房地产项目，地方的领导为了表示重视，市长亲自陪他到工地视察，红地毯从大门口一直铺到施工现场。这些领导的脑袋好像被驴踢了，这可是倪锦添自己的企业呀，官员竟然做到这样下贱的地步。当时现场因为太阳太大，少了几把遮阳伞，市长当场打电话给县长，结果县长亲自拿着遮阳伞跑步到工地。"

"看来是没有办法了，政府都被他绑架了，这个合同不签也得签。谁让我们是寡妇睡觉——上面没人呢。"利副矿长说完又叹了口气："签就签吧，这也算肥水不流外人田，朱书记的亲戚，对我们肯定会有所照顾的。"

"这你就错了，他可以让侄子为五万块坐五年牢，这事你干得出吗？"方志凌说。

第20章 扭曲的年代

“你猜，我今天在大街上碰到谁了?”贾鸣芬一进来就问黎明海。

“街上那么多人，我怎么知道?”黎明海心里烦，不愿动这个脑筋。

“碰到西米粥了，不是他先叫我，差点都认不出来。”

“西米粥，他不是早就出国了，入了美国籍么?”黎明海说。

“入了美国籍就不能来中国啦，现在中国的钱可好赚了。”鸣芬说。

“他现在干什么?”黎明海问。

“不太清楚，当时马路上车多人多，嘈杂得很。不过他要我跟你说，春节期间想跟当年的同学聚一下，要你跟志淩召集一下人。”鸣芬说道。

“这个西米粥，走的时候刚刚小学毕业，要聚的只能是小学同学，三十多年过去，人都走得七零八落，叫我怎么找?”黎明海挠起了头皮。

“问问志淩吧，他应该知道多点。”鸣芬提醒。

“算啦，找到几个是几个，如果他常驻国内，以后慢慢找。其实，只要见着我和志淩就行了，他就跟我俩玩得最好。他父亲当年在卧龙山可是吃了不少苦头。”黎明海说道。

“西米粥”的真名叫粟舟，他们家跟卧龙山矿很有渊源。

1958 年冬，黎明海的父亲黎友山和他的战友们开赴卧龙山的尤家村，这是刚建立的第一个分矿，部队刚到尤家村的第一年，国家正是困难时期，补给跟不上，干部战士全部住在茅草屋里。半个月后，带来的粮食吃完了，他们到离矿最近的老乡家去购买，周边的老百姓加起来不到一百户，他们吃的是米糊糊拌野菜。尤家村离县城还有一百多里的山路，根本不能行车，去县城全靠两条腿。眼看着三百多人的工地就要断顿，黎友山来到食堂，看见是冷锅冷灶。炊事员含着眼泪说：“矿长，赶紧想办法吧，工人们吃不饱肚子还怎么打钻!”黎友山一言不发，默默地走到唯一的电话机旁，使劲地摇起了电话：“请接县委，我找邱书记。”连线后，县委邱书记亲自接听了黎友山的电话，听完黎友山的陈述，他斩钉截铁地说：“黎矿长，请您放心，再坚持一晚上，我明天一定把所有的物资给您备齐。”

第二天八点还未到，早晨的露水还挂在门口的草叶上，黎友山就被一阵凌乱的脚步声惊醒了，他从被窝里起身披上大衣拉开门，一眼望去，外面一片茫茫大雪，门口聚着一支四十多人的挑夫队。挑夫大部分是中青年汉子，每人挑着一担沉重的箩筐，里面放满了他们所需要的油盐酱醋、粮食、蔬菜、肉类，实在是太丰盛了。其中有两头刚杀的大肥猪，被切成 4 大片，由两名挑夫挑着。真是雪中送炭啊！黎友山紧紧握住了对方负责人的手。

“这是邱书记昨天连夜让我们送过来的。”领队说道。

黎友山百感交集，他望着挑夫们头上的热气和满脸的汗珠，知道他们从昨天下午开始到今天早上，走了整整一夜的山路，到现在滴米未进。他忙不迭地通知伙房：“快，快，给同志们烧点热水，好好地吃上一顿早餐。”

“不要了吧。”来人有些为难。

“为什么？”黎友山满眼是不解。

来人把他拉到一边小声说道：“他们都是从大牢里临时拉出来的劳改犯，回去还是要蹲回号子的。这里面只有一个反动右派是专门送来改造的，他肩不能挑，手不能提，这一路只会摔跤。”他指了指一个立在墙角满脸青紫的中年人。

黎友山心里咯噔了一下，他马上明白了这支挑夫队伍里为什么会出现八名持枪的解放军。原来他以为是国家经济紧张，物资奇缺，挑这么多粮食蔬菜走山路怕遇上坏人，特意让解放军一路保护，没想到真相是这样。但他想了一下还是说道：“犯人也是人，付出了这么大的体力，应该让人吃顿饱饭。”在黎友山的坚持下，这些人吃饱了饭才回去。

自从黎友山他们带着采矿设备来到尤家村后，这里开始热闹起来，整天马达声不断，原先一片漆黑的村子居然有了电灯。黎友山是分矿的矿长，他本人也是农家出身，尽管十几岁就参加了革命，但农活还是懂得的，没事的时候喜欢在村民们的田里转悠，看他们做农活。那阵，他和矿工们都还穿着军装，走在村里威风凛凛。有一天，他在一块山坡地上看见一个中年汉子用锄头刨地，光看拿锄头的架势就不像个庄稼人，再仔细看人，近四十岁的年纪，身体消瘦、脸色苍白。他觉得有些眼熟，一下想不起来在哪里见过。他走上前去对他说：“你不是干农活的吧，我帮你锄几下看看。”中年人看了看他没有理睬，继续刨地。黎友山感到很没趣，这时候村支书走过来，他把黎友山拉到一边：“领导同志，不要理他，他是上面发配下来的右派，死硬呢。”黎明海脑海里立即浮现出一个满脸青紫的中年人，原来，他就是那次随那群劳改挑夫一同来的右派。

第二天，黎友山在村口又见右派打水，只见他将提水桶放到井里，小桶在井里翻滚扑腾，却怎么也装不满水。黎友山忍不住，不管他愿不愿意，硬是抢过绳子，抖了几下，满满的水就提上来了。

黎友山将他两只大桶都打满了水后，将水桶绳还给了右派。右派仍然没有一句话，晃晃悠悠地将水挑走了。黎友山问井边上的几个女人，右派是怎么到这里来的。一个女人说："这家人来这里不到两个月，先是他一个人来，后来老婆带着孩子也来了，听说是上面点名了的。谁都不知道他姓什么，村长叫他西米，我们也就叫他西米右派，他老婆那叫一个标致。"

连着两次碰灰，黎友山就不太好意思跟他套瓷了，不想第三次倒是右派自己找上门。原来，他的孩子到了上学的年龄，因为他是反动右派，乡里的学校居然不让他的孩子报名。他们说右派之所以这么反动，就是知识太多了，只有让他们的后代变成文盲，这些人才会老实听话。其实这倒难不住右派，他和老婆完全可以自己教孩子，可是矿上办了学校后那就不一样，不但教学设施好，师质强，而且大家来自天南地北，孩子之间没有成见还可以开阔视野。右派找到黎友山，想让小孩进矿里的子弟学校念书。通过闲聊，黎友山才了解到右派姓粟，村长不认识这个姓，就把字拆开念了。他年轻时留学美国学习金融，解放前是整个华东金融界的一位响当当的人物，解放后在上海的金融系统也是一个重要部门的负责人。去年，他下放到他们所在的省人民银行负责金融业务，此时正值国内搞大鸣大放，让知识分子提意见，他提了几条很尖锐的看法，上级认为他是攻击社会主义，被省行撤了职。反右开始了，他又因散布反动言论被打成右派送去劳教，可身体差干不了体力活，于是被一级级地贬到这最偏最山的农村接受改造。这个村没有一个地主，全部都是农民，现在突然来了这么大一个坏蛋，终于让贫下中农的革命热情有的放矢了。只要上面一有指示，粟右派必然要拉出来批斗一番，这一带的村民都太穷了，好些村根本就没有地富反坏右，粟右派还经常被借到周边的村去批斗。

黎友山的出现，村民终于不敢这么放肆了。黎友山一口答应让他的两个孩子进了矿里的学校，还跟他做了朋友。黎友山早年家穷，从小就参加了革命队伍，在部队才扫的盲，骨子里很羡慕有文化的人。黎友山的内心对共产党充满了感激之情，张口闭口都是党的英明领导，粟右派却不以为然。因两人的专业千差万别，知识结构也不对等，随着他们交往的深入，粟右派在黎友山面前也渐渐敢于表露出自己的某些意见和观点，这让黎友山终于明白了他们是属于两个阶级、两大阵营的人。粟右派的观点常常让黎友山不能容忍。譬如，他说公私合营是政府鲸吞民族资本家的财富，反右是出尔反尔秋后算账的无赖行为，拉一帮穷杆子夺取天下，却治理国家无方等等。黎友山想，果真是个彻头彻尾的反动右派。有一次他们又因为不同“政见”吵了起来，黎友山一把揪住粟右派的前襟大声说道：“我们跟随革命队伍出生入死几十年，让老百姓翻身做主人，你这样说，那我算什么，不成了土匪强盗吗?”面对黎友山一双喷火的眼睛，粟右派漠然地看了他一眼，紧闭的双唇突然迸出四个字：“你懂个屁!”粟右派这一回击让黎友山深受其辱，他怒不可遏：“你这个反动思想不改，我跟你割袍断交。”没想到粟右派也不示弱：“我这辈子是不会改了，有本事就把我枪毙吧，反正我也不想活了。”

尽管如此，黎友山并没有落井下石，只是两人不再说话，不再交往。

有一天，黎友山带着女儿逛乡里的墟市，女儿突然指着一名正在卖红薯的妇女说：“那个人就是粟善的妈妈。”黎友山有些好奇，他从没见过粟右派的老婆，但听过好几个人说粟右派的老婆很漂亮，他的女儿跟粟右派的女儿粟善是同学，有一回去粟善的家里玩，回来就大赞粟善的妈妈如何漂亮如何高雅，想不到她也在这里卖红薯。他和女儿一起走到了这名妇女的摊档前，女儿叫了声“阿姨”后，她也认出了黎友山的女儿，于是她微笑着对黎友山说：“你好，黎矿长。”

“你好，你好。”黎友山有些不知所措。尽管他在这里是一矿之长，有着无比的优越感，但在这位美丽端庄的妇女面前，他突然觉得自己矮了半截。这个女人在这群卖土产的妇女里面显得那么出类拔萃，她身材高挑，头发梳得一丝不乱，白里透红的鹅蛋脸上展现的是慈祥和高贵，目光柔和。看出大家对她很尊敬，都叫她“西米嫂”。

“来一点吧，自己家种的。”她热情地抓了五六个红薯放进黎友山的兜里。她的红薯洗得干干净净，一点都不像旁人的那样满是泥巴。黎友山掏出两角钱塞到她手里，她连忙将钱推了回来，说：“黎矿长，我们欠您太多了，这几个红薯算啥。”

“你们也不容易，钱还是要给的。以后我让食堂的采购直接跟你订货，你就不用拿到集市上卖了，价钱还是一样。”黎友山觉得让这样的女人卖红薯很残忍。

“不用不用，我已经习惯了，跟她们在一起我很开心。”西米嫂婉言谢绝了他的好意。

“老粟还好吧，我已经好多日子没见到他了。”黎友山问。

“哦，还好，你们的事我也听说了，您别和他计较，他这个人吃亏就亏在个性上。有什么冒犯的，我给您道个歉。”西米嫂轻声细语地说。

听了这一番话，黎友山顿时把对粟右派的极度不满一扫而光。他一边走还一边想，家有贤妻是个宝，粟右派找着这样的老婆真是三生有幸。他听说过粟右派的老婆也是名门望族的大小姐出身，粟右派脾气倔，不服软，一层层被贬到穷山沟，她也跟着吃了不少苦，粟右派的工资停发几年了，他们一家五口就靠种红薯度日。

西米粥是粟右派最小的儿子，是来了卧龙山矿后才出生的，跟黎明海同岁。他们几个过去都是同班同学，小时候在一起玩耍。小学毕业的时候，粟右派的问题终于解决了，可那时粟右派已是肝癌晚期，拿到平反通知书的那天刚刚去世。西米粥的母亲带着全家迁回上海，后来听说移居了美国。现在算起来，西米粥也是人到中年了。

第21章 新官上任

“我想尽快见他，不知道西米粥还会不会说中国话。”黎明海打趣地说。

“会，他跟我说的就是中文，话可多啦。”鸣芬说道。

“我知道他喜欢过你，见了你肯定很多话。”黎明海笑着说。

“其实嫁给西米粥也不错，不然我也是美籍华人了。”鸣芬说。

“那我把他约出来，看你还来不来得及，如果可以的话，给你再做一次选择。”黎明海半开玩笑说。

“什么意思，是不是想把我推出去另外再找!”鸣芬故意生气地说。

“就这肚量，当年宰相肚里能撑船的大气到哪里去了?”黎明海笑道。

“说谁呢，忘了刚结婚时对我的态度啦?”鸣芬老账重提。

黎明海嘿嘿笑了声：“太熟了，没办法下手。”

鸣芬“扑哧”一声，她掐了明海一把，开心地笑了。鸣芬感觉现在跟黎明海的关系达到了最佳状态，她心中感叹，真是精诚所至金石为开。

“鸣芬，家里还有多少存款?”黎明海问。

听了这话，贾鸣芬不由得一愣，自结婚以来，黎明海从来没问过家里的经济状况，他的工资卡都是交给她保管的，除了固定工资外，黎明海还有些奖金，这个她不管，黎明海不抽烟、很少喝酒，他的钱也就是给女儿买买书和学习用品，花不了什么钱。她把家里的衣食住行安排得妥妥当当，现在黎明海操心这个干什么？

她说：“我们自己就勉强可以，存款只有四万多吧，原来有五六万的，爸爸去世，还有接济你姐花了些钱。我们企业的工资太低了，你堂堂一个矿长，月工资才五千块钱，我还不到三千。你姐去年退休，钱就更少了，外甥在上大学，很快就要找工作，也需要钱，她不好意思开口，姐夫又老实巴交的，我硬塞给了她六千块。你就这么一个姐姐，我们不管还有谁会管，你问这个干什么？是不是缺钱，近来很少看到你给女儿买东西。”

黎明海迟疑了一下，说：“估计我们要花点钱了，你今年满四十五岁，干脆办提前退养吧，霜霜在省城上高中，我们在学校附近租套房，你在这里照顾女儿，等安置区筹建办挂牌，再找点事做。这样一来，你的收入还要减半，女儿读书、租房子都要花钱，所以我问你家里的经济状况。万一缺钱先问志凌借，他比我们好多了。”

鸣芬说：“干吗要跟他借，我哥哥们在外地，经济状况也不错。”

“班子已经开过会，朱世茂今年退休，志凌接任党委书记，他对省城的情况比较熟悉，人脉也广，班子决定让他驻守省城，负责安置区的筹建。我回卧龙山把后续工作处理好，那时安置区也差不多了，我们再把家搬过来，这一两年我们暂时分居两地，我两个星期回来探你们一次，你看怎么样？”黎明海说。

“听你的，只是你被伺候惯了，我不在身边，怎么过日子？”鸣芬问。

“没了张屠夫，也不吃混毛猪，没有你我会活不下去吗，真是杞人忧天。”黎明海不满地说。

“嗯，也许活得更自在，更开心吧。”鸣芬说。

“你最近瘦得厉害，可能是这段时间照顾我的缘故，要你提前退养就是让你好好休息，你在总机房还要值夜班，年纪大了别干了。”黎明海看着鸣芬消瘦的脸说道。

黎明海难得说这样体己的话，鸣芬心里甜丝丝的。她说：“听说唱歌对养生很有好处，那天跟青岚的几个朋友在卡拉 OK 包房里唱了一下午，感觉浑身通泰很舒服。”

“不行不行，你嘴太大，一张口三十二颗牙全给人看见了，我看打拳好些，你有这方面的优势。”黎明海笑着说。

“你说话别这么损好不好，有几个人能像你那样。”鸣芬捶打着黎明海。

“把我捶死了，看你还伺候谁。”黎明海一边说一边躲闪着。

见黎明海这么开心，鸣芬半开玩笑半认真地问：“以你男人的立场，你觉得男人希望找几个老婆才合适?”

黎明海诡秘一笑：“一个太少，两个刚好，三个吃不消。”

“哇哈，看来你也想再找一个，是不是，说实话?”鸣芬揪住了黎明海的耳朵。

“算了吧，你这样的，就是一个我也吃不消。”黎明海笑着说。

“变态!”鸣芬松了手。

方志凌接到党委书记的任命后有些闷闷不乐，黎明海知道他是业务干部，不愿从事所谓的政治思想工作，企业的书记，在方志凌看来跟盲肠差不多。当年黎明海当了矿长，他除了为黎明海高兴外也有点不服气。他当面对黎明海说：“我的业务能力比你强，在井下观察矿脉走向比你准，经常能找到金蛋，不像你还打过鸡窝矿，凭什么让你当矿长?”

方志凌大学毕业后一直都在一线，在业务方面，他确实要更胜一筹，矿产品的质量与技术人员有很大的关系，一口井打多深，放多少炮，往哪个方向掘进，非常有讲究。有经验的技术人员能根据矿脉找到品质优产量高的矿群，他们称之为金蛋，反之就是分散量小的鸡窝矿。他俩长期在基层搭档，尤其是在井下作业多年，严谨的工作态度和高度的责任心让他们对事业有更深的理解，有更多的共同语言，绝不会为一点小的得失而心存芥蒂。黎明海的回答也是直来直去："矿长不是凭业务能力强就能当的，它更是一种管理才能，要的是综合素质，你懂吗?"

黎明海明白，上级这次之所以让方志凌担任党委书记一职，主要是他性格沉稳，人脉比较广，留他在省城搞基建可以发挥更大的作用。方志凌当书记，黎明海也高兴，除了他们是一起玩到大的哥们外，合作也会默契得多，不会像老朱那样消极。朱世茂是从外省的一个小矿调过来的，也看不出有什么能耐，不知靠什么关系平步青云，老早就当上了党委书记，后来才知道是靠倪锦添这条线。他性格温吞，做事疲沓，黎明海对着他有火没处发。现在志凌上来了，情况肯定会改变很多。他拍了拍方志凌的背："有什么好纠结的，不到半年，官升了两级，还不高兴。"方志凌说："这个弼马温的位子，有什么意思。"黎明海说："要权是吧，好说啊，咱俩分什么彼此，谁对就听谁的。"方志凌撇撇嘴："跟你在一起，到最后永远都是你对。"黎明海推了他一把："你把我看成什么人?"

"算了，我也知道自己是吃什么饭，几斤几两的，我没你那个魄力，真要我当一哥，我压不住阵。我天生是个相才，是专门辅佐你这样的帅才打天下的。"方志凌说。

"喔嗬，看来你兵书研究了不少嘛，起码也烂熟三国，什么将才、帅才、相才的，我倒是听说，在现代企业中，帅才是总经理，将才是部门经理，相才是董事长呢，这么说来，你才是老板，我们都是给你干活的。什么人是将才，什么人是帅才，是相才说了算的呢。”黎明海揶揄道。

“能领兵者，谓之将也，能将将者，谓之帅也。”经济建设时期帅才的学问就是领导学、谋略学，把握方向、制定目标、调兵遣将，具有更敏锐的洞察力和创新能力，这方面你有独到之处。”方志凌由衷地说。

“得得，闲话少说，你赶紧联系那些小学同学吧，过年时我们聚一聚，尤其是西米粥，三十多年没见了。”黎明海打断他的话。

第22章　发小重聚

年初三，在省城的金色酒店，十几个发小聚在一起，这都是黎明海和方志凌四处打听找到的小学同学。黎明海大学毕业这么多年，参加过各种同学聚会不下十次，但这种小学同学聚会却是第一次。望着一张张跟记忆中面目全非的面孔，大家都有些不知所措。黎明海想了个办法，他找酒店工作人员拿来了十几个纸糊的皇冠，一人一顶，每来一个人，他便直接用油笔在纸皇冠上写下名字，戴在来者的头上，这样一来，后面的人一目了然。有人说这样太难看了吧，黎明海说，反正都是一起长大的，谁不知道谁的老底。

黎明海往人群里扫了一圈，他把方志凌叫到旁边问："我们班不是有个叫彭六斤的同学么，他来不来？"

"别提他，当了个破镇委书记，眼睛长到额头上去了，别说是我们这些小学同学，只要是矿里的，他根本不理，我没叫他。现在一些地方官员的架子大得要命，只要当点小官，出门都有拎包的。有一次我跟某地一个镇长一起去考察个项目，妈的，这家伙连拉屎都要人递厕纸。"志凌说。

黎明海想起廖丙章那句话，同地方打交道跟企业完全不同，他觉得今后到了地方真得好好研究一下才行。

"我们班的面条你还记得吗？"方志凌指着一个胖胖的中年男人问。

“记得，当年这小子每天挂着两条长长的黄鼻涕，一见人来，就使劲一吸，那时候不但我们叫他面条，连老师都这样叫，他的大名几乎没人知道。他不是学环境工程的么？”黎明海问。

“是啊，现在看来，我们那批考上大学的人，就属这小子的专业好，这家伙今年阴了政府一大笔钱，今天必须由他埋单。”方志凌说。

“我可是劳动所得，别乱说。”面条抗议道。

“怎么阴的？”黎明海问。

“省城原来有一块盐碱地，影响了市容，中央领导来视察的时候挨了批，听说明年五月这位领导又要来，政府火急火燎找到面条所在的环境规划所，让他们出个方案整治一下。这家伙张口就要八千万，政府没法只好答应，而且很快拨了全款。面条接下活收了钱后半天没动静，在领导不停的催促下，才出动钩机挖了十几个大坑，挖完大坑后又没了动静，领导又来催。结果这小子说，你们别催，三个月后这个公园就会自动形成。当时领导很气愤，花了八千万就十几个大坑？没想到，三个月后，这里果然大变样，这块盐碱地一下子就变成了五彩缤纷的生态植物园，竟然得了全国大奖，在国际的环保杂志上都刊登了这个案例。”方志凌说。

“开玩笑，没那金刚钻，怎敢揽这瓷器活儿。十几个水坑那么好挖的，挖多大，掏多深，里面的土壤结构如何，多久能长出植物，长出啥花草，这可是经过算计出来的。那些大坑积满了水，形成了十几个大小不一的水池，由于挖的坑深浅不一，那块地的土壤元素也不同，里面长出来的植物也不一样。否则，这四年学士、三年硕士不是白念了？”面条理直气壮地说。

“人才呀，我们要转换思想，跟他取经才是。这不叫阴，这是他该得的。”黎明海由衷叹道。

最后进来的是一个穿着羊毛体恤的中年男子，中等身材，胖瘦匀称，白净的脸庞架着一副金边眼镜，斯文、整洁。他一进门，看着大家的脑门忍俊不禁。

“西米粥！”大家异口同声地喊道。

“黎大帅，你怎么这副模样啦？”西米粥看见黎明海立即跟他抱在了一起。

黎明海左手拎着“皇冠”，右手提起油笔问：“是写西米粥还是写粟舟呢？”

西米粥指着方志淩说：“如果我写西米粥，那他就该写大姑娘。”

众人哄笑起来。那时候每人都有外号，方志淩小时候以文静著称，被男孩子们叫做“大姑娘”。

“什么大姑娘，女生都叫他方老婆子。”鸣芬说。

“为什么？”大家不解地问。

“既然是外号，怎么会有好听的呢？大姑娘在男生那里是贬义词，在女生看来可是个好词呢，我们才不会把这么好听的名字送给男生。都是怎么难听，怎么糟践人，就叫什么。”鸣芬笑着说。

“你们女生真损。”众人大笑。

“面条？是你吗，我看你现在成冬瓜啦。”西米粥摇着面条说道。

“哟，刘芒（流氓）啊，听说你现在是妇产科主任，都成职业的啦。”黎明海看见刘锋芒，想起去年鸣芬跟他说起去医院做妇科检查的事，不由得拿他开起涮来。

在众人的大笑声中，刘锋芒自嘲地说：“现在已经是老刘芒（流氓）了，不过我跟你们说，该找我看还得找我看，面子不能当饭吃，否则后悔都来不及。”

“西米粥，听说你找了个金发碧眼的洋老婆？”鸣芬问。

“不是啦，是美国籍，还是华人，我是没人要的。”西米粥看着鸣芬羞涩地笑着说。

当年，西米粥因家里的成分是大资本家，父亲是右派，非常自卑。他很羡慕班上那些矿子弟，他们的父辈扛枪打仗，根正苗红，哪像自己是剥削阶级。有一回，他们班要填学生资料表，同学们都拿来了户口簿，户口簿在班干部黎明海那里保管，他悄悄地翻阅了一遍，全班人的家庭出身只有他家是大资本家，其他人都是贫农、佃农、雇农，他感到无地自容。不少同学都会讥笑他的家庭成分，只有黎明海他们几个不会，因此，他喜欢跟黎明海和方志凌玩在一起。在刚刚懂事的那阵，他莫名其妙地喜欢上了贾鸣芬这个假小子，除了喜欢贾鸣芬性格开朗，敢作敢为外，还有一个很大的原因竟然是贾鸣芬的家庭出身最好，她家是雇农，最穷的那种。他做什么都喜欢跟在鸣芬的后面，然而，鸣芬一心扑在黎明海的身上，根本就没把他当一回事。如今知道鸣芬跟明海已经成了一家，他也为之高兴，觉得本该如此。尽管已经分开三十多年了，儿时的情景仿佛还在昨天。

“人齐了，吃饭吧。”方志凌把大家邀上桌。黎明海说：“今天我们跟西米粥三十三年再相逢，一定要一醉方休，我已经在酒店开了两间房，男一间，女一间，聊通宵，房间还有棋牌和卡拉 OK，想打牌的打牌，想唱歌的唱歌，总之，一直到明天喝完早茶才分手。”

“好啊！”大家拍手赞同。

“好久没听你唱歌了，今晚你一定要亮一下嗓子。”有人提议。

面条说：“小学同学的感情最纯真。现在每次参加同学聚会，大家总会在心里自觉或不自觉地攀比，一是比职位，二是比收入，三是比老婆，这样的同学聚会已经变了味，特别是看到原本很淳朴的同学经过岁月的打磨，一个个变得圆滑世故，男同学投机专营，女同学长袖善舞，觉得很没意思，后来几次聚会，我能推就推，能躲就躲。”

而今天这些人，不但是发小，还是邻居，父辈是战友或同事，他们就像在一个家庭长大的孩子，相处起来非常随意，无拘无束。这也是矿里人的一种特质，无论出差还是游玩，一般都住同学朋友家里而不愿意住酒店。他们还有个习惯，回老家探父母或外出旅游，喜欢将房门钥匙交给对面邻居。孩子在一起更是亲密无间，每个孩子都吃遍了整栋楼门的所有人家。家长上幼儿园接孩子，经常是同时将邻居的几个一起接回来。

黎明海环顾一周，他有种恍然隔世的感觉，好像又回到了孩童时代，包房里这一张张老气横秋的脸又变成了当年充满稚气的面孔。这些人里面，他和鸣芬、志凌三人的老家在东北，刘锋芒的老家是北京，西米粥是上海人，面条的老家在福建，他印象中，矿里除了没有台湾人，哪里人都有。他们的父辈一个个南腔北调，可到了他们这一辈，却是清一色的普通话，甚至还带上卧龙山一带的口音。这种口音能够在茫茫人海中将他们分辨出来。前几年，黎明海在外省搭公交车，车载电视正在直播一场足球赛，当一个球进去，全车人都欢呼叫好，只有一个人大叫："盖，真盖。"黎明海走过去问："你是卧龙山的矿子弟？"对方当时就愣了："你怎么知道？"黎明海笑道："真盖，我也是。"今天来的同学只有十五个，不及当年在校同年级的十分之一，黎明海想，只要有心去找，全世界每一个角落都可能有卧龙山的子弟。

> 这些年 一个人 风也过 雨也走/有过泪 有过错 还记得坚持什么/真爱过 才会懂 会寂寞 会回首/终有梦 终有你 在心中/朋友 一生一起走 那些日子 不再有/一句话 一辈子 一生情 一杯酒/朋友 不曾孤单过 一声朋友 你会懂/还有伤 还有痛 还要走 还有我……

黎明海的歌喉很好，高亢洪亮，富有磁性。他在现场唱了一首《朋友》，大家听得热血沸腾，浮想联翩，最后情不自禁搂在一起合唱起来：朋友 一生一起走 那些日子 不再有/一句话 一辈子 一生情 一杯酒。

喜欢在酒桌上互揭醉酒窘态也是矿子弟的一种文化，他们一般都能喝几杯，一旦醉了，那都是很经典的笑话。现在大家喝高了，又互相揭起短来。“面条，记不记得有一次你喝醉了，我扶你下车去吐，结果你抱着轮胎不肯起来。把轮胎当成方向盘，使劲地用手转，弄得一身的泥巴，还说‘你们走开，别影响我开车’。”刘锋芒一说完，大家一阵哄堂大笑。

“志凌，要不要说说你呀?”黎明海笑道。“别说了，过去一年多，还提?”方志凌摆摆手。“到底是什么事，说出来让大家乐一乐。”面条问。

“有一次志凌喝多了，竟然跑进了派出所。人问他来干什么，他说喝酒了。那就赶紧回家呗，他说我开车撞人了。问在哪里撞的人，他说在庙会。搞得民警紧急出警，结果什么也没看见，回来后看到他坐在大厅睡得正香。民警气不过，把他关了起来。第二天，他酒醒了，自己都不知道怎么进去的。他老婆到处找他找不到，电话打到我这，最后还是他自己回去的，车就在库房，根本没动。”黎明海笑道。大家听了乐不可支。

“别提这些糗事了，真是醉酒一次，出丑一辈子。今天西米粥是客人，让他说说在美国的经历吧。”方志凌提议。

是啊，怎么把这事忘了呢，西米粥，你现在在做什么?”大家来到休息室，一坐定就忍不住七嘴八舌地问。

“不好意思，我还没介绍，上个月刚回国，最近才办好交接。”西米粥从随身带着的提包里拿出一盒名片。

“哇，西米粥已经不是一般人物了，当总裁啦。”鸣芬惊呼。名片的另一面是英文，黎明海虽说英语忘了一大半，但还是看懂了名片上的名称和头衔。

“原来是美国一家银行在中国的投资公司总裁，太好了!”黎明海好像看到了一线希望。

“西米，你已经回国了，我们有大把时间聊别的，今天我就跟你说一个最重要的话题，不知你愿不愿帮我们一个忙。”黎明海事不宜迟，果断向西米粥求救。

“帮，怎么不帮，说什么我也是喝卧龙山的水长大的。临出国前，我还带了一面小国旗走呢，现在回国了肯定要尽我所能。”西米粥言之凿凿。

“现在有这么个情况。”方志凌把矿里与倪锦添的情况说了一下。

“这个不怕，我们是外资，不受这些影响。其实我在美国一直很关注中国对三线企业的政策，我作为你们曾经的一员，一定会尽力为你们争取到资金。”西米粥说。

“我代表卧龙山矿的父老乡亲谢谢你。”黎明海高兴地说。

第23章　手足兄弟

黎明海带着老婆和孩子给方志淩的父亲方仁峻拜年。老人家精神很好，兴致勃勃地跟他们讲过去的事。方志淩家里的柜子上放着两张黑白照片，一张是黎友山、方仁峻和贾二宝三人的合影，穿着棉军装，戴着貂皮帽，英武神气，他们当年都是林彪的队伍，照片是南下时拍的。另一张是黎明海、方志淩和贾鸣芬三个人小时候的合影，那时都是十五六岁的年纪，仰天笑着，一脸的天真无邪，这两张照片他们每家都有，走哪里都会带上。这几个孩子的出生，方仁峻都历历在目。

1961 年，黎友山和方仁峻的老婆差不多同时怀孕，按预产期，黎友山的老婆要早几天，然而，十天都过了，黎友山的老婆没有一点动静。这时，方仁峻的老婆却出现了生产的征兆。方仁峻的老婆刚到医院，黎友山的老婆也发动了。黎友山笑道："这两个兔崽子，等都要等到一起出来。"也许是前面生了三个女儿的缘故，方仁峻的老婆到医院还不到两小时就生下了个白白胖胖的儿子，而黎友山家的却还在产床上痛得死去活来。过了两天两夜，还是生不下来，医生说胎位不太正，干脆剖腹产吧。黎友山老婆不同意，坚持自己生，说剖腹产生出来的孩子不聪明。听到老婆在产房里疼得大呼小叫，黎友山急得在门外的走道里上蹿下跳。方仁峻抱着胖儿子安慰道："快了、快了，阵痛的频率越密说明快要生了。"方仁峻自从护士把儿子交到他手里，他几乎就没松过手，吃饭睡觉也一直抱着。黎友山瞪了他一眼："妈的，这小子把他娘折腾成这样，他一出来老子就揍他一顿！"

赶来探视的贾二宝在一旁听了哈哈大笑："你怎么知道是小子，说不定又是闺女呢？"黎友山胸有成竹，老婆刚怀孕就跟他说这次生的一定是儿子。女儿出生后，老婆的肚子闲了五六年，这次才怀第二胎，老婆说这次怀孕跟上次明显不同。生女儿的时候，她一直没什么感觉，能吃能睡，皮肤还红红白白特别好。可这次才怀了三个月，脸上就长满了斑，孩子在肚子里就有了动静，到了七八个月的时候，肚里简直住了个孙悟空，每天在里面拳打脚踢。这不是男孩是什么？终于，产房里传来了婴儿的啼哭声，黎友山迫不及待地冲上去拦住出来的护士："我儿子怎么样？"

"恭喜黎矿长，嫂子生了个男孩。"另一名护士抱着孩子出来。

"儿啊！"黎友山欣喜若狂，抱着儿子仔细端详着。

"揍啊，揍啊！"贾二宝打趣道。

黎友山这才想起老婆还在产房，他把儿子往贾二宝怀里一放："我儿子交给你了，看他妈去。"

"好叻，明年我生个丫头，给你凑一对。"贾二宝乐呵呵地说。

"还有我的呢。"方仁峻不满道。

"那我就生双胞胎女儿吧，如果只有一个，你们就抢，看谁出的彩礼多。见面礼只要十条烟、十瓶酒就行了。"贾二宝说。

"呸，想得美！八字没一撇呢。"贾二宝的老婆骂道。

黎友山的老婆从产房里推了出来，黎友山给老婆一边擦汗一边说："好样的，给我黎家立了一等功。"

贾二宝的老婆听了对贾二宝说："你听听，才生一个儿子就立一等功，我跟你生了四个儿子，那不给你贾家立了四等功。"

众人一听笑喷了。贾二宝说："你个傻婆娘，你给我生个丫头，就给你立特等功。"

黎友山有了儿子，一改过去从不沾家里的锅碗瓢盆的习性，不但找了个农村大嫂帮忙，他还每天亲自下厨熬汤，做好后送到医院，忙得不亦乐乎，老婆开心地享受着。

“听说西米右派的老婆也在这几天要生了。”一天老婆跟黎友山说。

“是吗，也在医院生吗?”黎友山问。

“估计不会，我们医院目前只服务本矿的职工。那天我在街上看到她，问了她的预产期，跟我差不多时间，问她怎么生，她说前面生了三个，有经验了，实在不行村里还有接生婆呢。”黎友山的老婆说。

正说着，房门外传来一阵嘈杂，黎友山出去一看，想不到竟然这么巧，是粟右派。他挨个地推开一间间房门，嘴里大喊：“医生、医生，快去救命啊!”

“怎么啦?”黎友山一把拉住他。

“我老婆生孩子，难产，只露出一只脚，满是血。”粟右派气喘吁吁地说。

“人在哪?”

“在家。”

“赶紧找医生。”黎友山跟着西米右派一起朝医生办公室跑去。

给黎友山老婆接生的葛医生听了这个情况不由得迟疑起来：“这得刘主任出马，我刚毕业，没遇到过这种情况，处理不了。”他说的刘主任是北京一所大医院调来的一名外科主任，在国外留过学的医学博士，号称“刘一刀”。

“刘主任呢?”黎友山抓住了葛医生。

“在扫厕所。”葛医生小声说道。

“他妈的。”黎友山骂了一声，冲出医院病房，在医院的厕所看见了挂着“反动医阀”牌子的刘一刀。黎友山一把将他胸前的牌子扯掉，扔在地上，拉起他道："快，跟我去救人!"

"刘一刀"点点头，立即跟着黎友山上了医院门口等着的救护车，葛医生和粟右派都在车上。

他们赶到粟右派家时，只见粟右派的老婆已经昏死过去，脸色惨白，血流了一床。孩子被接生婆强行拉了出来，躺在凉席上浑身青紫，一动不动。刘一刀二话不说，上前先用手术钳深入产妇子宫强行止血。然后抓住凉席上的婴儿，倒拎起双腿，扬手就朝婴儿的屁股上拍去。啪、啪、啪，不轻也不重，连着十几下，婴儿终于发出了猫一般的哭声。接着，刘一刀问粟右派老婆的血型，好在粟右派知道是A型，黎友山是军人出身，血型过去一直是缝在衣领子上的，他当然知道自己的。当即二话不说，挽起了袖子："抽我的吧，我的血型跟她相同。"刘一刀点了点头。葛医生拿起了那支粗粗的针管，用碘酒在黎友山的胳膊上擦了擦，开始抽血。他先抽了满满一管血，输到产妇的血管里。刘一刀摇摇头："不够，再抽!"葛医生又开始抽第二管，输完第二管的时候，刘一刀说："再抽!"葛医生有些迟疑，黎友山急了："你愣着干啥，还不快点!"输了第三管血后，刘一刀说："可能还要来一次。"葛医生说："再抽，黎矿长受不了。""谁说我受不了，少啰嗦，接着抽!"黎友山发了脾气。葛医生含着眼泪做完了这一切，粟右派老婆苍白的脸终于有了一点血色。刘一刀也松了口气："好了，一个小时内，她就能醒过来了。"

粟右派什么也没说，他双腿一屈，缓缓地跪了下去，他朝刘一刀和黎友山连磕了三个响头。黎友山知道，这个心理强大倔强的右派，这样做是多么的不容易。

"老粟，千万别这样，你困难的时候，共产党还是会出手相救的。"黎友山脸色苍白，十分疲惫，但他仍然打起精神，挺直了腰杆，一脸严肃地说。

后来，黎友山和方仁峻两人孩子满月，顺便也把粟右派一家请了，三个小男孩在一起，还没有大名。他们说粟右派有文化，让他给孩子想个好名字。黎友山说："我找人算过了，我和老三家的孩子五行里都缺水，名字必须有水。"于是，黎友山的儿子因为是早上生的，取名黎明海，方仁峻的老家是淩运县的，本身就带水，方仁峻的儿子叫方志淩。粟右派说："你们的是水，那我儿子就是舟吧，水能载舟。"

那天刘一刀也来了，他跟粟右派谈得很投缘，他的小儿子也是今年出生的，现在已经半岁了。看着刘一刀和粟右派聊的那个热火劲，黎友山直皱眉头。他心想，自己跟粟右派总是没有共同语言，聊不到一块，这两人果然是一路货。刘一刀过去在国民党部队干过军医，医术高明，但脾气也大。据说，刚来的时候几乎所有的医护人员都惧怕他三分，根本不把老革命出身的院长放在眼里，说话阴毒刻薄。新上任的院长不是吃素的，上来就给了他一个下马威，抓住他那些历史问题算老账，当时举国上下都在打倒反动学术权威，反动医阀这个帽子他戴正合适。检讨通不过就罚扫厕所，终于把他的嚣张气焰打了下去。不过这次好在是黎友山亲自出手抓刘一刀救人，换个人新院长肯定不买账，粟右派就要妻死儿亡。黎友山跟新院长曾在一个部队，他上门求情，刘一刀又重新回到医生的岗位。

方仁峻近年来记忆衰退得比较厉害，但他回忆起以前的事情却十分清晰，包括他们弟兄三个怎么当兵，怎么义结金兰记得一清二楚。这三个人中，只有他原来是国民党兵，被解放军破城俘虏。当时他躲在战壕里，是黎友山和贾二宝发现了他。一开口，他们居然都是邻县的老乡。

"开始，我不想再当兵了，准备拿了解放军给我的安置费回老家的。后来解放军开忆苦大会，让国民党兵也上台诉苦，我才知道原来我们都是一样的穷苦人，跟着共产党打仗更有奔头，于是我下午就参加了解放军。连军装都没换，只换了顶帽子就跟明海和鸣芬的爸爸分到了一个连队。共产党的政治思想工作真是威力无比，很多上午还是哆哆嗦嗦胆小怕死的国民党兵，下午忆苦大会一开完，脑子就像被洗了一样，立刻变成了嗷嗷叫的勇敢战士，这些人遇鬼弑鬼见佛杀佛，有人一次战斗就杀了三十多个敌人。我开始不敢杀人，可你不杀人，敌人就要杀你，我这辈子也有几十条人命了。你们的父亲杀人更多，我死后把我跟你们的父亲埋在一起，我跟他们一起去面对阎王爷。”方仁峻说。

“别想这么多，这是历史赋予你的使命，那个时候杀的人越多越光荣。”黎明海说。

五十年代初，他们又参加了抗美援朝战争，幸运的是，他们三个经过了炮火的洗礼，身经百战，尽管是遍体鳞伤，竟然都大难不死。从硝烟弥漫的战场上下来，他们三个人服从组织安排，黎友山和贾二宝进了干部管理学院进修，而方仁峻因为有高小文化，文化底子较好，被部队送到地方大学深造。大学毕业后先是分配到华东一家军工企业做工程师，有一天，领导很神秘地告诉他，上级已经选拔他到一个非常重要的地方工作。他不知去哪里，也没敢问，和十几个人一起坐上了一辆解放牌平板车转悠了十几个小时的山路，来到了卧龙山矿，没想到黎友山和贾二宝在这里等着他呢，见到老战友，方仁峻欣喜若狂，他们三人决定今生再也不要分离。

“文革”的时候，黎友山和贾二宝首当其冲被戴高帽子游街，没多久，他也被当成臭老九揪出来了。他的情绪很低落，不知道以后的日子怎么过，而看到黎友山和贾二宝他们却像没事人一样。有一次，他们几个一起接受红卫兵的批斗，中途黎友山说要解手，获得批准后，黎友山拉了方仁峻一把，两人一起来到厕所。红卫兵在厕所外面看守，方仁峻解完想出去，黎友山却拉住了他，递了根烟过来，做了个鬼脸：“别理他们，让他们闹吧，很快就完事的。”这时，贾二宝急急忙忙跑了进来，一边解裤子一边骂："妈拉个巴子，没有烟抽，上面下面都不得舒坦。"说着把黎友山手上的香烟整包抢了过去。

"你不是让小四子给你捡烟屁股抽么，那好抽吗，啥味儿?"黎友山问道。

"操，总比没烟抽要好吧，急了，老子还卷干树叶抽呢。"贾二宝骂骂咧咧地说。

"你烟瘾太大了，每天四包，谁供得起，如果每天四根，我包了。"黎友山说道。

"还不够塞牙缝呢，不过有聊胜于无，怎么给，每天我们就在这厕所接头吧。"说完两人相视一笑，还互相把对方打了叉叉的高帽子扶正了一下。

看到这样满不在乎的样子，方仁峻心中的阴霾一扫而光，跟着他们在一起还有什么可怕的呢?他忽然觉得刘一刀死得太可惜了，听说刘一刀因为想不通，在上个月自缢身亡。这个刘一刀，什么世面没见过，什么委屈没受过，只是历史不清白，只要一有运动他就首当其冲，被大家称为运动员。

"刘一刀为什么要寻短见?"他问黎友山。

"他得了癌症，加上身上的老伤时常发作，不想再忍了，他死得是有尊严的。他用裤带勒着脖子吊在床头上窒息而死，造反派要我过去帮他收尸的时候，我看他穿了一身干净衣服，躺在床上很平静，一点也不像别人说的吊死鬼。我们应该为他脱离了苦海高兴，否则，造反派绝不会放过他的，斗起他来，下手比斗我们要狠得多。你看去年寒冬腊月，刘一刀被剥了衣服捆在柱子上批斗，那个罪不是一般人能受得了，我们现在自身都难保怎么救他，早点上天堂对他来说是件好事。"黎友山说。

"我们可不能死，还要留着这条老命吃肉呢。"贾二宝拍着两人的肩膀说道。

“你何止要吃肉，烟酒哪样能少了你的？”黎友山揶揄道。

转眼间，四十年快过去了，两位老哥走在了前头，他们的孩子也都人到中年了，自己也是垂垂暮年，他不由得有些黯然神伤：“你们的安置区什么时候建好，搬家的时候，我要跟你回去一趟。”方仁峻提出要求。

“没这么快，至少要一年时间，我们成立了筹建处，志淩在这里负责，我也会经常回来看看，霜霜在省城读书，鸣芬办了退养，在家专门照顾孩子。”黎明海说。

第24章　暗流涌动

在倪锦添家，朱世茂将当天的会议情况跟倪锦添说了一遍，最后说道："有这家境外银行的相助，黎明海肯定不看红光集团了。我现在也说不上话，会上传达了省局的文件，我已到了退休年龄，由方志凌接替我的位置。"

倪锦添阴着个脸："让老丁过来谈一下，看看能不能从那块地上割一块给我们。"

"现在丁副厅长为了儿子的事头疼呢，恐怕没有时间也没心情管这个了。"

"他儿子出了什么事？"倪锦添不解地问。

"你还不知道啊，他儿子在街上飙车撞死了人，听说死者是一个研究所的高工，那家人不愿私了，坚决起诉，一定要他儿子坐牢呢。"老朱说道。

"哦，好像是看过这方面的新闻，但不知道这个不肖子是老丁家的。哎，他那对儿女，不知老丁前世造了什么孽。"倪锦添说道。

"那是不是找找余副省长？"朱世茂问道。

"不要什么都找老余，这种事情很敏感，一个不小心就会给人捉住把柄，现在官场上明争暗斗，派系斗争太激烈了，一个穷学生做到副省长很不容易，千万不能把人家拉下水，还是找找相关的人吧。再说，像丁成奎、廖丙章这些人，平时给他们烧的香也不少了，让他们出出力也是应该的，现在丁成奎家出了事情我们正好可以帮帮忙。”倪锦添说道。

回矿前，黎明海约紫云见了一面。

“你全好了吗？”紫云看着黎明海的脸问道。

“基本上好了，小涛情况怎么样？”黎明海问。

“恢复得挺好，已经回学校读书了。耽误了大半年，只能参加今年的高考了。”紫云说道。

“只要身体好，考不考大学都没关系。别让他太用功，一切以保证身体健康为前提。”黎明海嘱咐道。

“放心吧，我会照顾好他，你不要再让志凌来送生活费了，我的收入完全够我们母子过日子，倒是你一个人在矿里要照顾好自己。”紫云说道。

“我知道，只是想尽一点心意而已。”黎明海自从知道小涛的存在后，每个月都会拿出几百元托方志凌送去，但每次都被退了回来。最后黎明海说：“就放在志凌那里吧，等小涛考上大学给他交学费。”

“老韩的交通事故，处理得咋样了？”黎明海问。

“还僵持着呢，听说是个官二代，也不知他老爸是个什么官，戴着个大墨镜来我家道歉，想要私了，我坚决不同意。他儿子醉驾还逃逸，这样的人不让他接受点教训怎么行？我要求严格执法，该怎么判就怎么判。”紫云说。

“小涛的事我想跟鸣芬说清楚，可志凌一直不让说。”黎明海看了一眼紫云说道。

“不要说，不想让小涛知道，我也是这样交代志凌的，只要小涛恢复了健康，我们母子有一个平静的生活就行，我们之间不用常联系。”紫云说。

“那将来怎么办？你也要为自己考虑一下。”黎明海说。

“我觉得目前这个状况挺好，也慢慢习惯了。先这样吧，以后的事再说。”紫云的内心异常平静。

黎明海回到卧龙山，立即召开党委扩大会议，传达省局指示精神，要求各部门全力做好关停并转准备，学校、医院、后勤等逐步向地方移交。在此期间，根据职工的意向，想调走的一律开放绿灯，想留下的，等待安置。从做规划到实施，整整忙乎了半个月，职工们也非常配合，大部分选择了等待安置。因为他们觉得半个世纪的磨合，矿山人已经形成了一种特质，只有抱成一团，这种特质才会自然而然地显现出来。如果换了一个地方，再换掉曾经熟悉的人，他们会有更多的不适应。

这天，方志淩打来电话：“明海，庹老师住院了，你快回来看看吧。”

“怎么又住院了，前阵子不是刚好吗?”黎明海说。

“老人的事很难说，听说这次很严重。”方志淩说。

黎明海不敢怠慢，赶紧回来跟方志淩会合到医院看老师。在医院，他们得到的消息很糟糕。医生告诉他们，老人的内脏器官都已衰竭了，生命只能维持一周左右的时间。师母听到这个消息顿时被击倒，她要求跟庹老师住同一间病房，两个老人躺在病床上，相互张望，十分凄凉。

黎明海拿出家里珍藏的一支人参，这还是去年他买给岳父的，结果岳父心脏病突发来不及吃。庹老师摇了摇头说：“不要吃参，吃了参后很难断气，那样死得更痛苦，我想早点见儿子。”

这些天好在有黎明海和方志淩以及另外几个同学轮流看护。十天后，庹老师终于走了，师母拉着黎明海的手，看着庹老师的遗体说：“我也要走了，走前交代你们一件事，我死后，你把我和庹老师合葬在我儿子的坟旁，我们一家三口要永远在一起。”师母当晚也咽了气。

第25章 神婆通灵

这是一座坟山，从1958年到现在，这座山已经掩埋了很多卧龙山矿的职工和家属。在山上找到了庹老师儿子的坟头，黎明海方志凌将庹老师夫妇的骨灰埋在了旁边，这一家三口终于在天国团聚了。

处理完庹老师的后事，黎明海也顺便到自己和鸣芬的父母坟前扫墓。方仁峻执意要跟着他们来，贾二宝去世他没有送一程，这次无论如何要到他的坟前看看，再说还要给妻子扫墓。他在志凌母亲的坟旁圈好了自己百年后的归宿，然后像了结了一桩心事，坐在一边喃喃自语。黎明海将他和鸣芬的父母坟头上的杂草清除，在每座碑前各点燃了一炷香，默默祈祷。在不远处的山腰上，西米粥和他的几个兄弟姐妹也在这里，他们是来给父亲迁坟的。西米粥的母亲前年在美国去世，依照母亲落叶归根要跟父亲合葬的想法，兄弟姐妹在老家买了一个公墓，想把母亲的骨灰跟父亲的遗骸合葬。为了不惊动地方，跟当地的村委会打过招呼，请了两个农民就自己上山挖了。

在山上相遇，他们没说什么话，各自办完了事。下山时，西米粥对黎明海和方志凌说："我好久没有在这条路上走了，趁天色还早，一起到周边看看吧。"

"我也正有此意。"方志凌说道。

三个人默默地沿着下山的路走着。这熟悉的一草一木，让他们的思绪也回到了三十多年前。

“这不是康平桥吗?”走上一座石桥，西米粥问。

“是啊，这座桥有三百年历史了。”黎明海说。

“看这桥怎么这么小呢，小时候我在桥上奔跑，觉得这座桥又宽又大。”西米粥说道。

“那时候你是小孩，如今是大人，视角不一样了。”方志淩说。

“我记得前面不远处有一个青瓦房，里面住着一个瞎婆子，听说能通灵，去看看怎样?”西米粥突然提议。

“这瞎老婆子怎样通灵?”黎明海问。

“听老辈人说这个神婆是从外地嫁过来的，三十岁那年得了一场大病，两只眼睛全瞎了，后来就传出她开了天眼，能跟九泉之下的人通灵。很多人闻风而来，找她要跟先人见面。据说有些很准，也有人说不准。这老太婆有一段时间还因为搞封建迷信被抓起来，很久不敢做法事了。”方志淩说。

黎明海对西米粥说道：“亏你还是从发达国家来的，咋信起迷信来?”

“父亲在极度苦闷的时候曾经偷偷造访过她，她给我父亲的一句偈语是‘拨开乌云见日月’，我父亲靠着这句话坚持下来。”西米粥说道。

“人急了，一句暗示都是很起作用的。”方志淩说道。

“那时她有五十几岁，现在应该九十多了，不知她还在不在呢?”黎明海说道。

“三位远客，想问点什么?”他们刚进大门，坐在大堂前的一个白发苍苍的老妪就开口问。老人满脸沟壑，一双灰色无光的眼睛注视着他们来的方向。黎明海三人顿时愣了，老太婆是个瞎子，她怎么知道是三个人，而且还是远道而来?

这就是神婆。黎明海在卧龙山矿生活了四十多年，神婆的消息也多次听闻，但第一次这么面对面地跟神婆交流。

“想问问我父亲在那边怎样了？”西米粥走上前去看着老人的脸说道。

“哦，你的父亲，去了天国多久了，不知能不能叫得到他。”神婆说。

“试试看吧，他走了三十三年了，我知道山高路远不容易，要多少钱随你开价。”西米粥说。

“你等等，没这么快，我要准备一下，给我把所有的门都关上。”神婆说。

神婆家里的人走了出来，在供台点上了香，关了所有的门，屋子一下就暗了下来。

神婆半闭着眼，陷入冥想，嘴里念念有词。

一刻钟后，她猛然浑身一震，向西米粥伸出了一双爆满青筋的手。西米粥迟疑地将手搭在她的手上。

“孩子，你来看我了！”神婆突然发出苍老的男声，把黎明海他们吓了一跳。

西米粥走上前一步，他望着神婆那双灰蒙蒙的眼睛，大声说：“爹哋，是你吗，是你吗，你在那边好吗？”

苍老的男声说道：“儿啊，爹哋在这边漂泊三十多年，受尽了苦哇。你们一直不来看我，这么多年来我给小鬼做苦力，没吃没穿也没烟抽，后来你妈妈来陪我了，说是阎王判错了，这才让我进了天堂。现在我什么都有，放心吧，我好好的。”

西米粥痛哭失声，黎明海和方志凌的眼圈也红了。

“爹哋，你还要儿子做什么？”西米粥抓住神婆的手继续问。

“我交代你的事情做了没有，一定要想办法办好，以后见了面我还要问你。其他的不用你做了，今天就说到这里，你妈妈又在叫我打牌了。”那声音继续说道。

“爹哋，爹哋，等一下走，我跟你说说哥哥姐姐们的情况。”西米粥央求道，但神婆再也没有了反应。过了好长一阵，神婆终于叹了口气，恢复了本来的声音。

“你爸在那边好好的，不用想了。”神婆又用灰蒙的眼睛往黎明海和方志凌这个方向看了一眼，她打了个哈欠：“累了，我要睡了，你们回吧。给多少钱，随你意思。”

“西米，不要太在意这件事，这应该是那个神婆想象出来的。你爸爸哪里会打牌，也不抽烟。”方志凌安慰道。

“唉，一想到我爸爸受了那么多年苦，心里就难过。”西米粥说道。

晚上，黎明海在招待所安排大家吃饭。也许是在山下神婆那里的气氛所致，这顿饭他们吃得很沉重，好长一段时间没人说话。还是西米粥打破沉默，他告诉黎明海，已经请示了总部，决定给他们贷款四千万，除了两千万的土地款，另外还贷了一笔建设费，并且全部是低息，不带任何附加条件。

为了办成这件事，西米粥费了很大功夫，他们是境外公司，各方面都有更加严格的规定，但凭他多年的工作经验和超强的能力终于说服了总部同意贷款。事情办成了，他心里总算有一丝安慰。父亲临终的时候，把儿女都叫到身边，老右派倔强了一辈子，死时留下了两行清泪。他告诫子女，这个地方虽然给他带来了痛苦，但也养育了他们十六年，不要忘了这里，对帮助过他们的人，要滴水之恩涌泉相报。他多次提到黎友山对他一家的帮助，这次黎明海因安置区贷款的事找到他，他没有半分犹豫，竭尽全力办这件事。

父亲还交给他一件几乎无法完成的任务。当年他被打成右派时，连累了单位里的另一名同事，这名同事是个守金库的职员，文化不高，但出身好，平时他们一点关系没有，他甚至都叫不出这名同事的名字。父亲被打成右派后关在地下一间装杂货的仓库，里面不见天日，只有一个通风口，这名职员每天通过这个风口送两只馒头进去，后来被造反派发现。他们没有一起处理，听说这个职员去了更加艰苦的西北采石场，父亲要他一定要找到这名因为他而毁了一生的员工。

西米粥到父亲的原单位了解到，确实是有一名姓金的员工因父亲遭受了不白之冤，按理来说这种事早平反了，父亲这个大右派都在三十多年前就收到平反通知书，他应该更快恢复原职。可离谱的是，经过调查，姓金的居然不是真的右派，不存在平反昭雪的问题。这位不是右派的金姓职员，却受到“超规格”的右派待遇。西米粥让人问过当年的采石场，当地人说，只要是经过三年自然灾害的采石工人，几乎不可能存活下来，食不果腹，还要干那么重的体力活，绝对是废了。那些干活的人差不多都是犯人，这么多年过去，石场早没了，人就更不可能找到。

安顿好大家在招待所住下，黎明海回到自己的家，还有一年的时间就要离开了，望着这个熟悉的三居室，心里在欣慰之余又有些失落。看到电视机柜边上有一个小箱子，黎明海一打开便笑了。箱子里放着三把枪，这些都是他小时候的玩具，童年往事一幕幕出现在眼前。

由于出生在那个年代，不仅父辈是军人，看的电影大都是战争片，他和伙伴们都有着深厚的英雄情结，从不玩躲猫猫、丢手绢这样的小把戏，他们的游戏大多是模仿银幕上的战争片，他总是充当英雄的角色，反应快、出手狠，那些孩子都喜欢依附他。这三把枪，除了钢管焊接那把是来自父亲在机械厂的部下，其余都是自己做的。他最喜欢那把钢丝拧的枪，轻便，打得准，枪把上缠住红丝带，还是鸣芬帮他缠的。鸣芬每次都演他的警卫员，帮他背包、拿望远镜，递图纸等等。昔日的战友，如今的夫妻，想到这里有些好笑。

他的手机响了，是廖丙章的声音："老黎，你在哪里？"

"老师去世了，可能还有两天要处理些事。"黎明海说。

"能不能早点回省城？那块地情况可能有变。"廖丙章说道。

"不是红线已经划定了吗，还怎么变？"黎明海问。

"这有什么奇怪，有的已经建好了还要改呢。"廖丙章说。

第26章　坑爹小子

倪锦添原本以为一撤资，安置工程就要完蛋，现在不但没完，而且还贷到了双倍的资金，他前期打入的两千万资金正好帮黎明海圈住了这块地，这是他万万没有想到的。偷鸡不成蚀把米，他咽不下这口气，把这笔账算在了黎明海身上，一定要抢在前头咬下一块肉来。

倪锦添第一个想到的就是国土厅的副厅长丁成奎，多年在社会上摸爬滚打的倪锦添善于审时度势，抓住要害。他阅人无数，在与人交往上有他自己的一套理论。在县以下的单位，他直接跟一把手打交道，其他人根本不放在眼里，这些地方的一把手常常是一手遮天，没有办不成的事。然而到了省部级，他则喜欢跟副职套近乎，在这个级别上，他一般不跟正职打太多的交道，因为正职容易调换，经常是好不容易建立起来的关系随着正职调走又要从头开始。而副职就不同了，特别是身居高位的副职，长期把守在一个部门，了解情况，业务娴熟，好做手脚。他跟丁成奎有二十多年的交情，丁成奎从一个小科长坐到现在副厅长的位置，每一步他都是知情者或推手之一，现在丁家出了这事，他肯定要上门过问一下。

他打电话给丁成奎，说要登门拜访。离走前，他想到了一个人，这个人虽然到他集团还不到半年，已经显露出相当的才干。年纪不大，也没什么正规学历，但处理问题周全果断，干净利落，刚把他提拔到助理岗位不久。他想到丁成奎那个女儿丁妮妮，二十六七岁了，男朋友谈了无数，总修不成正果。这小伙子不但人能干，长相帅，年龄也相当，丁成奎的女儿一定会喜欢。他拿起手机："喂，是肖珂吗，你现在跟我去一个地方。"

倪锦添带着肖珂来到丁成奎的小别墅，这是市中心一个闹中取静的小区。小区是香港一家知名地产企业开发的，丁成奎的别墅虽说不是很大，只有两百平方米左右，但周边的环境却是鸟语花香，流水潺潺，有前庭还有后院。倪锦添的别墅虽说大，足足占了五亩地，但毕竟是在市郊，没有一定的经济实力，住在那里实在不方便。据说这里周边的洋房都涨到了三万元一个平方米，何况这小别墅。倪锦添敢断定，丁成奎住这套别墅绝没有花一分钱。不过这种现象实在太多，上面根本管不过来。倪锦添想，等查到丁成奎这一级的时候，估计他早已经退休，安全着陆了。进了院子，发现大门没关，想想今天是周末，家里应该有人。进了门，他四周扫了一下，只见丁成奎一个人坐在沙发上。

"夫人和女儿呢？"倪锦添问。

"谁知道上哪里去了？这些家伙没一个让人省心，小子更是坑爹，这两天媒体不知道从哪里得到消息，总是打电话到家里。"丁成奎叹长嘘短。倪锦添安慰他："小孩子不懂事，好好教育就是，孩子出来后有什么打算？"

"唉，谁知什么时候能出来，现在赔偿金已经出到一百万了，可那家人还是死咬着不要钱，就要人坐牢。这小子喝了酒，在斑马线上撞了人还逃逸，按法律条款起码都要判三年以上，他今年已经二十岁了，几年后再出来恐怕人都废了。"丁成奎说。

"您出马哪里还真会坐牢？我就是来问问情况的，让小弟帮你走走关系。"倪锦添说。

"别别，你千万别给我帮倒忙，现在媒体这边已经追得很紧啦。”丁成奎连连摆手。

“我也就是想帮你了解一下死者家属的背景，让他们不要那么执着。被撞的是什么人，家里有什么关系?”倪锦添说。

“死者是省科研所的一名高工，他老婆是市外事办的一名普通干部。”丁成奎说。

“我亲自走一趟，看看是个什么人，这件事我想办法帮你搞掂，孩子一出来，马上送到国外去。”倪锦添说。

“唉，我已经上她家道过歉了，没用，你可能比我更有办法，让你费心。”丁成奎叹道。

倪锦添刚准备出门，丁妮妮进来，她一眼就看见倪锦添身边的肖珂，眼睛顿时一亮。

“倪叔叔，怎么看到我来就要走，再坐一会儿。”女孩娇滴滴地说。

“妮妮，我坐老半天了也没看见你，要走了你才回来。”倪锦添嗔怪地说。

“那你就坐下来啊。”丁妮拉住了倪锦添的胳膊。

倪锦添半推半就，说：“那就坐坐。”

“你妈呢?”丁成奎问。

“不是说去超市给豆豆买东西了吗?”丁妮妮说。

“唉，真是慈母多败儿啊，也不看看什么情况了，还要什么买什么。”丁成奎叹了口气。

“这是我公司的总经理助理肖珂，年轻有为，谈点你们年轻人感兴趣的事吧。”倪锦添为了打破这种不愉快的气氛，把肖珂推了出来。

倪锦添来到廖丙章副局长家里。

“为了丁副厅长家宝贝儿子的事，我昨天到死者家去了一趟，在那里看到了一个人，今天特意来找你。”倪锦添说。

“谁啊，这么神秘。”廖丙章问。

“记得去年我跟你们下属企业卧龙山矿机械厂签转制协议的时候，你们局不是有个叫方志凌的参会人员吗？”倪锦添的记忆力十分好，只要他见过的人，几乎过目不忘。

“是啊，他原来是省局计划处的处长，卧龙山矿出事后，因黎明海受伤，他在那代理矿长。两个月前，党委书记老朱退休，他提拔当了矿党委书记，现在专门负责安置区的筹建处工作，他怎么会在那里？”廖丙章不解地说。

“那就不知道了，我跟他打了个招呼，他看到我赶紧走了。更奇怪的是，那个女人家里有一个十八九岁的男孩子，长得跟卧龙山矿的矿长黎明海简直就是一个模子里倒出来的。”倪锦添说。

“哦，有这样的事，那我要搞搞清楚。方志凌跟黎明海的父母是同事，他俩是在矿里土生土长的发小，是死党，你只要看到方志凌，黎明海就肯定逃不了干系。不过，方志凌性格温和，比较好说话，遇事好商量，不像黎明海那样死硬，他认定的事，几乎没有商量的余地。”廖丙章说。

“你儿子在美国还好吧？”倪锦添突然问。

“还好，就是学费太贵，像我这样的收入在国内已经算是高的，但对付这小子还是有点吃力，好在你能关照一下，谢谢啊。”

“自己人不用客气，有什么尽管说，这件事你帮我了解一下，我总觉得不对劲。”倪锦添说。

“你要我打听，想达到什么目的？”廖丙章也是聪明人，他知道倪锦添不会平白无故地说这些，一定另有所图。

“唉，反正都是自己人，就跟你直说了吧。丁副厅长的儿子撞死了人，可死者的家属无论如何也不愿意私了，像这样醉驾又逃逸，起码判三年以上，丁副厅长不愿让儿子坐牢，几拨说客去劝都没有结果。于是我今天亲自出马，无论她要多少，我都答应，可结果还是一样，被她下了逐客令，这个女人真不好对付。女人不爱财，神仙都犯难。现在既然有一个是你曾经的部下，你就帮帮忙，让这位方书记出面调停一下，有的时候，钱再多也拗不过人情。”倪锦添说道。

“那好吧，我试一下。”廖丙章说。

“昨天在紫云那里碰上倪锦添了。”方志凌一见黎明海就说道。

“他怎么会去那里？”黎明海不解地问。

“开始也不清楚，后来我打电话问紫云，她说倪锦添是来说服她接受赔款不要起诉的。”方志凌说。

“他一定是丁副厅长的说客。”黎明海说。随着那件交通肇事案的深入，尽管交警大队对外界封口严实，他们还是知道了闯祸的司机是国土厅副厅长丁成奎的儿子。黎明海没有对紫云说过丁成奎与矿里安置用地的事，他不想这件事干扰紫云的意愿，那样做对紫云很不公平。

“我怀疑他们会拿这件事做文章。”方志凌说。

“很有可能，我们在卧龙山的时候，廖局就催我回来，说用地红线可能要改。”黎明海说。

方志凌的手机响了，他看了一眼：“廖局的，估计有事，等我回头再跟你说。”

晚上，方志凌把黎明海叫出来喝茶。“情况不妙，倪锦添在紫云家看到小涛了。”方志凌一坐下就说。

“他说了什么？”黎明海问。

“老廖说，他今天去了一趟苏紫云的家，说已经知道我跟苏紫云是朋友，那么跟你也是朋友，丁成奎儿子的事希望我们一起做苏紫云的工作，让她撤诉，否则这件事闹大了对谁都不好，他还问到紫云家里的那个男孩怎么会长得跟你一模一样。在经济上，他会尽量让肇事方多赔一些。他知道这么多，对我们来说很被动。”方志凌说。

黎明海沉默不语。

“你看怎么办?”方志淩说。

“不要管,什么也不要跟紫云说,让紫云做决定。”黎明海说道。

回到家,黎明海心事重重。鸣芬见状,想宽松一下气氛,说道:“霜霜考了全班第一,很不错了,孩子会读书这点像你,随我就麻烦了,今天特意做了一餐好的犒劳你们父女俩。”

一家人难得有时间坐在一起吃饭,女儿非常开心。霜霜这个学期转了学,她读的学校是省重点实验中学,开始学校不收,可一看她的成绩,校长亲自找鸣芬谈了,不但接收还给奖学金。刚到新学校,霜霜很不习惯,跟矿里的同学相处久了,觉得省城的人不好接近,原来她可以天天到同学家里写作业,串同学家的门,现在只能回到自己临时的家,整天跟母亲相对。今天见到父亲,话多了很多,说起在学校的所见所闻。

“爸爸,学校高年级有个男生长得跟你很像。”她拿起桌上那个黎明海、方志淩和贾鸣芬三个人的少年合影说道:“尤其是跟这张照片上的你简直一模一样。”

“真的吗?下次我去你们学校看看,如果是真的就认他做儿子。”贾鸣芬听了也很惊奇。

“别人愿不愿做你儿子啊,一厢情愿。”女儿说。

“世界上长得像的人多呢,吃饭。”黎明海打断了她们的话。

黎明海的手机响了,一看是紫云的,不由得有些紧张,不知道发生了什么事情。紫云不到万不得已是不会给他电话的,尤其是吃饭时间。黎明海看了鸣芬一眼,把心一横,当面接通了电话:“紫云,什么事?”

“明海,在省城吗,能不能出来一下?我有话跟你说。”电话里的声音很清晰,鸣芬听得一清二楚。

“好，就在那家咖啡馆，我一刻钟就到。”黎明海合上手机对鸣芬说：“我有事出去一下。”

黎明海来到咖啡厅，看见紫云已经在老地方等着他。

“明海，我决定撤诉了。”紫云等他坐定开口说道。

“为什么，有人给你施加压力？”黎明海问。

“你们省局一个姓廖的副局长今天到家里来，他说肇事的是国土厅丁副厅长的儿子，你们项目土地审批权还在他的手里，希望这件事越低调越好，否则对谁都不利，他还特别提到了你。说你在本系统是个人才，千万不要因为别的事情葬送了前程。我不清楚他知道些什么，所以特意跟你商量一下，是不是把诉状撤了。”紫云说道。

黎明海看着她不知该如何回答，半晌才说：“不要顾忌这些，你的态度不会影响土地的审批，再说，一个领导干部不会做这么没有组织原则的事情。”

紫云叹了口气又说道：“算了，看在那男孩刚刚二十岁的份上，就饶过他这一回，如果被判个三五年，对他的人生肯定有影响，也把他毁了，你说是吗。”黎明海沉默。

“小涛跟霜霜在同一间学校。”黎明海突然想到了一件事。

“你女儿不是说去不了省实，准备读市中吗？”紫云说。

“本来是不行，可后来校长亲自找到鸣芬，说像她这种情况可以破格。主要是150分的数学卷子拿了满分，这在全年级都是唯一的。”黎明海说到女儿挺自豪。

“小涛也不错，还有三个月，考个重点大学没问题，他说要报北大。”紫云说。

“你跟老韩把他教育得很好。”黎明海由衷地说。

“明海，知道吗，紫云把诉状撤了。”方志淩匆匆找到黎明海。

“昨晚她跟我说了。”黎明海说。

“你们又去见面了，小心鸣芬看到。”方志淩说。

“瞒不下去了，我想告诉她。”黎明海将小涛与霜霜同校的事说了一遍。

“想想办法吧，可能我跟她说要委婉一点，找个时间跟她谈一下，让她有个心理准备，否则突然看见你有个十八九岁的儿子，她会晕过去的，总之你不要先开口。”方志淩说。

第27章 锦上添花

倪锦添在别墅请客，席上欢声笑语，廖丙章、丁成奎、朱世茂都是座上宾。“黎明海真是敬酒不吃吃罚酒，给脸不要脸。”倪锦添说道。

“那块地给不给你现在还没有最后定，千万要低调。”丁成奎说。

“只要不给黎明海我就解气，给我当然好，不给也没关系，我还没有合适的项目。现在搞实业很难赚钱，原来是想跟卧龙山矿合作，借上级给他们的优惠政策打点擦边球，可黎明海不给，那就谁也别想得。”倪锦添恨恨地说。

丁成奎想不到倪锦添还真是神通广大，这么快就让死者家属撤诉了，而且在价钱上没有追究，只拿了正常的赔偿款就了结了。于是他投桃报李，借口还有项目等待拿地，将卧龙山矿的两千亩地先压下了一半。

儿子出来了，却不肯按照丁成奎的意愿出国。丁成奎想想也是，儿子从没好好读过书，去留学哪里受得了那个清苦，送到外国还不是花天酒地，如果弄出更大的事情来，他这当老子的更倒霉。倪锦添听他这样一说，便道：“好办，让豆豆到我公司来，公司上万人，也不多他一个，给间办公室，算是我助手，他想干就干，不想干也无所谓。”

解决了儿子的问题，女儿更让他操心，女儿从小就叛逆，老婆不敢管，大了更管不了，挥霍成性，滥交男友。给她安排了好多次工作，不是不愿干就是干不下去。但争强好胜、攀比炫耀却是名声在外。有一次，公司的一名女同事从她身边走过的时候，不小心将包在她脸上蹭了一下，这让她大为光火，说有什么了不起，不就是个名牌包吗。她当天就去买了一个十万元的LV包，第二天经过女同事座位的时候，装着不经意的样子，用包在女同事的脸上重重地擦了一下。这件事如果不说也没人知道，可她竟然在微博上炫耀起来，被人转了上万次，差点把老爹给人肉出来，丁成奎那个气啊。眼看着女儿近三十了，男朋友无数，就是没一个靠谱的，丁成奎想到这里就暗暗着急。他也有些后悔，过去一心只想往仕途上奔，对儿女的管教实在是太少，在子女的教育方面还远不如倪锦添。倪锦添很有眼光，一儿一女都被调教得很有出息。两个孩子一上初中，倪锦添就将他们送到国外，他的儿女不但模样长得俊，而且知书懂礼，聪明能干，现在倪锦添跟副省长余江水成了亲家，他的势头还真不敢小觑。想当年，倪锦添在社会上混的时候，余副省长一直是管法制的领导，跟倪锦添可谓是猫和老鼠的关系，没想到如今成了一家人。他想起前两天倪锦添带到家里的那个小伙子，看样子很不错，女儿也喜欢，还特意把人家拉回来聊天。于是就想再了解一下这个男孩子的具体情况。

倪锦添接到电话呵呵笑了："我就知道你会喜欢的，我也喜欢。这男孩虽然来公司才半年，那比一般人强多了，人聪明不说，还忠诚仗义。他虽然没有读过正牌的大学研究生什么的，但知道的不会比别人少。我是大老粗出身，才不屑什么学士硕士文凭呢，只要有能力，我就用。这小伙子是我亲手提拔的，你放心，不会配不上你女儿的。"

"你公司上万人，是怎么把他挑出来的？"丁成奎问。

"一年前就打过一次交道，他当时是卧龙山那家机械厂派出的一名谈判代表，其他人跟我谈都被我挡了回去，就是他列举了一系列详实的数据让我不得已让了一小步，当时就觉得这小子挺能耐。后来却不知怎么离开了卧龙山。半年前，他来我办公室搞推销，拿了一堆资料给我看。我正生门卫的气，怎么大白天把搞推销的人放了进来，加上原来就跟他有梁子，我一句话不说，当着他的面，将资料揉成一团直接扔垃圾桶。因为扔得太用力，那团资料又弹了出来。没想到他很平静地走过去，将资料从地上捡起来，扔回垃圾桶，然后又拿出一份新的放到我桌面，笑笑，然后走了。不卑不亢，一点都没受伤害，反倒我过意不去，我追出去把他叫住，让他在我公司干。这样的人，这样的处境都能泰然自若，还有什么会难倒他。来了之后，证明我的眼力果然不错，是个可塑之才。他帮我的企业出了一套整合方案，我看了非常有感觉，跟我想到一块去了，最近提拔他当了我的助理。”倪锦添说道。

“家里的情况怎么样?”丁成奎接着问。

“这就不知道了，问过一次他好像不愿意说，也不好多问，只知道是卧龙山来的，那里不愧是中央直属企业，工人的素质非常高，去年我接手的那家机械厂，员工的技术和纪律性真是没说的，完成任务从来不打折扣，交出来的货百分之百合格，哪里像其他厂那些乌合之众的农民工。”倪锦添说道。

“那就给我女儿撮合一下，事成了请你喝酒。”丁成奎高兴地说。

倪锦添正和丁成奎在电话里聊得开心，肖珂从门前走过。

“小肖，别走，跟我聊聊天。”倪锦添放下电话笑眯眯地叫住肖珂。

肖珂有点意外，倪锦添对属下以严苛出名，从来都是不苟言笑，他要求员工必须一天二十四小时手机开机，电话响三声未接，先扣十天工资再说，所以公司员工无论是吃饭睡觉还是上厕所洗澡，手机都放在随手可以拿到的地方，像这样笑眯眯说聊天极为少见。

“小肖，你有二十九了吧，这个年纪可不小啊，我给你介绍个女朋友，上次我们看到的丁副厅长的女儿怎么样，性格活泼，模样也不错，跟你蛮般配，丁副厅长对你很满意。”

“我看不太合适吧，她是官宦之家，我是平头百姓，门不当户不对。”肖珂说。

“我就知道你会这样说。男人嘛，事业是第一位的，只要她在事业上能帮到你，一些小节就不要管它了，一旦腾达了，成了强人，还不是一样有人尊重。找到一个好对象，起码可以少奋斗二十年。现在丁副厅长喜欢你，怕什么，凭你的能力完全可以把那丫头收拾得服服帖帖。”倪锦添推心置腹地说。

“当年你也是抱着这样的心态找对象的?”肖珂嘴角有一丝微笑。

“我倒是想啊，可我的身世比你惨多了。一出生，娘就得产后风死了，还不到五岁，爹又被打成了右派，发配到大西北二十一年，回来没两天就死了。我是靠收废旧品的外公外婆带大，从小受人欺负，老人死了后，没人管我，整天打打杀杀，结了不少仇家，也打出了一片天下，最多的时候，我手下有一千多人。我老婆虽不能说是名门闺秀，但也算是书香门第，当年我被人打得头破血流时，是她救了我。跟她搞对象，她全家都不同意，是我拿着刀子到他们家抢来的。”

倪锦添这活倒是真的，那年他带着五十来个兄弟跟一拨人火拼，结果对方人多势众，他的脑袋被人砍了一刀，仓皇逃窜到街巷子里的一个小院，院子里有一个女孩正在晾衣服，这个女孩就是后来成了他妻子的朱小玉。朱小玉上有一个哥哥，下有一个弟弟，弟弟上小学时不小心从楼上摔下，落下残疾。朱小玉高中毕业没上学，在家照顾身体不好的父母和弟弟。“快，救救我，后面有人来追杀我。”倪锦添捂着流血的额头急切地说。朱小玉吓了一跳，见他满脸流血实在可怜，一种恻隐之心油然而起。她二话不说，把他推到墙角趴下，然后捡起地上一块油毛毡盖在他的身上，再在上面压了几块砖头。那帮人进来，见她在不慌不忙地晾衣服，四下看看没什么异常，只好悻悻而去。

倪锦添从油毛毡下钻出来后对朱小玉说："多谢救命之恩，我还会来找你。"果然，倪锦添这之后就三天两头来找她。开始小玉老躲着他，后来看他没有恶意，为人也仗义，每次都给她带点小礼品，慢慢也就不反感了，有时她还会跟他那些兄弟一起玩玩。

后来，他们的交往被家里人知道了，朱小玉家强烈反对，小玉的父亲是一所中学的教师，那时打倒臭老九，人虽然靠边站了，但在女儿面前还是有绝对的权威。他对倪锦添说："我家不能有你这样的人，无业游民，不干正事，整天喊打喊杀，以后拿什么养活你的妻儿老小。"倪锦添急得刀子都拔了出来，狠狠地往桌上一戳："我娶定你女儿了，给也得给，不给也得给。我打心眼里要跟你女儿好，除了报救命之恩，再一个图你们家是个文化人。"大哥朱世茂那时在农村下放，回家刚好碰上这件事，他倒是替妹妹说了话，他对父亲说："我看这是个枭雄，说不定今后真能成气候呢。"这番话让这位中学老师思考再三，终于松了口，他对倪锦添说："娶我女儿，我要对你约法三章。一、金盆洗手，再也不准争强斗狠；二、做正经生意，哪怕从小本买卖做起；三、孩子生下来后，必须由娘家人教育。"小玉的父亲最后跟他说："你要懂劳心者治人，劳力者治于人这个道理，后代绝不能走你的老路。你的孩子，一定要让他们受到最好的教育。"倪锦添在未来的岳父面前做了保证后，终于娶妻生子。虽然没完全按岳父的约定从事，但取得的成就远超岳父的期望值。

第28章 家园之梦

廖副局长给黎明海打电话，说安置区的红线下来了，让他和方志凌去看批复文件。黎明海高兴极了，连忙通知方志凌。看到新的批复后不由得有些泄气，原来安置区两千亩地变成首期开发一千亩，余下的土地预留给国家重大建设项目。

“国家有什么建设项目，我要去问问。”黎明海说。

“不知道，以后就会知道了。明海，你过去一直都在企业，企业跟地方有很大的不同，以后到地方，跟政府打交道多了，你的行为方式和言谈举止都要改变一下才行。”廖丙章又一次说。

“跟地方打交道方式是怎样的？”黎明海问。

“一时也讲不清，反正说话别这么直率，平时请客送礼，沟通感情是必不可少的，时间长了你就明白。你这样贸贸然上门，不会有人理你的。”廖副局长说。

黎明海临行前跟方志凌谈了一次，他说：“我明天回卧龙山，你留在省城要把筹备工作搞好，再过十个月，首期二十栋住宅封顶了就开始分房。这不是一件容易的事情，我们要专门组织一批人，严格按照工龄、资历、技术进行分配，一线的工人、工程师和劳模一定要住最好的房子。”

因为资金到位，安置区范围缩小，项目进展很快，经过一个月的筹备，剑光开发安置小区即将动工，这是系统最大的一个项目，省局准备搞一个高规格的开工仪式。为此专门开会进行分工，由省局负责邀请各方领导，卧龙山矿具体承办。

廖副局长提出要仪仗队、礼仪小姐和礼炮，黎明海和方志淩都不同意，他们主张搞得简朴些，只要搭一个主席台，摆些鲜花就可以了。黎明海说，仪式总共也就是一个小时左右，花这么大本搞这些花架子没什么意义。廖副局长说，这次来的有省部级领导，太寒酸了不太好。黎明海说，这笔钱是省局出，我没意见，如果要我们出，我就要看菜下饭。意见提交到局里，局里权衡再三，决定中和一下他们的方案。在卧龙山矿方案的基础上，增加红地毯，请一支醒狮队，再在本系统选二十个长相好、气质佳的女孩子担任礼仪小姐，这样也过得去了。

项目动工典礼这天，安置区这片空旷的土地上，鼓声阵阵，彩旗猎猎。一条红色的地毯直通主席台，主席台上摆满了鲜花。所有的布置都是卧龙山的工作人员上来筹办的，黎明海和方志淩不敢怠慢，活动上午十点举行，他们一大早就到现场，忙乎了两个多小时，总算差不多了，被邀请的贵宾们也陆陆续续地到来。

“你们怎么搞的，宾华街道办药主任的水牌放哪里了?”廖副局长匆匆过来问。

“药主任?没有他的位置呀，今天来的都是地市级以上领导才有座，他不过是个处级，轮不到他呢?”熊主任说道。

“一看你们办的事，就知道是一帮不开化的脑袋，你知道脚下踩的是谁的地，头顶的是谁的天，县官不如现管，领导们搞完仪式一哄而散，以后面对的就是药主任，你把他得罪了，看你们还怎么过日子。”廖副局长生气地说。

“那要不要给这里的村长也安排一个座位?”黎明海问。

廖副局长白了他一眼：“话我说在前头了，照不照办是你们的事。”

“这样吧，在主席台的对面，再摆一排座位，把这帮‘地头蛇’安排进去。”黎明海对熊主任说道。

“其实大型国有企业在地方上很受欢迎，地方政府有时候要借我们的名义搞融资和开发，上次卧龙镇说要联合我们搞一个汽配厂，你有什么看法?”方志凌说。

黎明海摇了摇头：“那些人都是洗脚上田的，懂什么汽配，我们这么大的企业搞这个都死了火，他们能成什么气候?纯粹想借个名义骗贷款，我觉得不大可行。”

“你是不是过于谨慎了，这么多年我们发展不快，跟领导者的思维很有关系。”方志凌说。

“那就找个时间出去考察一下，看看别人怎么做的吧。”黎明海若有所思。

一个黝黑矮胖的中年人走了过来，方志凌碰了碰黎明海：“这就是国土厅的丁副厅长，他跟廖副局长挺熟。”

“不会吧，这么丑，当年的小妖精怎么会嫁他?”黎明海有些不解。

“这有什么，人家会当官呀，你别说没人嫁，他的女人缘还不少呢，你看见他旁边那个女的没有?”方志凌指着一个四十多岁的女人说。

“这又是什么人?”黎明海问。

“这女人姓黄，叫黄梅萍，是他手下的一个处长，外面都传他跟姓黄的女人有一腿，他在哪，这个女人就在哪儿?”方志凌说。

“你怎么也这么八卦，喜欢打听这事儿。”黎明海说。

“传到耳朵里，不听也没办法。走吧，上去打个招呼。”方志凌说。

他俩走上前去，廖丙章把丁成奎介绍给他们。丁成奎不是很热情，只是象征性地碰了碰手，眼睛却望着别处。突然，他满面笑容，大声叫道："倪总来了。"倪锦添戴着墨镜，在两三个人的陪同下来到现场。看到丁副厅长叫他，于是走了过来，黎明海也跟他点点头。这块地刚批下来需要钱的时候，正是倪锦添打了两千万圈住了这块地，事后虽说倪锦添将资金撤了回去，但也算帮了他们一个大忙。这次倪锦添是作为嘉宾被邀请的，凭他和廖副局长及原书记老朱的关系，怎么说都是座上宾。然而倪锦添看他就不那么舒服了，黎明海毁约，不但让他跟这块地无缘，打出去的两千万还给他们做了桥梁，让项目顺利开工。他是个报复心很重的人，找了丁成奎，终于把这块地砍了一半下来。他不想理黎明海，但面子上又要过得去，只得跟他握了握手。倪锦添说："这真是个好地方，希望我们还有合作机会。"

方志淩说："那当然，机会很多。"其他人见了倪锦添，也纷纷过来热情握手，显得作为配角的倪锦添比这场仪式的主角还要受欢迎。

"明海，真要学学这些关系学了，将来我们的教育、养老、经营都要依托地方，而不是像在卧龙山那样是地方依托企业。国企有时跟地方明争暗斗，不搞好关系，办起事来会到处碰壁，你不觉得跟这些人在一起，我们显得有点格格不入吗?"方志淩说。

"这有什么不好，干嘛非要跟他们一样?"黎明海说。

"其实我们都不是走仕途的人，太直、太感性，一是一，二是二，你看到余江水、丁成奎这些人的行事风格没有，有个共性，那就是做事深藏不露，说话滴水不漏，这是一种交往艺术。你刚才没有听见市长是怎么跟余副省长介绍那个姓全的区长，说他是南方来的新锐，全氏后人，在区里人称'全拆光'，你以为这是一般的聊天吗?"方志淩说。

"那你认为这是什么意思?"黎明海问。

"最起码透露了三点信息，这个区长有资历、有能力、有后台。"方志淩笑着说。

“我不擅长，也不喜欢揣摩这些。”黎明海道。

“部长和省长到了，仪式开始吧。”廖丙章过来催促。

“开始了，别说这些没用的。”黎明海拉着方志凌坐在主席台的角上。

在主席台上，省部等领导在中间就坐，倪锦添作为特邀嘉宾也坐在醒目的位置，省局、市区的主要领导和卧龙山矿的主要干部坐两边。整个议程是领导们挨个上台讲话，中央部委领导作指示，省市领导提希望，省局领导下决心，地方领导表态度。活动虽然规模不大，时间也短，但因为规格较高，同样吸引了不少媒体。

“面条来了没有？”仪式一结束，黎明海就问方志凌。

“来了，坐在嘉宾席上。”方志凌答道。

“项目开始做了，我们要跟他谈一下安置区的环境规划，但不能让他收那么高的费用。”黎明海说。

“他不会收得太高，有些还会免收。”方志凌说。

“找我算是找对了。”面条听了黎明海和方志凌的来意笑着说。

“要设计好点，你一大帮亲戚将来在里面住呢。”黎明海说。

“那当然，我怎么会干遭人骂的事情。不过有一条小河从这里经过，设计起来要费些心思，要让它既成景观又不留后患。”面条说道。

“这是你的强项，我们不管。”黎明海说。

“你确定不管吗，我给很多地方做规划的时候，开始也是说不管，可到后来，那几个主要领导一人一个主意，把我的设计图改得面目全非。”面条说道。

“有这事？”方志凌问。

“这事多着呢，有一年我给下面的一个县设计一个湖景，原本只要结合他们的自然风光，稍作调整就是不错的景观。可县委书记说要在湖中心建一个喷水银屏，县长又说要沿湖搞艺术走廊，花钱弄了一大批不伦不类的雕塑戳在湖边。更离谱的是，我设计好的活水通道在施工的时候被他们随意改动了，结果进水和出水出了问题，不到半年，湖水就发臭，那些喷水银屏和雕塑也成了一堆废物。最丢脸的是，大家都说这个项目是我设计的。”

“那你更要把我们小区的环境规划好，这样才能给你正名。”黎明海笑道。

第29章　灾难突然降临

这天晚上，黎明海突然接到方志凌的电话："明海，你快回来，鸣芬生病了！"

"她身体一直都是挺好，怎么突然病了，什么病？"黎明海也着急了。鸣芬从不会因身体不舒服给他打电话，她至今也只是生女儿的时候住过一次院，现在由方志凌打过来，病情应该不轻。

"医生说是妇科方面的毛病，你明天一早赶过来吧，直接去省医的妇科病房，我们当面再说，路上小心开车。"方志凌怕黎明海着急出意外，有意把语调放松。

贾鸣芬的心在呼号，她漫无目的走着，整个世界都失去了颜色。不知不觉来到女儿的学校。这时正好女儿下课从校门口走出来，看到母亲，她有些奇怪："妈，今天怎么来接我？"鸣芬挤出一丝微笑："我路过，顺便看看你下课没有。"

"真是难得，是不是我爸回来了？"黎霜问。

"哪有这么快，可能还有几天吧。"鸣芬敷衍道。

"妈，你快看，他就是我上次说的那个男生，像不像老爸当年那张照片？"霜霜急急地指着一个身材高挑，大步迈出校门的男同学说道。

贾鸣芬顺着霜霜的手望去，果然，她像雷击了一般，呆立在那里。

太像了，因为贾鸣芬与黎明海两人是一起长大的，黎明海每个时期的相貌，除了大学四年，当兵三年，她只能在间隙时间看到他外，其他时候差不多都在她的眼皮底下。这个男孩实在是太像了，连走路的姿势，看人的眼神都一模一样。贾鸣芬揉了揉眼睛，她紧追几步，叫道："这位同学，你等一等。"男孩站住，他不知道这对母女找他有什么事。

"哦，"鸣芬也不知道说什么才好，好半天才说："不好意思啊，我认错人了，觉得你很像一个人。"

"是吗，我像谁？"男孩的脸上充满了警惕。

"哎呀，我看错了，对不起。"鸣芬拉着女儿赶紧走了。

这男孩正是小涛，小涛已经知道了自己得了白血病，他也知道是接受了别人捐献的骨髓才捡回了一条命。小涛很聪明，从不停的各项血液检查中，他得知这骨髓没有来自父母，必定是另有其人。可他了解到，这个人的骨髓能跟他如此匹配，一般来说不是兄弟就是父子。难道自己是抱养的？他拿着镜子仔细观察父母的照片然后和自己相比较，觉得跟父亲没有半点相似的地方。父亲是方脸，淡眉，单眼皮，而他是长圆脸，浓眉，大眼睛，神情跟母亲倒是有点像。一种不祥之兆在心头涌起。有次问母亲他是不是抱养的，母亲回答说不是，后来父亲出了车祸，他从此不再怀疑父亲是养父了。然而这对母女的出现，让他对自己的身世再一次产生了怀疑。那个女孩是他们学校的，个子高挑，瓜子脸，听说是来自一个什么矿山，成绩非常棒，他们偶尔打照面，没有说过话。

第二天一早，小涛拦住了这位女生："昨天你们说我像一个人，究竟像谁？"霜霜说："我给你拿了证据来。"她从书包里拿出那个小相框，小涛看了，不由得也呆住。他说："这张相片能借我用一下吗，明早还你。"

"看一眼就行了，我妈知道会骂。"霜霜面露难色。

“我家住得近，拿给我妈看一眼，下午上学就还给你。”小涛说道。

“那好吧。”霜霜有些无可奈何。

霜霜中午回到家，鸣芬劈头就问：“桌上不见了照片，是不是你拿了，拿哪里去了？”

霜霜没想到母亲这么快就知道了，“我把它给那个男生看，他说拿给他妈妈看一下，下午上学就还回来。”霜霜小声地说。

“这个男同学家住哪里？带我去。”鸣芬说道。

“你这是干什么，下午就还你，真是小气。”霜霜很生气。她不知道母亲的情绪为什么这么差。

“给他拿回家干什么，下午我跟你一起去拿回来。”鸣芬生气地说。

下午，鸣芬跟着霜霜一起来到校门口：“看一下而已，这么紧张。你看，那不就是么，不但他来，连他妈妈都来了呢。”霜霜指着走近的一对母子说道。

紫云也是跟小涛一起来的，她也同时看到了这对母女。小涛将照片拿回家，指着照片上的人说：“这是方叔叔，这是那女生的妈妈。”他指着黎明海说：“她们说我像这个人，我是他的孩子吗？我生病的时候，好像见过他一面，那时我不是很清醒，他给我捐的骨髓是吗？”儿子的一连串疑问，让紫云不知该说什么。提供这张照片的是黎明海的女儿，她也想看看黎明海的女儿，于是，她借口上班，跟小涛一起来到了校门口。小涛跟霜霜说好在这里归还照片，没想到还遇上了鸣芬。

鸣芬猛然觉得紫云很面熟，但又不知道在哪里见过，她接过照片，说了声：“这孩子真不懂事，把家里的东西随便拿出去。”然后跟紫云笑了笑，没有说话，走了。

回到家的鸣芬拉开抽屉，翻出了那张旧报纸，果然，那张黎明海在商场里买东西的照片，旁边站着的就是这位男孩子的母亲，鸣芬的手颤抖起来。然后，她又翻箱倒柜找黎明海过去的老照片，在那些旧影集里，除了方志凌和一些男同学，出现最多的就是这个女同学了。她将前前后后的片段全部联系起来后，说了一句："我太傻了!"

几天前，鸣芬和青岚一起去做妇科全面体检，做完各项检查后，医生说有些指标当天出不来，要三天后才能出结果。三天后，鸣芬看青岚又要演出，决定自己去医院拿检验单，她找到那天给她们检查的和青岚相熟的陆医生说明来意。陆医生拿出两份检验单问："你是贾鸣芬吗?"

鸣芬点点头。医生问："有家属跟来吗?"

鸣芬摇摇头说："他们都要上班，我没什么事，就自己来了，能让我带回去吗?"

医生看看她，想了想，说："你让青岚过来拿吧，我有些事情要跟她说说。"

"医生，检验单有问题吗，能不能跟我说。"鸣芬说。

"你的没问题，让青岚自己来。"医生说着将检验单放进了抽屉。

"陆医生，外面有个急诊病人，很危险，你快去看看吧。"这时匆匆进来一个小护士。

陆医生急急地出去。鸣芬听了医生的话，觉得她和青岚两个人肯定有一个人是有问题的，如果不是自己，那就是青岚。看了一眼没上锁的抽屉，她突然心生一计，拉开抽屉，拿出两张检验单。她先看了一眼青岚的，诊断结果一切正常，她心里的一块石头落了地。觉得陆医生真是大惊小怪，明明没问题，却偏要搞得人一惊一乍。于是，又看自己那张，跟青岚不同的是，她的检验单写得密密麻麻，在一大堆诊断文字的最后赫然写着："卵巢恶性肿瘤晚期"，鸣芬一阵天旋地转，差点晕过去。她怕人发觉，将两张检验单放回原处，关上抽屉，然后跌跌撞撞地走出医院大门。

她的手机响了，青岚又在催她去医院。今天青岚已经给她打了好几次电话，说她子宫里长了一个良性瘤子，要抓紧时间手术，病房已经安排好了。鸣芬无心听下去，她挂掉了手机，仔细回忆黎明海跟她结婚前的每一个细节。难怪他是那么不情愿，难怪新婚之夜竟然背我而卧，难怪他感觉我欠了他的，原来如此！他妈的孩子都有了，自己被黎明海骗得太惨了，十六年做牛做马竟然是这样一个下场。鸣芬怒火万丈，把身体上的恐惧全忘了，剩下的只有愤怒。现在怎么办，黎明海还在卧龙山，刚才青岚告诉她已经通知了黎明海，明天早上才能赶回来。她突然想，这件事方志淩不可能不知道，他猛然想起黎明海住院的时候，方志淩把她支开，带了一个女的来医院，回忆起那女人跟照片上的是同一个人，这说明方志淩对这事一清二楚，而且二十多年来，一直在帮他把守着这个秘密，她决定先找方志淩算账。她打开手机，找到方志淩的手机号码拨了过去，听到对方“喂”了一声后，突然大喝一声：“方老婆子！”

方志淩听了这一声怒吼，吓了一跳。方志淩因会做女红，从小被称“大姑娘”，女孩子则叫他“老婆子”。后来大家都长大了，他又做了领导，就不好叫绰号了。三十年后，又一次听人叫这个外号，竟是鸣芬满腔怒火喊出来的，方志淩深感不妙，但他一时还不知道鸣芬为什么要发这么大的火，如果是她知道了自己的病情，应该是哭诉才对。他镇定了一下情绪，问：“鸣芬，怎么啦?”

“黎明海在外面是不是有女人?”鸣芬几乎是在喊。

“什么女人，明海你还不了解吗，他怎么会找女人?”方志淩还想摸摸鸣芬的底。

“方老婆子，非要我戳穿你是吧，没想到你这个做书记的还帮人拉皮条，你跟黎明海穿一条裤子，以为我不知道。这么多年来，他不但有女人，孩子都有了，我是不是该死了？”鸣芬说。

方志凌的大脑顿时停止了运转，鸣芬知道了，她是怎么知道的。想起那天黎明海跟他说起小涛跟霜霜在同一所学校的事情，现在有些后悔，知道结果是这样，应该找个机会早点跟鸣芬交个底，也不至于鸣芬在这个时候发这么大的火，这对她的病情来说，可谓是雪上加霜。他一直以为，只要小涛的病好了，黎明海跟苏紫云也没有太多的关系，他们不联系或少联系，这事就瞒过去了。可万万没想到一波未平，一波又起，鸣芬竟然得了这种病。自从青岚告诉他鸣芬的病情后，开始怎么都不相信，他要求医院把标本重新做一次病理切片，可得出的结果还是跟上次的结论一样。这下他没了主张，不知该怎么办，他觉得最要紧的还是要把鸣芬哄进医院做手术，他不敢告诉鸣芬实情，先打了电话催黎明海回省城，然后尽快帮鸣芬联系好床位和手术医生，做好这些后，才让青岚一遍又一遍地打电话要她住医院。

“鸣芬，这件事不是你想象的那样，我可以跟你解释，要相信明海，他跟外面那些包二奶养小蜜的人完全不同。你先上医院，等到了医院，我慢慢跟你解释清楚，如果现在就想知道，我马上去你家，好不好，先别生气。”方志凌苦口婆心地说。

“我就问你一句，那男孩是不是黎明海跟那女人生的儿子？”鸣芬问。

方志凌不敢吭声。

“你说啊！”鸣芬催促道。

“再不说我现在就打电话给明海，让他亲口说。”鸣芬最后通牒。

“是的。”方志凌想，鸣芬肯定会打电话给黎明海，得到的也一定是这个结果。

“不过，你听我说……”方志凌还想解释，那边鸣芬已经将电话关了。

贾鸣芬此时像个临阵的斗士，全身亢奋，她收起报纸和照片，从房门后取出一根木棍，这是她平时放在家里防身用的，今天要用它把黎明海跟那个臭女人在外面的窝打个稀巴烂。

她来到女儿的学校，一直等到下了课，学生们终于从大门口出来，她看到了那个酷似黎明海的男孩子，悄悄尾随着他。男孩住的小区离学校步行只要五分钟，里面全是联排别墅，环境十分优美。鸣芬恨得牙根直痒，想不到这个负心汉的野女人竟然是个富婆，黎明海有几个钱她一清二楚。她跟着小涛进了小区，来到了紫云家门口。当小涛看到身后跟着的鸣芬时，疑惑地问："阿姨，你跟着我干什么呀?"

鸣芬说："我上次说认错了人，其实没认错，原来我跟你妈妈认识，那次时间紧，没顾说上话，今天想跟她谈谈。"

小涛按下门铃，门打开了，紫云看到跟在后面的鸣芬，很快明白过来。刚接到方志淩的电话，说鸣芬已经知道了她跟黎明海的事，他现在正在去鸣芬家的路上，没想到鸣芬已经抢先一步找她算账了。

看到鸣芬提着的棍子，她心里不免有些发憷，鸣芬一看就是那种惹急了什么都能干得出来的女人。这个世界只有一个人能镇住她，那就是她的丈夫黎明海，她一直把黎明海当神一般供着。如今，神坛垮了，她深爱的男人成了万人唾弃的陈世美，剩下的就是一对奸夫淫妇的嘴脸了。

鸣芬压着一肚子的火，她觉得被黎明海欺骗得太深，终于在临死前明白过来，她要闹个天翻地覆。然而，一进家门，就看见了老韩的遗像，原来是个寡妇，这混蛋算是瞌睡遇上枕头了，鸣芬心里一阵悲哀。

紫云一看鸣芬这个架势，心里已经明白了一切。"鸣芬，我知道你，听志淩说过你很多事，知道你是个好人，我们好好谈谈吧。"

“谈什么，有什么好谈的，我跟他是明媒正娶的夫妻，不像你，老公死了就看上别人的，不要怪我不客气，今天我先砸了你们的窝，明天再跟姓黎的算账。”鸣芬抡起棍子。

小涛突然挡在了前面：“阿姨，虽然我不了解情况，但你最起码要讲点道理吧，能不能让我妈妈说几句话，想让大家看轻你吗?”

连说话的语气都跟黎明海一个样，活脱脱就是第二个黎明海，鸣芬一时被震住了。

“请你听我解释，等我说完了，你想怎么砸都行。”紫云说。

鸣芬把棍子放下：“给你五分钟。”

紫云让小涛去了书房，然后跟鸣芬一起走到后院，确保小涛听不见她们的谈话后，平静地对鸣芬说：“我愿意将我跟他所有的事情跟你说清楚，信不信由你。我们不要影响现在各自的生活，你看行吗?”

紫云将她与黎明海从认识到相爱到小涛的身世说了一遍，最后说：“这事我跟黎明海都有责任，当年我们没有克制自己的感情，结果害了各自的家庭，但我能保证，你跟他结婚后，我就没有联系过他，如果不是小涛得了白血病，我们这辈子都不会联系的。”

鸣芬听了，半天无语，她喃喃地说：“这样看来，也不能怪你，你在先，我在后，成了多余的。我知道他不爱我，这辈子都是在迁就他。”她流着泪对紫云说：“过去我从不信命，现在看来人是有命的，我再也不能拥有他了。”鸣芬把在医院看到的诊断结果告诉了紫云。

紫云听了，心里一阵拔凉：“鸣芬，不会是真的，医学上的事我们一般人弄不清楚，你一定搞错了。”

“不会搞错的，我虽然没什么文化，那几个字我还是认得。”鸣芬说。

紫云不知道说什么才好，现在只有说服她赶紧到医院治病。她问："明海知道了没有？"

"志凌已经打电话给他了，估计明天上午就能赶回来，现在他们以为我什么都不知道，说只是一般的子宫肌瘤，做了手术就好了。""你现在什么都不要想，先治病，病好了再说。你需要什么，我一定会全力支持你。"紫云说道。

"你是个好人，可惜我的时间不多了，如果有来生，我愿意跟你做姐妹。听你的话，我明天去医院。女儿现在该到家了，不能让她知道。"鸣芬抹了一把眼泪走出了紫云家。

匆匆而来的方志凌刚好遇上正准备关大门的紫云："去了鸣芬家，没见到她。"

紫云说："刚从我这走没多久，她答应明天去医院。"

"她怎么会认识你家？你们说了什么，没发生冲突吧？"方志凌惊讶地问。

"她跟着小涛来的，该说的都说了，是个很通情达理的人，进来坐吗？"紫云问。

"不了，得赶紧上鸣芬那里，跟她一起准备明天入院的事情。明海不在这，我得帮她做好这些。"方志凌匆匆离开了。

癌，我竟然得癌了，还是晚期，老天怎么不长眼。鸣芬从紫云家出来，心如死灰。天色慢慢暗了下来，她却不想回去，估计霜霜已经回家，现在一定在做面条吃。女儿还有三个月就满十六岁，一直都很自立，尤其反对母亲提前退休照顾自己，鸣芬答应她这几天就去找事做。鸣芬不想让沮丧的心情影响女儿，女孩的心理特别敏感，这两天女儿时时刻刻都在盯着自己的脸色看，她不得不在她面前故作轻松。

来到江边，只见滚滚的江水奔流不息，鸣芬觉得只要将眼睛一闭，纵身跳进这滔滔江水里，什么样的烦恼都会随波而去。想到丈夫，她几乎崩溃。其实，鸣芬有时候也会跟玩得比较好的姐妹们诉说一下心中的苦恼，其中有一个姐妹就告诉过她：“黎明海肯定是心有所属，否则就不是一个正常的男人。”然而，鸣芬眼里只有黎明海，从小到大只是围着他一个人转，其他男人是怎么样，她一点都不了解，也不想知道。如果不是这场病，她愿意一直装糊涂跟他生活一辈子。她认为只要获得黎明海一半的爱就可以了，特别是最近这几年，她能够感到黎明海还是爱她的，而且，像他那样的人，也只有自己才能接受得了。黎明海个性好强倔强，一心扑在工作上，对妻子缺少关爱。这些年，他对她的付出才开始有所回报，两人的情感渐入佳境，可是好景不长。如果明天住进了医院，她就彻底失去了自由，接下来开刀、放疗、化疗，头发掉光，形同骷髅，最后疼痛难忍，生命枯竭而死。黎明海的父亲以及父辈的一些癌症病人临死的惨状给她带来极大的恐惧。

江边开了些夜市，星星点点的灯光倒映在江面上，在这里来来回回的鸣芬引起了一个店家的注意：“看你走了一夜，进来吃点什么吧?”

鸣芬这才觉得有点饿了，她看到这位店家六十多岁，长得慈眉善目，于是说：“给我来一瓶酒吧。”

第 30 章　可怜的鸣芬

黎明海到了省医，方志凌和青岚已经在大门口等着他。看来方志凌这两天也没休息好，满脸憔悴，眼圈黑黑的。

“鸣芬是怎么回事?”黎明海问。

“卵巢癌晚期，医生说这个病非常凶险，情况糟糕的话能在一个月之内要人命!”方志凌说。

黎明海的眼前顿时黑了。身子无力地靠在墙上，他跟鸣芬虽说没有过浓烈的激情，但那种从小生活在一起，相濡以沫的亲情是一点都不缺的，白首偕老已成了他们的共识，没想到天难遂人愿，灾难在突然间降临。

“为什么这么晚才被发现?”黎明海问志凌夫妇，他没想到鸣芬会得这种病，而且一得就是晚期。

“听医生说，这种病症状不明显，一经发现都是中晚期了，鸣芬还比一般人能忍，小病痛不当一回事，所以就耽误了。”青岚说道。

“鸣芬人呢?”黎明海深吸了一口气，继续朝病房里走。

“明海，鸣芬不见了。”方志凌几乎要哭出来了。

“啊，她去了哪里?”黎明海几乎要倒下。

“我们也不知道，昨天下午五点多的时候，她打来电话把我臭骂了一顿，后来就关机了。听说去了紫云家里，跟她谈得还不错，紫云跟她讲了你俩的事，她当时也接受了，还同意今早来住院。可我昨晚去你家，听霜霜说妈妈一直没回来，我跟青岚到处去找，还发动了我们在省城所有的朋友，跟派出所也打了招呼，到现在一直都没有消息。都怪我，没有照顾好她。”方志淩哽咽地说。

“找，再找，一定要把她找到！”黎明海摇晃着方志淩说道。

“鸣芬失踪到现在已经超过二十四个小时了，她的电话打不通，经常去的商场也找遍了，除了你们，她在省城没有熟人和朋友，派出所那边怎么说？”找了一整天的黎明海和方志淩在省医碰头，黎明海焦急地问道。

方志淩摇摇头，这时他的手机响了。方志淩一接电话脸色顿时大变。

“怎么回事？”黎明海紧张地问。

“派出所打来电话，说刚刚在江边发现一具女尸，大概四十来岁的样子，要我们去辨认。”方志淩说。

“你说什么？”黎明海一屁股瘫软在地上。

“明海，这个时候你千万要挺住，那边并没有说一定是鸣芬，只是让我们过去辨认一下，女尸现停在医院的太平间里。”方志淩说道。

在一名法医和一名干警的带领下，他们来到医院的太平间，女尸用白布裹着，躺在停尸房里。此时的黎明海浑身颤抖手脚冰凉，他怕得到令他绝望的结果。在门口，方志淩按住他：“你在这里等，我先去看看。”

方志淩跟随法医进去，里面散发出一阵恶臭，法医揭开盖在女尸脸上的布，方志淩凑上去看了一眼，一时难辨真伪。他原以为，是不是鸣芬，一眼就能认出来，没想到尸体被泡涨了，体积大了一倍，浑身发白，整个脸也面目全非了。

“是不是？”法医问。

“看不出来，还是让她丈夫来辨认吧。”方志凌说。

“我先问你，你们要找的那个人失踪了多长时间？”法医问。

“大概是二十四个小时。”方志凌算了算。

“那就不是了，这具尸体起码在水里泡了三天。”法医肯定地说。

看见从太平间出来的方志凌一脸轻松，黎明海那根紧张的神经也瞬间松弛下来。“没事，咱鸣芬好好的呢。”方志凌说。

“鸣芬啊，你到底去了哪里？”黎明海喃喃说道。这时，他的手机响了：“是霜霜的，一定又在问妈妈找着没有。”

“妈妈回家了？好好，我跟叔叔马上回来！”黎明海喜出望外。

“明海，你来了。”见到风尘仆仆的丈夫，鸣芬叫道。失踪了一天一夜的鸣芬精神矍铄，神情轻松，一点也看不出是个重病之人，大大出乎人们的意料。

黎明海抚着妻子消瘦的肩心疼地说：“去哪里了，大家找了你一天一夜，太让人着急了。”

“出去散心了，去了一个很远的地方。一想到住到医院再也不能出来，我要自由一天。”鸣芬说道。

“谁说住院了就不能出来，病治好了哪里都可以去，这次我一定好好陪你。”黎明海说。

“可你那一大堆工作怎么办呢？”鸣芬问。

“已经全部交给利副矿长了，先请了一个月的假，一定要治好你的病。”他坚定地说。

“别说这么多了，赶紧收拾一下上医院吧，床位已经留好了。”方志凌说。

“我明天再去医院，今晚在家住。”鸣芬说。黎明海也表示同意。

方志凌看了他们夫妇一眼，说道：“我先走了，准备一下吧，我明天再来。”

“为什么不告诉我?”志凌一走，黎明海埋怨道。

“你那么忙，我不好打搅你。过去一直没感觉，近一年肚子经常有些胀疼，在矿里也没怎么好好看。有一次去了，偏偏又遇上刘锋芒，觉得不好意思，又耽搁了。这次在省城，我跟青岚说了，青岚说最好检查一下，她每年也要查一次妇科的，医院里有熟悉的医生，我就跟着她去，没想到结果我比她严重。”鸣芬说。

“鸣芬，你也不严重，不过是个瘤子，切掉就没事了。”黎明海说道。

“是，是啊，我会好起来的。”鸣芬微笑道。

这天晚上，黎明海罕有地搂着鸣芬睡下了，他一条胳膊让鸣芬枕着，另一只手紧紧握住她的手，好像生怕她又跑掉。然而，鸣芬却没有跟他缠绵，几乎躺下就睡着了，很快发出重重的鼾声，好像是累极了。黎明海却睡不着，看着睡得无比香甜的鸣芬，心里很疑惑，难道她不知道自己病情的严重性，她的心态怎么调整得那么好?他摸了摸鸣芬的手，发现她手上多了一串珠子。

早晨，迷迷糊糊的黎明海感觉脸上有些痒痒的，睁开眼睛一看，只见鸣芬正满脸爱意望着他，并不时在他的脸上亲吻着。他深受感染，将鸣芬紧紧抱住。

上午十点，鸣芬进了手术室。黎明海对守在手术室门口的志凌夫妇说:“昨天我在鸣芬的包里发现了一张去海南的来回机票，手上还多了一串佛珠，珠子上写着‘南山海上观音’几个字。”

“这么说她昨天去海南三亚了，而且是一天来回?”方志凌惊讶道。

“应该是，愿佛祖保佑她。”黎明海说道。

只半个小时，手术室的门就开了。他们迎了上去，陆医生摘下口罩说道:“没有手术的价值了，病人大概还有一个月的时间，你们准备后事吧。”

“可你为什么还要开一刀？”方志凌说。

陆医生说：“我是抱着侥幸的心理，打开来看是最清楚的，癌细胞已经转移到全身，一些重要的组织都受到了侵害，我只切了一个小口就缝合了。”

黎明海的大脑好像一下子冻住了，他怎么也没想到，两个月前的鸣芬是那样精力充沛，好像永不知疲倦，怎么说倒下就倒下呢。

“明海，怎么办啊？”方志凌和青岚都哭了。他们摇着木头似的黎明海，他竟然没有丝毫反应。

“治，我相信鸣芬能闯过来。”黎明海说。

这些天，黎明海和鸣芬好像进入了热恋中，除了回家买菜做饭，他们寸步不离。黎明海每天陪在鸣芬的身边，同时恶补癌症病人健康护理知识，收集各地治疗此病的方子，在他的精心护理下，鸣芬的情况竟然一天好似一天，原本枯槁的脸色有了些许光泽。

医生说病人的状况基本稳定，可以先化疗，消灭转移的癌细胞，再进行手术。大家对这个方案也表示赞同，如果不做积极治疗，这样下去也不是办法，复查结果显示，癌细胞还在疯狂地生长。化疗那几天，鸣芬吐得七荤八素，但她意志坚强，挺了过来。接着，头发又开始脱落了，大把大把的头发轻轻一扯就掉了下来，没几天就一根不剩了。摸着光秃秃的脑袋，鸣芬仍然很开心，说这段日子，黎明海把这辈子亏欠她的都补回来了。他每天一大早就上菜市场采购她最喜欢吃的菜，从来不下厨房的他，现在一天炖一只鸽子，清蒸一只甲鱼，再小炒几样小菜，女儿也直夸爸爸的手艺好，她已经非常知足了。

“这些都是你做的？”有一天鸣芬问。

“味道怎么样，还需要做什么改进？”黎明海谦虚地说。

鸣芬笑得合不拢嘴：“真是人才呀，放到哪里都发光。”

黎明海笑着说：“你说的那是灯泡。”

鸣芬笑呵呵地说：“是啊，我是超级大灯泡。”

其实，黎明海所做的这些有一半是紫云做的。紫云说她照顾了这么久的病人，已经有经验了，她家里厨房用具齐全，可以省不少事，黎明海也可以多点时间陪鸣芬。于是她每天一早把黎明海买的鸽子放在炖煲里先炖上，中午，将炖好的鸽子用保温瓶装好，送到医院的门口。黎明海在医院跟紫云交接，再将饭菜和汤一起送到鸣芬的病床前。这天，紫云送鸽子汤的时候，恰好被病情有所好转，出来散步的鸣芬看到了这一幕。她躲在树的后面，看到苏紫云将装鸽子汤的保温瓶交给黎明海，然后又在窃窃私语，看神情大概是在说自己的病情。两人的身材、相貌是那么般配，男的身着一件黑色短风衣，潇洒、英俊、成熟；女人一件米色的套裙，美丽、端庄、知性，她摸了摸寸毛不生的头皮，感到形秽自惭，默默地回到了病房。

鸣芬在江边那个小酒家度过了不寻常的一晚后，她彻底想通了。那晚，她叫了一瓶高烈的枝江大曲，闷闷地喝起来。看着她一个人喝酒，店家走过来在她的对面坐下：“看出你有很重的心事，有什么看不开的，我陪你喝两杯?”

鸣芬看到这位店家手上戴着佛珠，问道：“你信佛吗，怎么能喝酒?”

店主说：“我信佛，但为了开解你，我可以陪你喝一杯。人海茫茫来相会，说明我们是有缘人。这个缘，无论是长短，也无论深浅。”

“我得了晚期癌症，将要告别人世，要离开我的亲人，实在是舍不得。”鸣芬直言相告。

“看你也是为人妻为人母的年纪，我送你两句，今生是短暂的，来世是永恒的，造物主让你来到这个世界就是要让你接受各种磨砺，生老病死是自然规律，谁都无法避免。既然是无法避免的事情，何不坦然面对，珍惜眼前，好好把握每一天。”这位店家的一席话，顿时让鸣芬茅塞顿开。那一晚，她跟店家彻夜长谈，从这位老者身上领略了人生另一种境界。

店家姓穆，早年参加过抗美援越，在一次战斗中，他身负重伤，当时战友们以为他已经阵亡了。后来他被越南人俘虏，因为种种原因没有回到祖国，他在越南娶妻生子。可到了对越自卫反击战的时候，他的妻子儿女全部在战争中失去了性命，他被排斥回国。几十年在外，早已物是人非，没有任何证明，所有的关系都断了。靠在砖窑厂做苦力挣了点积蓄开了这个江边小店，他现在赚钱不是为了自己，而是助养了十个贫困生。“前一个月，我被查出了淋巴癌，也是晚期，我的日子也不多了，但我还是在干我的事情。你现在有什么愿望就赶紧去做，能实现多少是多少。”穆老伯说道。

“我在山里长大，从没见过大海，我想去看海。”鸣芬说。

“那就想办法去一趟吧。”穆老伯面带微笑。

果真，第二天一早，鸣芬买了去海南的机票，沐浴着三亚的海风，鸣芬的身心得到了一次彻底的解放。傍晚她回到了家，精神面貌也焕然一新。然而看到黎明海和苏紫云在一起的一幕，心里顿时萌生退意。我的戏演完了，应该落幕了。鸣芬在心里说。

鸣芬将进行第二次手术。主刀陆医生把黎明海叫到门口，告诉他像鸣芬这种情况，生存的概率不到百分之十，希望他有心理准备。黎明海则满怀希望，他觉得凭鸣芬的性格和体质，她一定在那百分之十里面。

入手术室前，鸣芬变得怯弱和迟疑，她泪眼汪汪地对黎明海说：“我觉得这次情况有些不妙，有些后事想向你交代一下。”黎明海捂住她的嘴说道：“不要说傻话，我们一定能挺过这一关的。”

“不行，我一定要说，这次如果我不行了，你就跟苏紫云过吧，那里还有你的亲儿子，我真的不生你们的气，我们的缘分大概只能到这里了。”鸣芬说。

黎明海抓住她的手：“你别想这么多，我不会放弃你的，过去是我做得不好，我知道错了，以后我们一定会幸福。”

“我已经满足了，跟你在一起，虽然付出很多，但我感到了幸福！”鸣芬松开了手。

正如陆医生预测的那样，鸣芬手术之后，一个星期不到，她的病情急转直下，身体在迅速消瘦，脸色苍白，双眼深深地陷下去，癌细胞在她体内肆虐。此时的鸣芬知道剩下的时间不多了，她一刻也不愿让亲人从她的身边离开。在迷迷糊糊中，她一会儿叫明海，一会儿叫霜霜。三天后，医院下了病危通知单。这天，志凌一家、霜霜、包括西米粥以及鸣芬家的哥哥嫂嫂们都来了，也许是感觉到了大家的存在，鸣芬突然清醒，甚至坐了起来，跟每一个人都打了招呼。她对黎明海提出了个要求，要苏紫云来一趟。

苏紫云接到电话匆匆赶来。鸣芬拉着她的手说：“我知道你为我做了很多，现在就由你陪他们父女走下去吧，这就是命！我离开人世，指望照顾他们父女俩的就是你了。虽然我们过去不认识，也从不知道你，但我认定，只要是明海爱上的人是不会错的。把他们交给你，我可以放心走了。”她的眼睛久久地落在低低抽泣的女儿身上，“霜霜”，她把女儿叫了过来，然后指着紫云说道：“妈妈要走了，以后你就叫她妈妈吧，她一定会像我一样对你的！”

“我不要！”女儿哭着跑了出去。

紫云哭着大声说：“不要走，鸣芬，我们是姐妹，不要走啊！”鸣芬看了一眼哥哥嫂嫂们，用微弱的声音说道：“爸爸还没走远，我要追他去了，他在前面等我呢。”黎明海紧抱着妻子，泪水无声地滚落下来。最后，鸣芬的眼睛停留在黎明海的脸上，她那深陷的双眼一直注视着他，似乎要将丈夫的容貌深深地镌刻在最后的记忆里，带到另一个世界去。黎明海一直紧握着鸣芬的手，慢慢地感觉这只手在开始变凉，抱在怀里的温暖渐渐散去，他深感大事不妙。果然，鸣芬最后的力气好像用完了似的，突然一震，身子便软塌塌地陷了下去，目光开始迷离，任凭大家如何呼喊，鸣芬已经发不出任何声音，几分钟后停止了呼吸，终年四十五岁。

黎明海好像整个魂魄都跟着鸣芬走了，如果不是靠大家帮忙，他根本不知道要干什么，他的大脑始终处于一片空白阶段。他过去一直以为，只有和紫云那场感情才是真正的恋爱，让他刻骨铭心，而跟鸣芬这段婚姻是出于无奈，所以平时根本不在意去维护，对鸣芬他是那么的不在乎，甚至觉得鸣芬对他做什么都是理所当然的，然而，如今一旦失去了，他却感到痛彻心扉，撕心裂肺般地难受。他觉得这辈子最对不起的人就是鸣芬，可惜时光不能逆转，否则他愿意付出任何代价来弥补这个缺憾。

在追思会上，鸣芬躺在鲜花丛中，脸上画了淡妆，美丽又安详，黎明海望着她却像在辽阔的夜空中，看着闪亮的星星那样遥不可及。整个追思会都是志凌和一班同学在操持，同学们一个个走上台诉说着自己对鸣芬的怀念和哀思。特别是刘锋芒双眼发红，动情地说道："鸣芬，一语成谶，都是我没把你留下来，如果那次我坚持要你来看病，或事后多关心一下你，今天就不会阴阳相隔了。"黎明海像个木头，好像没了感觉。

追思结束，遗体要进入焚化炉，亲友们一个个走出告别室，志凌拉着黎明海："让鸣芬安心去吧。"黎明海对志凌说："你们先出去，我等会来。"志凌点点头。在即将出大门的时候，志凌回头望了望，却看到黎明海在鸣芬的棺前突然跪下了，他朝着鸣芬磕了三个头，这一举动把其他人都惊呆了，棺椁已下沉进入炉中，黎明海还在长跪不起。方志凌赶紧走过来将他搀起，扶着他走出灵堂。

青岚匆匆找到刚从殡仪馆取骨灰出来的黎明海，告诉他："霜霜出走了。"

下篇

第31章　此恨绵绵

听到女儿不见了的消息，黎明海那双布满血丝的眼睛顿时惶恐起来：“去了哪里，她还不满十六岁呀！”

“别急，我们已经派人去找了，这么大不会丢的。你先回家休息一下，已经几天几夜没有睡觉了。”青岚安慰道。

“不行，我要去找。”黎明海推开青岚的胳膊。

“你必须呆在家里，万一孩子回来怎么办，家里又没有人。”青岚叫住了他。

黎明海回到家，人虽然躺在床上，可大脑却十分亢奋，一点睡意也没有，满脑子都是鸣芬和霜霜的面孔。他记得最后一次回卧龙山跟鸣芬分别的前夜，鸣芬问他：“明海，我们能白头偕老吗?”“那是当然，你还有怀疑吗?”黎明海说。“可我怎么有种预感，觉得我会死在你前面，而你还可以活好多年呢?”鸣芬说。“你没事瞎想啥，现在男女寿命女的平均比男的要长七八岁，你肯定要比我要多活十年。”黎明海说道。“我不要比你多活十年，只希望死在你的前一天。”鸣芬说。“胡说八道，看来还是得去找些活干，你这是无所事事闹的。”黎明海生气地说。

第二天，鸣芬送他上车的时候，眼泪突然流了下来。“你怎么回事，我每隔一两个星期就会回来，只不过这次忙点，多隔了几日，哭什么？你过去从不这样。”黎明海很不以为然。鸣芬抹着眼泪说：“我也不知道怎么回事，眼泪就是止不住往下掉，怪没出息的。”黎明海过去从不相信这些，现在回想起来，难道这都是鸣芬要离去的征兆？

他没想到，鸣芬的去世给他的打击这么大。现在明白了，他对鸣芬已经有了一种依赖，没有她，今后的日子不知该怎样过。黎明海觉得人生从来没有这么失败过，在父亲面前，他是不孝子，父亲是得胃癌去世的，走的时候仅剩一把骨头。他那时整天忙于工作，经常下井，没时间顾家，家里全靠鸣芬照料。岳父贾二宝对他的意见也不小，他还记起去年，岳父解皮带要抽他的情形。在单位，他不是好领导，那么多为了矿山奉献了一辈子，献了青春又献子孙的员工至今还守在大山里面，很多人等不到出山就永远留在了那里。在家里，他不是好丈夫，妻子鸣芬为他付出了一生，结果死在病魔下，如果这些年跟她能像别的夫妻那样恩恩爱爱过日子，她的寿命应该不会这么短。他更不是位好父亲，女儿是知道了事情的真相，负气出走的。她认为妈妈是被气死的，她尊敬的父亲在外面不但有女人，居然还有私生子，这一连串的突发事件让这个还不满十六岁的女孩难以承受，她不愿见他，只想逃避。甚至，他还对不起紫云母子。想起这些，黎明海千头万绪，痛苦至极。

想到女儿他又躺不住了，打电话给志浚要他赶紧报警。志浚回道：“不到二十四个小时，不能算失踪，派出所不受理报案。”

晚上，志浚和青岚等几个人来到黎明海在省城临时的家，志浚说派出所已经受理了报案。所里的民警问了一下霜霜的情况，特别问了她平时有哪些朋友，可以先找朋友了解一下，孩子有心事有时不会跟大人说，而是会找同龄人倾诉。

黎明海想想也对，但霜霜来省城读书只有短短的三个月时间，不会有太多的朋友，他连夜打电话给霜霜在卧龙山的班主任姚老师，她应该知道女儿跟哪些同学走得近。

然而几天过去了，霜霜音讯皆无。

“明海，你这段时间太伤身体了，我让紫云过来照顾你，鸣芬不在，紫云就是你的亲人，你们现在同是天涯沦落人，互相慰藉吧。”这天志凌带着紫云来到黎明海家，黎明海除了打电话问霜霜的情况外，几乎天天躺在床上。他从没有经历过这样颓废的日子，不吃不喝，不洗脸、不剃须，一天到晚沉默不语，人也变得虚弱，方志凌只有把紫云叫来。

“你又没有吃饭？”方志凌看到桌上的饭菜几乎没动。

“我实在吃不下。”黎明海小声说道。

“你好歹要吃点，否则哪有力气找霜霜？紫云你陪陪他吧，我还要去派出所打探一下消息。”志凌走了，房间里只剩下他俩。

紫云将中午的饭菜清理掉，然后烧了热水，拧了一方热毛巾给黎明海。黎明海坐了起来，慢慢地接过毛巾，把它敷在脸上，这一刻他又流泪了。紫云看他半天不拿下毛巾，只好走过去，帮他将脸擦干。黎明海从来没有感到这样无助，他把头无力地靠在紫云的肩上。

“你不能这样消沉下去，要振作起来，还有很多事情要做。”紫云梳理着黎明海仍然浓密，但已出现几根银丝的鬓发，轻声安慰。老韩去世已经半年多，她慢慢从痛苦中走了出来，渐渐地习惯了跟儿子在一起相依为命的日子，没想到黎明海又遭此厄运，而且命运更惨，连女儿也出走了。她现在感觉自己比黎明海还要坚强些，最起码有儿子在支撑着她。

“还没有霜霜的消息？”紫云问。

黎明海摇摇头：“已经报了案，派出所受理了。”

“你必须吃点东西，我现在就给你做去。”紫云起身走进厨房，打开冰箱，里面什么也没有，抽屉里有一包筒面，估计还是鸣芬生前买的。好在她买了一些鸡蛋和瘦肉过来，用这些给黎明海做了一碗面："做得不太好，可能不合你的口味，将就吃点。"

黎明海在她的注视下，只得端起碗吃了起来，这面什么味道他全然不知。吃完了，紫云把碗筷收拾好，默默地坐到黎明海的身边。

两个人搂在一起，默不作声，他们互相凝视着。黎明海伸出手，抚摩着紫云的脸，他仿佛又看到了二十年前的紫云。他的呼吸突然急促起来，一言不发，一翻身将紫云压在身下。这时的黎明海将这些日子的满腔哀伤一下抛诸脑后，他的注意力全部集中在性事上，也不看紫云的任何表情，只是用尽全力地冲击，碰撞。紫云没有抗拒，但也没有配合，任由黎明海在她身上起伏。黎明海最后一击，让她的快感一下子如潮水般涌上来，她情不自禁地抱紧了黎明海。当黎明海从她身上翻下来时，她仍然仰卧着，胳膊挡着脸，看不到丝毫反应，黎明海长叹一口气。

紫云把身子别了过去。

黎明海走进卫生间，将水龙头调至最大，让哗哗的水从头淋下。刚才那一阵疯狂的性爱，让他暂时忘却了悲伤，现在回味过来，一阵羞愧袭上心头，甚至有一种罪恶感让他无地自容，此刻，他觉得太对不起鸣芬了。鸣芬才走几天，他就对紫云做出了这种事。而且，既迫切又粗鲁，连长裤都没有脱，只是将拉链往下一扯，把紫云当成什么人了。从卫生间出来，他不敢看紫云，仍然躺回床上，两眼望着天花板发呆。苏紫云知道他内心的痛苦，本想安慰几句，但看他这样，不由得也没话说。

这一刻，他们觉得双方的距离更远了，简直是万水千山。这么多年来，黎明海已经习惯了鸣芬，鸣芬对他的百依百顺，对他的无微不至，甚至是崇拜，紫云觉得自己显然是做不到的，而紫云跟老韩近二十年的厮守，老韩的关怀体贴，事必亲恭这也是黎明海不具备的，他们如果结合，今后的日子能美满吗，这点黎明海和苏紫云现在都没底。况且，他们中间不但横着老韩和鸣芬，现在又增加了一个霜霜，找不到霜霜，他们那颗心永远是悬着的。

第32章 农庄里的美味

在市郊的一个农庄，倪锦添、廖丙章、丁成奎正在钓鱼。农庄离最近的马路还有好几公里，四周静悄悄的。这个农庄是倪锦添买下的，专门供自己休闲和接待客人。里面有十几间客房，外面看上去很朴素，里面装修得却非常考究，他请了十几个工人在这里养鱼、种花，平时没事喜欢来这里住几天，来了客人带到这里休闲一下，农庄有一中一西两个厨师。

"丁厅，那块地什么时候才能给我?"倪锦添问一旁的丁成奎。今天他们没有打牌，倪锦添在两间住房里配了两张特殊的麻将桌，在这里打麻将，他想输就输，想赢就赢。不过等会有重要嘉宾来，他不想搞得这么俗气。

丁成奎望着水上的浮标，淡淡地说："这件事不能急，土地问题现在抓得越来越紧，这块地原本是按政策划给卧龙山矿做安置区的，现在只是找了一个理由暂时扣下来一部分，你除非真正有大项目才能考虑给你，否则，到最后还是要批给他们。你拿不出国家级项目，不符合要地的条件。你当初如果跟黎明海他们合作一把，不就没有这些烦恼了么?"

"不是我的问题，黎明海不干，协议是他撕毁的。"倪锦添说。

"我看还是你要得太多，如果你别那么贪心，再减个三成，我估计黎明海不会有太大意见。主要是你觉得黎明海非得跟你合作不可，一步都不肯退，把黎明海给惹恼了。”廖丙章说。

“唉，就怪黎明海，本来意向都签了，他坚决反对，一下子给搅黄了。”倪锦添气恼地说。

“这你别怪他，他当这个家，换任何人都会这样干，当然，除了你大舅老朱。这次黎明海也够惨，老婆死了，孩子失踪，真是妻离子散，这个硬汉子在家足足躺了半个月才回去上班。那段时间，一直都是方志淩在那儿顶着，矿里因为是准备关停企业，省里不让提拔新干部。我们找了几个人谈话，都不愿下去，黎明海算不错了。”廖丙章说。

“我看他高兴还来不及呢，现在不是有句话吗，男人中年三大喜事：升官、发财死老婆，老婆死了马上就会再娶，说不定早就找好了。”倪锦添气哼哼地说。

“你别这么说，黎明海在系统的口碑还不错，我就没听说过他有这方面的绯闻，不像有些干部私生活一塌糊涂。”廖丙章说。

“那你说死者家的那个跟黎明海长得一模一样的孩子是怎么回事？”倪锦添穷追不舍。

“这个我问过方志淩，他说是黎明海老家一个姐姐的孩子被这家抱养了，所以他们有联系，外甥多似舅嘛，也说得过去。这孩子不知道自己的身世，老方要我们保密，就不要再提了，要与人为善。”廖丙章说。

“即使是有个把相好也不足为奇，在这里我就不说外话，我们这些人中，谁没几个红颜知己，即使没有，逢场作戏也是有的，老丁，是吧。”倪锦添笑嘻嘻地说。

丁成奎白了他一眼，没理这个茬，他突然想起了一件事：“倪总，我让你问的那个小肖的情况怎么样？”

“问过了，小伙子很满意，可是现在比较忙，我派他去境外出差了，集团在海外有些投资，等他回来我再问问。”倪锦添急中生智。

“抓紧时间吧，两个人的岁数都不小了，我回去跟她母亲商量一下，看这事咋办。”丁成奎说。

“集团在海外的投资比较分散，越南、迪拜、利比亚、厄瓜多尔这些地方都有，估计要一个多月才能回来。想赚点钱只能到政策宽松，经济薄弱，法制也薄弱的地方去，那些富国的人工太贵，条件苛刻，实在付不起。”倪锦添说道。

“可外国也有很多实际情况你不了解，说不定吃亏更大。”丁成奎提醒道。

“不会的，事先都做过了解。”倪锦添说。

“没有用，譬如，战争说来就来，政策，说变就变，你根本就措手不及，这种事我见多了。”丁成奎说道。

“那你就把那块地批给我，现在土地最赚钱，好处大家共享。”倪锦添又乘机提地的事。

“据我所知，你现在玩的都是空手套白狼这样的游戏，弄不好就出事，你不希望我也卷入其中吧。”丁成奎对他的步步紧逼有些不满。

倪锦添如何发迹他是一清二楚的，他自己就是一个得力的推手。他清楚地记得倪锦添的第一桶金是怎么来的。因为他这个部门几乎掌管着全省的国土房管资源，对这里面的此消彼长，此起彼伏的状况了如指掌。有一次，他得知省里有一家房地产公司因资金链断裂，面临倒闭，四处贷款无门。谙熟此道的丁成奎找到刚办了一家皮包公司的倪锦添，请了一家财务机构将他的公司进行了包装，又联系了一个有关系的银行行长，让银行贷给倪锦添一个亿，买下了这家房地产公司的三百套房的产权。其实，按每平方米两千元算，这三百套房六千万就足够，剩下四千万就由行长、倪锦添和他所得。这样一来，各方面皆大欢喜，开发商有了周转金起死回生，银行有了优质贷款，完成了贷款指标，获利最大的是倪锦添，空手套白狼，一下子拥有了三百套住宅的产权，还分得了一千多万元的资金。两年后，房价暴涨，倪锦添将三百套住房翻了两倍售出，赚得盘满钵满。丁成奎身居高位，他不敢直接参与其中，他的心腹黄梅萍充当了他的代言人。随着倪锦添的腰包越来越鼓，丁成奎不由得警惕起来，因为这些年没看到倪有什么成功的实业，他的企业虽多，但都经营不善，山西的煤矿由于滥采乱挖被下令关闭，在流通领域，成本上升，利润空间越来越小，还有商业、百货等等，这些行业竞争更大，他已经没什么优势。而且，他跟黄梅萍私下里的接触比跟自己要多得多，一种自保的心理让他对这些事情开始有所警觉。

目前倪锦添从事的是资本运作，借一个名目圈一块地，然后将地拿到银行抵押贷款，国内的银行几乎贷遍。他既是最大的投资者，也是最大的债务人。他一点也不担心，哪家银行都众星捧月般地对他，每年从银行赚取的周转金比任何实业产生的利润多得多。已尝到甜头的他，将营运的重心转到了金融业，他像鲇鱼一样在刚刚兴起的各种金融机构周旋。把从各家银行贷到的低息款又高息投入银行，不用出力气，也不用担风险，资本像滚雪球一样越滚越大。这些银行怕他又敬他，唯有年初新进的这家外资银行不买他的账，不但不给他一分钱贷款，反而把几千万的贷款给了黎明海，这让他耿耿于怀。

“呵，这里环境不错，真会找地方。”一位戴着墨镜，体型消瘦，穿着体恤，约摸五十七八岁的男子走了过来。

“哟，省长大人驾到，一会儿我们就吃农家菜，鸡、鱼、菜都是这里种养的，绝对的绿色食品，嘿嘿，我还有一道你们闻所未闻的美味。”倪锦添说。

“余省长!”丁成奎看见余江水不由得放下鱼竿打招呼，他不知道余江水要来，不知倪锦添葫芦里卖的是啥药。而廖丙章是第一次以私人关系跟余江水接触，不由得有些拘谨。他原本不太想来，但倪锦添说要给他介绍一位省领导，他知道倪锦添是看得起他才要他来的。他听别人议论，余副省长过去是搞公安出身，平时很严肃，也不太应酬，据说每次出来吃饭一定要问什么人请，在哪间酒店，陪同的是哪些人，问个清清楚楚才去，所以请他吃饭的人特别发怵。倪锦添是他的儿女亲家，态度果然不一样。倪锦添以主人的身份一一向余江水介绍了几位来宾，然后说："你们先玩，我去厨房看看弄得怎么样了。"

"吃饭要吃素，穿衣要穿布，当官要当副，好啊，都是副职，天塌下来有高子顶着。"余江水笑呵呵地说道。过去倪锦添在他的印象里是黑社会头目，后来是个不法暴发户，他曾有几次下决心抓倪锦添法办，但倪锦添命太好，不是遇上运动来了就是政策有变，让他一次次躲过劫难。比方说倪锦添"文革"期间参与打砸抢，用刀在仇家身上捅了几个窟窿，造成一级伤残，住院半年。在对案子定性的时候，他和当时的办案人员给倪锦添定了个反革命罪，因为这个罪名可以重判。然而阴差阳错的是，"文革"一结束，这些犯了反革命罪的人居然很快就出来了，而别的打砸抢分子有的十年以后还在坐牢。改革开放初期，倪锦添开始做生意，他不但以次充好还收保护费，余江水几次想处理他，都被地方保护主义以爱护私营业主创业的积极性为由挡了驾。

再后来，倪锦添发财了，他慷慨解囊，把赚来的钱做了不少公益，还当上了政协委员、优秀民营企业家，在社会上形成了正面的影响力，他就没能力再处理他了，但一直心存芥蒂跟他不相往来。可是，因儿子跟倪锦添的女儿在国外同校读书，后来两人又相恋结婚，余江水跟倪锦添不得不打交道。原来余江水坚决反对儿子的婚事，结果反对无效，儿子在国外自己把婚结了。新婚夫妇回乡探亲，不免两家都要走走，双方大人要见见面，聚聚餐，余江水与宿敌倪锦添就这样坐到了一起。

双方真正接触起来，倒也不像预想中的那么糟糕，人家倪锦添的肚量很大，不但不计前嫌，而且特意带老婆孩子一家登门拜访，与余江水推诚相见，侃侃而谈，闭口不提过去的恩怨，一心一意展望未来，这让余江水对他逐渐产生了好感。余江水近年来也脱离了政法系统，主管工作转向工商贸易，而倪锦添在商界是个响当当的人物，余江水工作上有什么难题经常要找倪锦添配合，倪锦添总是义不容辞，一马当先。有一次，省里一个地区发生洪涝灾害，省政府号召各方伸出援助之手，当时给余江水定的指标是两个亿的捐款，急得他满面愁容。倪锦添得知缘由后笑道："小事一桩，明天你在省政府的饭堂订两桌，我负责请人。"余江水言听计从，第二天在政府招待所摆了两桌。果然，倪锦添带着十几个商业巨头鱼贯而入，一顿饭不但两个亿搞定，还超了三千万，这让余江水对他刮目相看。不过他们共同遵循一个原则就是低调，平时也不来往，所以两人做亲家快一年了，知道的人并不多。

"开饭啦——"倪锦添一副厨师打扮，扬着锅铲对着几个垂钓的人喊道。

"呵，真丰盛！"大家坐到桌前欣喜地叫道。

"那当然啦，我上个星期就开始筹备，来看看这道菜，知道是什么吗？"倪锦添揭开一个锅盖，一股奇香弥漫开来，里面的东西用锡箔纸包着，用刀挑开，露出一个类似猪肚样的东西，倪锦添再用刀在上面划了一个十字，里面的东西顿时倾泻开来。

"是什么啊？"大家非常好奇。

"先吃吧，吃了再说。"倪锦添卖起了关子。

于是大家朝那只砂锅伸出筷子，廖丙章尝了尝，说："好像是肉泥，但比一般的肉要滑、更香，不错，好吃。"

"嗯，很香，从没吃过这么好吃的肉。"丁成奎吃了几筷子大赞。

余江水干脆用调羹挖了细细品尝，也连连点头。

“这到底是什么东西?”吃完了还是没有猜透，大家把目光投向倪锦添，倪锦添望着大家，并不回应。

“说嘛，是什么?”余江水也沉不住气了。

“狗胃。”倪锦添答道。

“狗胃，不就是狗肚子么，这有什么奇怪。平时猪肚也吃得不少，哎，这肉泥怎么到胃里去的?”丁成奎狐疑道。

“嘿嘿嘿。”倪锦添狡黠地笑，仍不言语。

“你别不是——”廖丙章泛起了恶心。

“当然是啦!”倪锦添得意地笑了。“如果事先说了，你们肯定不会下筷子。不过你们放心，绝对安全卫生，我不是说一个星期前就开始准备了吗。刚成年的土狗最好，从山里买回来这么多天，每天不喂它吃任何的食物，饿极了，就喂点矿泉水，六天过去，它的肠胃早就洗得干干净净。一直到今天早上，我才把这肉切了，用一斤的瘦肉拌上香油香菇和其他的名贵药材让它吃下去，等食物走到胃里半小时就把它杀了。然后把整个胃切下来放在锅里足足蒸了两个小时。”

“你这也太残忍了吧。”丁成奎吃惊地说。

“这算什么，吃狗是常事，只是吃法不同而已。这比起广东人生吃猩猩、吃猴脑，不知要仁慈多少倍。”倪锦添不以为然地说。

“以后不能这样吃了，我听了很不舒服。”余江水说。

“那就说点别的。老丁，今天余省长也在这里，那块地批给我们怎么样，我会拿出利润的百分之三十反馈给国土厅。”倪锦添又聊起了那块地，这回丁成奎有些忌讳，他小心地看看余江水，突然觉得这顿饭有点像鸿门宴，他呡了口酒回应说：“你问问余省长看看，他对这件事也是清楚的。”

余江水拍了拍倪锦添：“听老丁的吧，土地政策他最清楚，很多事情操之过急容易犯错误。”

吃到差不多时，余江水突然放下筷子：“同志们啊，现在中央纪委对经济领域里的一些干部的违法行为抓得很紧，希望在座的务必提高警惕，多自纠自查，有则改之，无则加勉。一旦出了问题，不要怪我没有提醒。”

倪锦添说：“这点请省长放心，我从商这么多年，对世事早就看得透透的，不会拿大家的乌纱开玩笑。一个人走到我这步不难，只要胆大逢时就可成就，到诸位这个地步，靠这两点是远远不行的。”

临上车前，余江水把倪锦添叫住：“我说倪亲家，如果今天纯粹是周日休闲吃农家饭，是一件很愉快的事情，你以后千万不要在我面前把生意上的事情跟这些部门领导扯出来，他们很难做，还以为是我怂恿你这样干的。你有什么要求，私下里跟我说，我能帮肯定会帮的。卧龙山矿安置区那片地，按政策本来是要无偿给他们，在审批上已经有不少地方违规了，这种事做多了势必影响官员的前程，我们在仕途上打拼了大半辈子，绝不会拿头上的乌纱换取根本享用不完的利益。你以后千万要小心，低调再低调。”

第33章　一波未平一波又起

鸣芬的去世和霜霜的出走，给黎明海带来的打击几乎是毁灭性的，为了从这种阴霾中走出来，他接受了苏紫云的建议，尽快回到工作岗位去，让繁忙的事务忘却一切的烦恼和忧伤。每天晚上，苏紫云和方志淩都会给他来一个电话，这让他那颗痛苦的心得到了深深的慰藉。人生难得一知己，他一生有这两个肝胆相照的朋友爱人，还有什么过不去的坎呢？

安置区的开工仪式搞完了，紧接着就是具体部署要跟上，城里的规划建设还比较简单，由方志淩全权负责，难的是矿里的一大堆繁杂的收尾工作。这么多年来，一些单位的人财物等关系盘根错节，企业与地方你中有我，我中有你，首先要把这些关系理清了才好推进下一步的工作。这段时间他全力做好跟地方的交接，几个后勤部门归口地方，为了多争取些利益和照顾到各方面的关系，他和班子成员天天跟地方上的领导打交道，果然发现企业和地方在行为处事的方式上有着天渊之别。原来跟镇长说好了一个水泵房交给尤家村村委管理的，他以为这种小事跟镇长谈妥就行了，没想到，镇委书记听后勃然大怒，说：“不行，这事我都不知道，谁敢乱来！”搞得他们焦头烂额，又得重新协商。

矿里原来还有个木材厂，也要移交地方，县乡镇局提出条件，只要厂不要人。而木材厂只有在编员工才能跟矿转移，没编的属地方不能带走。这些人都是在矿生活多年的老员工，不能眼睁睁地看着他们失业，黎明海和几个班子成员苦口婆心，从镇里讲到县里，晓之以情，动之以理，还要诱之以利，终于说服了地方领导，按照他们列出的那份名单，将木材厂的人员和资产全盘接收下来。

可没过几天，一位三十来岁有几分姿色女人找到黎明海："矿长，我是木材厂的职工家属，为什么全部的人要么跟矿转移，要么被地方接收，而我就没有安置呢，我一个女人带着个女儿怎么过日子?"被她这么一问，黎明海也不知道出在哪个环节。当问清了她不属于矿的编制后，他打电话给县乡镇企业局的杨局长，问还有一个人为什么不接收。电话那头含含糊糊地说，厂子只接收职工，或者是职工的家属。可她是个寡妇，老公去年死了，跟厂里已经没有关系了。

黎明海说："她毕竟是厂里的家属，现在带着一个孩子，没有工作怎么生活。"

"黎矿长啊，我们地方上的集体企业哪有你们国企那么好讲话，多一个人少一个人无所谓，事事都讲究效益，多一个人，多一张嘴，她又干不了什么活。"电话里对方声音很大，这个女人也听得清清楚楚。

黎明海放下电话，说："这可能是他们内部管理的原因，我找个时间再去跟你说说。"

"不是这样的，黎矿长，我就跟你明说吧，木材厂的新厂长要我给他做小老婆，我不肯，他就说我跟厂子没关系。这个厂长就是杨局长的弟弟，他们兄弟俩是串通一气的。"女人激动地说。

面对黎明海半信半疑的目光，女人干脆一不做二不休，掏出手机，找到厂长给她发的一条短信，上面写着：考虑好没有，跟着我保你荣华富贵，否则死路一条。

黎明海看了一眼，怒从心头起，他再一次打通刚才那个电话，一字一句说道："木材厂的移交合同还没最后签字，麻烦你告诉那位厂长，如果他不全盘接收名单上的所有人员，我就把厂子收回，宁可转给私人承包。”

那边沉吟了片刻，说道：“好吧，我们讨论一下，尽量安排。”

黎明海有意不放下听筒，他大声对这个女人说：“他们已经答应了，如果再不安排的话，我就把电话打到县委去。”

女人千恩万谢走了。

为了避免惹出更大的麻烦，卧龙山苗圃场他决定不转让，因为这是矿区最好的地段，占地足有三百亩，无论让给谁都很难一碗水端平。趁现在还有话事权，必须留一条后路。说到苗圃场，这还是三年前，一位部级领导视察了卧龙山矿后跟他们说：“过去来你们这里，觉得环境还不错，现在地方上越来越漂亮，相形之下，这就显得有些荒凉。你们自己美化一下，在矿区多种点花草，企业虽说不景气，但也要让人感觉到有生气，看上去别像个破落户似的。”于是黎明海特意搞了一个苗圃场，现在矿里很多的树木和花草，都是苗圃场引种栽培的。

“黎矿长，有空吗，下午开一个会，在班子通报一下纪检对矿内各经营单位的一些查处情况，方书记也赶回来了。”纪委书记打来电话。

“哦，好的。”自去年被待业青年那么一闹，整顿矿内各经营单位的经济问题很快提到议事日程上来。为这事，黎明海催了纪委几次，他要给待业青年一个交代。总矿特意抽出一批富有经验的财务人员对这些单位的账目进行核查。

“我们联合了财务、审计查了基层的十几个经营单位，发现问题不少，有些已经涉及到刑事案件。”下午一开会，纪委书记开场就说。

到会的成员每人手里都有一份材料，里面是这段时间查案的具体金额。其中有两笔让人看了触目惊心：煤场经理挪用公款一百万，贪污一百五十万。油厂负责人贪污两百万元。

负责查账的是总矿一名即将退休的老会计师，跟财务打了四十年的交道，几乎任何猫腻都逃不过他的法眼。他说："虚开发票、开假发票、大头小尾，都是这些单位惯用的伎俩，像油厂，总共才三百人，居然买了六千条皮带，一条皮带五十元，光这一笔就是三十万，他们有多少条腰，要这么多的皮带?"另一名查账成员说："水泵厂一个月的接待费高达十万元，这个单位的领导成员不超过五个，在我们这样的地方，每天要花三千多元的吃喝费还是比较困难的。"

"都接待些什么人呢?"黎明海问。

"接待总矿领导，有的上面还特意注明接待矿长一行。"老会计师说。

"简直是胡扯，什么时候去他们那里吃喝了，我们机关人员每天下基层的行踪办公室有备案的。一定要一查到底，看看这些钱都到哪里去了。"黎明海气愤不已。

尽管事先已经有人给他透露过一些情况，但没想到会这么普遍和严重，黎明海的心情很复杂。发生这样的事情，可以说很难避免。因为矿山长期处在一种封闭的状态，外面的势力很难干预这里的内政，半个世纪以来，除了外面调来和分配来的，职工很少流动，很多人在一个岗位上，一干就干到退休。年轻人的婚恋也基本上在内部解决，所以到后来，亲连亲，故沾故，很多人都成了亲戚。没成亲戚的在一起共事或做邻居几十年，感情也不会比亲戚差。大家低头不见抬头见，不看僧面还要看佛面，包括自己，有什么错误，别人会看在父辈的份上放一马。即使是出了经济问题，只要不是太严重，也都是内部解决，不会上诸于法律。随着时间的流逝，一些当官的揩点公家油水也觉得自然而然。可日益觉醒和壮大的待业青年对这种现象十分不满，矿山的命运与他们的命运息息相关，一定要改变现状。这次是一定要动真格的了，他也想趁这个时机整顿风纪，清理经营市场。

“一个靠国家补助的企业竟然有这么多蛀虫，这是管理者的失职，我作为一矿之长，有推脱不了的责任，要带头检讨。这次要严格按照规定办，该处分的处分，该坐牢的坐牢，不管他的资历有多老，人脉有多广，不准说情。涉及到谁，谁都不能逃避。这件事情处理后的结果，要在全矿张榜公告。”黎明海在桌上重重地拍了一记。

第34章　南下寻女偶遇

正在工作的黎明海一抬头，看见女儿过去的班主任姚老师。

“姚老师，你怎么一大早来了？”黎明海赶紧起身倒水。

“我特意来告诉你黎霜的消息，她跟一个女同学在QQ上有联系，说在广州一家箱包厂的生产线做流水工，黎霜要她不要告诉你，不希望家人去找她。”姚老师说。

黎明海提着的那颗心终于落下。但烦恼又涌上心头：“这不是胡闹吗，不满十六岁，谁会要她打工，我必须去找她。”他上网查了一下当天的航班，正好中午一点钟有一趟省城飞广州的。他算了算时间，立即收拾桌上的东西，然后打电话给大佬洪：“我要去广州一趟，后天回来，有什么事情请示老方。”

“紫云，霜霜有消息了，在广州一家企业做流水工，我现在去广州的班机上，找到她尽快带回来。”黎明海给紫云打电话。

“真的吗，下了飞机到我这里来吧，我做好准备接你们。”紫云也非常高兴。

黎明海一到广州，直奔姚老师说的那家箱包厂。这家厂在广州市的一个郊区，毕竟是沿海发达的都市，即使是郊区都很繁华，相当于内地的一个小城市。黎明海打着出租车找到了工业开发区，这里工厂林立，每一家的厂房都非常气派。虽说他不是第一次来广州，但过去都是出公差，开完会最多看一下当地有名的景点就离开，而这次完全是私人行为。走在工业开发区宽阔的马路上，黎明海想，如果这次不是为了找女儿，很有必要来这些地方考察。他一直在思索内地与沿海为什么会有那么大的差距，从天时地利人和三个因素来说，人的思想意识非常重要。虽然，广东珠三角先得改革开放之风，地理位置临海，与周边有广泛的联系，但人没有这种市场和开放意识，一切都是徒劳的。就算卧龙山矿同样也具备这些条件，经济也不会有这般光景，那些长期厮守在山区的人见识越来越封闭，很难想到，也不善于去发展市场经济。

在飞机上，他在脑子里捋了一下亲友同学的花名册，只记得有几个同学在深圳发展，在广州他实在想不起有谁。广州离卧龙山并不遥远，也就一千公里左右，他却像来到了另一个国度，尤其是被人讥为鸟语的广东话，他一句也听不懂。他拿出姚老师给的那张纸条对着厂名，七转八拐，终于发现了女儿打工的这家港资企业南沣盛箱包厂。

“揾边个?”在传达室，一名保安拦住了他。

“吻?”黎明海听得一头雾水。

保安见他这样，知道是个外地人听不懂话，于是改用蹩脚的普通话问：“你找水（谁）?”

“不找水，我找女儿，她在里面工作。”黎明海跟他解释。

“不行，介里（这里）是生产重地，外人一律不准进入。”保安一点情面也不讲。

“那怎么才能见到她?”黎明海问。

“等下了班，你给她电话，让她在门口见你，工人没有偷猪（特殊）情况，没请假不准出大门。”保安说道。

“你们几点钟下班?”黎明海问。

“漏电（六点）。”

黎明海看看表，现在才下午四点半，等下班还要一个半小时，他不由得有些烦躁，也很无奈。女儿早就不跟他联系，打她手机，号码也换了，怎么才能找到她？看着女儿被关在牢房一样的工厂，他感到阵阵心痛。

“我能找你们的老总谈谈吗？”黎明海想只有这一个办法。

“老总在香港，你怎么找？”保安说。

“那就找你们这里的负责人，这总有吧？”黎明海问。

“你找他有什么事，有预约么？”保安拿腔拿调，黎明海一筹莫展。

黎明海压住火，掏出工作证和身份证给他看，说是外省的一家企业，想跟公司负责人谈点事。

“刚才说找女儿，现在又说谈业务，谁知你是干什么的，不准进！”保安更是不耐烦。

一个保安都这么难对付，黎明海刚才对广州的好感大为减少。“真是一个没有人情味的城市。”他感叹道。

“介里（这里）是工厂，不是讲人情的地方，哪里像你们内地，一点元杰（原则）都没有。”门卫轻蔑地看着黎明海，一脸不屑。

“你们广州人也太狂妄了吧。”黎明海回了一句。

一辆奔驰驶来，在厂大门口停下，保安走出值班室，向车里的人递了一块牌子，然后对黎明海说：“狂妄？我们总经理来了都要凭白字（牌子）进去，何况是你，这是规矩，懂吗？”

车里面一个人问：“你在跟谁说话？”

“叶总，一个外星（省）人，一阵讲找女儿，一阵又讲谈业务，硬要进我们厂。”保安说道。

“是吗，我问问看。”从车上下来一位中年妇女。

中年妇女高高的个子，略胖的身材让人觉得很魁梧，脸上可能涂的粉太多，根本看不到她的底色，眉毛眼睛嘴唇都勾勒得像印度女人那样，又深又大。她看了黎明海几秒，突然惊喜地叫道：“老同学，是你啊。”

“你是?”黎明海实在想不起来她是谁。

“叶胜男，想起来没有?”对方指着自己的鼻子说道。

“哦，叶胜男，想起来了!”黎明海那封存的记忆里终于浮现出一个面孔。

黎明海他们就读的是华中地区一家地质大学，学地质的几乎是清一色的男孩子，但也有那么一两束小花点缀其间，叶胜男就是其中的一个女孩子，她比黎明海要低一届。叶胜男的老家在广东汕头，家境富裕，家有姐弟两个，但她个性很叛逆，对父母给她安排好的经商之路不屑一顾，从小就向往地质人四海为家，挖掘宝藏的事业。她不顾父母的强烈反对，报读了地质大学的勘探专业。叶胜男的父亲是潮汕地区有名的富商，对爱女百依百顺，只能由着女儿的性子来。叶胜男从小就练武术，在拳击、跆拳道方面，一般的男人根本不是她的对手。雄厚的家庭经济背景，强壮的体魄，使她无惧无畏，敢说敢做。她简单率性，跟她的名字一样，比男孩子有过之而无不及。在恋爱方面，她不像女孩子那样矜持胆小，等着男孩子追求，而是看中目标，奋起直追。她看中的第一个目标就是隔壁班的师兄黎明海。说起来，黎明海还真有女人缘，不管什么样的女性，对他都会有好感，长相帅是一个原因，更重要的是黎明海身上有一种正气，说话做事都很公道，又是学生会领导，经常被大家推举为头人。

叶胜男追黎明海不写信，不借书，不约会，不看电影，她说要跟黎明海比一场拳击，如果她赢了，黎明海必须做她的男朋友；输了，黎明海可以自己找女朋友。黎明海当然没有去应战，因为不管赢或输，跟女人打架，对他来说都是脸上无光的事。黎明海说：“规则不能由你来定，照你这样的规矩，看中了谁找人打一架，这不是王老虎抢亲嘛。”叶胜男说：“那你说要怎样?”“按恋爱法则，一定要两厢情愿。现在我俩比赛，看谁在毕业前先找到一个愿意为自己戴婚戒的人，如果都没有找到，我就跟你走。现在谁都不要骚扰谁，做得到吗?”黎明海说。叶胜男想，这明明就是拒绝嘛，但她又没有更充分的理由来驳倒他，恋爱确实是两个人的事情，硬来只能让黎明海对她更没有好感。她忍住了，密切地关注黎明海的动向，而黎明海则加紧了对苏紫云的追求，他跟紫云好上后，第一个告诉的就是叶胜男。好在叶胜男没心没肺，对这个结果没伤心几天，又投入到下一个目标去了。他们毕业后天各一方，再说也不是一个专业，不是同一届，就再也没联系过。可能是女人的变化太大，黎明海一时难以将眼前的这个身材壮实的中年妇女与当年那个结实苗条大大咧咧的女孩子联系起来，而他的变化并不大，叶胜男一下车就认出了他。

“你怎么到这儿来?”叶胜男问。

“唉，说来话长。”黎明海叹了一口气。

“走，到我公司说去。”叶胜男让黎明海上了车。

到了办公室，黎明海大为感叹：“真是阔气啊。”叶胜男的办公室足有半个篮球场那么大，一色的红木家具，黎明海心里估算了一下，这些陈设没有五百万拿不下来。

“看你这个样也应该是个领导，怎么样，过得好吗?”叶胜男给黎明海泡茶。

“你呢，现在怎么经商做老板，不给国家找矿了?”黎明海反问道。

“家庭所迫呀，二十年前，我们全家移民到香港，没多久，父亲就去世了。没想到十年后，弟弟坐飞机失事，家中一大笔产业没人打理，只有把我推了出来。”

“看来你的生意做得很大。”黎明海环顾四周说道。

“还可以吧，这只是其中的一家企业，父亲留下的实业就有四五家，还有酒店、旅业，根本忙不过来。生意大有什么用，忙得没时间享受。”叶胜男说道。

“你不还有丈夫和亲戚嘛，再不行还可以请职业经理人。”黎明海说。

“别提了，有老公就不会这样了，亲戚也靠不住，好在有几个合伙人互相扶持着走到今天。”叶胜男将泡好的茶送到黎明海跟前。

“你丈夫呢?”黎明海问。

“早离了，真不是个东西，跟我结婚就看中了我家里的钱，后来看什么也得不到，就跟人跑了。一直到现在我都不敢找男人，也许是我的防备心理太强。”叶胜男说。

“那你总得想想办法，这么大的家业，将来给谁。”黎明海开玩笑道。

“这你就不用担心，我有几个侄子侄女，只是现在年纪还小，没有把经营权交给他们，过几年我退休了，就找个地方养老去。这间公司我一个月才回来一趟，没想到今天就碰上了你，说明我们还是有缘人。”叶胜男笑呵呵地说。

“我来给你做保安吧，你这保安太凶，门难进，脸难看。”黎明海说。

“此话当真?”叶胜男问。

“当然不能当真，我女儿在给你打工呢，还有十五天才满十六岁，我想接她回去。”黎明海说。

“是什么原因让你这么大的女儿离家出走?”叶胜男问。

黎明海只好将家中最近的变故跟她简单地说了一下。

“你没有跟苏紫云结婚?”叶胜男很惊讶。

“没有。”

“现在才打算跟苏紫云结婚?”

“是的，可是女儿坚决反对，她就是为这离家出走。”

叶胜男拨通了人事部的电话：“你找一下生产线一个叫黎霜的女工，请她来我办公室。”

不到一刻钟，人事部的负责人就带了个女孩子进来。

“霜霜!”黎明海激动地站起来，然而，黎霜一看到父亲却立即扭过脸去。

“你就是黎霜，见到父亲为什么不叫，厂里不是正在组织学《弟子规》吗?”叶胜男说。

黎霜没想到父亲会找到厂里来，而且还跟公司老总坐在一起，看那个样子，他们好像认识。性格倔强的她说：“我没有这样的父亲，叶总再逼我就辞工。”

“那正好，你本来就不够年龄，我们招你进来就是违规的。”叶胜男说。

“那我也不会回去，这里到处都在招工，过几天我就不违规了。”霜霜道。

叶胜男和黎明海面面相觑，不知该说什么好。

过了一会，叶胜男说：“你先回工作岗位，我跟你父亲商量一下。”

黎霜走出叶胜男的办公室，黎明海紧跟上来：“霜霜，我们能不能好好谈谈?”

“谈什么，有什么好谈的，我妈是怎么对你，你又是怎么对我妈的？老天怎么不长眼，让我妈这么好的人走了。”黎霜捂着脸跑了。

黎明海的心似乎被重重一击，他呆在原地不知所措。在鸣芬面前他一言九鼎，可面对女儿一点办法没有。叶胜男从办公室跟出来：“你放心，工作我来做，保证让她乖乖认你这个父亲。”

黎明海说：“她现在还在读高中呢，最好让她跟我回家。”

“看她这个态度，恐怕要多做几天工作了。”叶胜男说。

“可我没这么多时间等。”黎明海有些着急。

“既来之，则安之。你大老远来一趟，多待几天，这几天我帮你安排。”叶胜男说。

“那怎么行，我是请假出来的呢。”黎明海说道。

叶胜男说：“你可以打电话继续请假。”

“你打算怎么安排?”黎明海问。

“你放心吧，不会把你吃了，我一边做你女儿的工作，一边带你认识一下这边的企业家，看看对你的企业有没有什么可借鉴之处。”叶胜男说。

一句话说到了黎明海的心里，他刚一下飞机就有这个想法，现在叶胜男主动提出，他顺水推舟：“那就多待一天。”

得到了黎明海的同意，叶胜男一下子亢奋起来，她当即打了好几个电话，邀约到市里的白天鹅酒店相聚。

第 35 章　道不同不相谋

在白天鹅豪华的大包房里，当黎明海和叶胜男一起出现时，包房里已经坐了一群人。见到他俩，在座的人不由得鼓起掌来。叶胜男面带微笑，带着黎明海逐个介绍赴约的嘉宾：这是电子厂的温老板，这是酒水业的冯总，那是房地产的汤总，机械厂关总，总共八九个，黎明海一下记不全，只能一个个点头致意。

“叶总有好事啊。”老板们看着叶胜男那张喜气洋洋的脸，纷纷问道。

“这是我的大学师兄黎明海，特意来广州看我，也顺便介绍给大家认识。他是内地一家大型国企的老总，大家有什么好东东，可以互相关照一下。”叶胜男说。

“原来是叶总的师兄啊，真是一表人才，跟叶总天生一对，太好了。”听得众人一阵吹捧，黎明海想起刚才叶胜男说她早已离异，这些人一定把他当成叶胜男的男朋友了。看着这帮人挤眉弄眼的，他觉得有必要解释一下。他咳了一声，说道：“大家别误会，我跟叶总虽说是一所大学的，这可是我们毕业后第一次见面，我来这边有事找叶总，她要我跟大家见个面，取取经。我们是一家大型国有矿山，近来由于政策改变，经营上出现了一些困难。在下就是想问问各位，像这种情况该怎么办？”

“黎总的企业是做什么的？”汤总问。

“铀原料。”

“什么油，食用油还是工业用油，能做什么？”

“核燃料，生产原子弹。”黎明海说。

噢，大家都倒吸一口凉气。

“这可帮不到你，那是军工企业，国家有补贴啊。”冯总说。

“我们现在最大的困难就是军品吃不饱，民品转不了，离退休人员多，待业青年多，包袱重，不好管理。”黎明海坦诚布公。

“待业青年这块我可以帮到你，沿海城市就是缺少劳力，你组建一个劳务市场，将待业青年向沿海输出，你才一千人，就是几万人也消化得了。别说你那些多少受过教育的国企待业青年，就是没文化的农民工都很抢手。现在真是奇怪，农二代都不愿意干活，条件再差，也宁愿游手好闲。”开电子厂的温总说。

“我回去就商量这事。”黎明海有点兴奋。“我还想了解一下，你们这里有什么项目，加工那块也可以拿到我们那边做，两头向外，我们只管中间环节，这就避免了销售渠道狭窄等问题。那边的劳动力也比这边要低廉，你的产品就更有竞争力。”他又进一步要求。

“你先别急着回去，我们还可以引荐其他行业的老板，这里的机会大着呢。”酒桌上，众老板热情相邀。

晚宴后，黎明海对叶胜男说：“想不到广州人挺实在，刚开始看走了眼，以为只认钱不讲人情呢。”

“广东人很务实，人要多沟通，你吃完饭跟温总去轻松一下，我让他陪陪你，好好休息。酒店我已经给你开好，这是房卡。我先回公司跟你女儿谈谈。”叶胜男说。

“我跟他不熟，还是跟你一起去做我女儿的工作吧，她不见我，我就自己四周逛逛。”黎明海说。

“还是跟他去休闲一下，一个人多没劲，去吧。”叶胜男坚持道。

“我也好久没去了，正好跟你做个伴，我们聊聊。”温总说道。

黎明海坐着温总的车来到维纳斯休闲馆，里面宁静舒适，黎明海和温总换上馆内提供的休闲服，跟温总一边喝茶一边听音乐，一颗焦躁不安的心渐渐平静下来。

温总一坐下就大谈叶胜男的经济实力和优点，表示要做好这个媒人：“我跟叶总是多年的朋友，她好几次在我面前提起你，说找男人就要找你这样的，今天跟你一见面，证实叶总的眼光果然不错。你娶了这个富婆，从此一劳永逸。”黎明海忙说：“您别费心了，还是谈谈企业发展的事吧。”

温总说：“你真是个事业狂，晚宴上聊了那么多还不够？”

黎明海说：“今天跟你们聊天，也让我打开了思路，合作不仅仅是劳务输出，更多的可能是项目。我看了今天的报纸，说明天东莞有一场新科技的招商会，觉得有必要去看看。”

“赚钱嘛最好还是实际点，新科技这玩意是个双面刃，搞得好，赚得盘满钵满，搞得不好，输得一干二净。我给你指一条稳妥赚钱的路子，从劳务输出入手，不但能让待业青年赚到钱，你个人也有不少好处。比方说，你组织一千名劳务工人到各个密集型的企业做工，他们每天工作十个小时，一小时五块钱，你抽成一个小时，一天下来就是五千块，企业还要给你钱，你就白白在家里坐着，日进万金。”温总说道。

黎明海赶紧摆摆手：“不说这个，那我成了啥人，我是一矿之长，不是包工头。”

温总有些不悦，他扭扭脖子：“最近颈椎有些发僵，想找个女孩子按摩一下。”

“你按吧，我不需要。”黎明海有些警惕。

“哎，叶总可是要我好好照顾你呀，这样的场所很正常。”他招了招手，叫来两名女孩子，跟他们用粤语嘀咕起来。

“到房间按吧，有按摩床。”温总又说。

“真的不用，在这里听听音乐就行。”黎明海坚持道。

温总笑着点点黎明海：“你太古板，算了，那我去了。”他又对另一名女孩子说，你们两个的钱我已经付了，你好好为这位先生服务，先帮他按按腿吧。

“好的。”那个女孩麻利地将黎明海的脚搬到按摩凳上，脱去袜子，开始按捏起来。事已至此，黎明海没了办法。看到大堂之内，也有不少人在享受足底按摩，男的女的都有。这女孩很健谈，她懂得一些养身之道，能根据足底推断客人的健康状况。尽管听来似是而非，也不至于太离谱。她不像别的女孩子那样爱问客人是哪里人，做什么职业的，而是先说自己。说她怎么从四川一个贫困落后的小村子里出来，家里有卧床的爷爷，残疾的父亲和正在上学的妹妹，她初中一毕业就出来打工，为了赚钱，她刻苦学技术，就是要让家里人吃上饱饭。黎明海联想起矿里的那些待业青年，觉得如果他们能像这个女孩子学个一技之长，也是可以生存下去的。

正当黎明海半闭双目昏昏欲睡的时候，突然感觉那女孩的手也开始不老实起来，先是在他的小腿处挤按，然后又游走上了大腿，当她那双纤纤玉手再往上走的时候，他猛然惊醒，一把抓住女孩的手，直直地盯着她，刚才那张楚楚可人的小脸现在在他眼里变得吊诡妖冶：“好好的女孩子，为什么要做这种事？”

“大哥，刚才那位先生是给了这个钱的。”女孩小声分辩道。

“那你走吧，这里不需要。”黎明海冷冷地说。

“大哥，为顾客提供特别的服务，对我们的收入也是有帮助的，我家穷，家里人都等着我寄钱养家呢，就当扶贫好了。你不要太介意，大家都一样。”女孩子还在为她的行为解释。她们这也是钓鱼服务，先按摩，看顾客的反应，顾客兴趣上来了接着就会去开房。开房的收入比普通的按摩要高出三倍以上，所以有些女孩子会想办法让顾客开房。

"好自为之，别为几个钱把自己出卖了。"黎明海说。女孩听了这话，讪讪而去。女孩一走，黎明海心里就生出一种懊恼，他不是个禁欲主义者，但在个人生活上几乎是有洁癖，他不喜欢欢场，尤其不喜欢这种场合下的男女。他穿上袜子，换上自己的衣服，然后打电话给温总，告诉他先回酒店了。

第二天一早，叶胜男问黎明海打算做什么，要不要再走几家企业。黎明海说不用，他准备到东莞走一趟，那里的厂家更多。他觉得来一趟很有启发，最好要到实地去考察。他问叶胜男跟霜霜谈得怎么样？叶胜男说："有阻力，她不愿回去。"

"希望她能跟我回去，我傍晚回来，打算明天走。"黎明海说。

叶胜男说："我再跟你女儿谈一次，等你回来再说。"

第36章　酒后吐真言

傍晚，黎明海从东莞回来，抱着一盏橘色的灯具。叶胜男问：“特意到东莞买灯具?”黎明海说：“这不是普通的灯，是一盏环保灯。”叶胜男看看灯罩，既不是玻璃，也不是皮的，而是像纸一样，又比纸坚硬且透气性好。便说：“这个材料倒是挺特殊。”“是啊，它新就新在材料上，如果这种灯能够推广，绝对能打开局面。”黎明海高兴地对叶胜男说。

“能起什么作用呢?”叶胜男问。

“眼下新房在入住前，家家都要搞装修，而装修用的胶合板、大理石都含有甲醛等有害物质，按正常通风排除异味，装修后起码要过三个月才能住人，如果找到一种能够尽快祛除有害气体的材料，对人们来说不啻是一种福音。环保灯摆在家里既实用又好看，这个材料有分解甲醛等气体的功能，只要灯一亮，它就能释放一种分子，起到净化空气的作用。”自从小涛得了白血病，黎明海就一直在寻找得这种病的原因，他从葛彬彬那里了解到，新房子里的有害气体也会破坏人的造血机能，使人患上白血病。联想起紫云说搬家半年孩子就得病的话，因此他认为新房内那些石材、板材、油漆等装修材料就是造成小涛得病的元凶。这次他终于发现了这种能够祛除室内有害气体的灯具，感到非常高兴。

“你说能排毒就排毒了，谁能证明?”叶胜男说。

“当然要经过检测，这个很容易，有就是有，没有就是没有。关键是这层材料是我们系统的专利产品。我知道这家企业，技术非常尖端，航天员上太空用的一些材料都是他们研制的。今天在东莞的项目招商会上，看到他们将这种材料转为民用，正在东莞的企业里招生产商。我看到后，立即跑到他们的后台，要求优先将项目转给我们，他们看在同系统的份上，基本上同意了，在谈到专利时，还答应给最优惠的价格。”

“原来是这样，那你将来生产的时候，我可以参与投资。”叶胜男说。

“好啊，我们正好缺乏资金，你能参与真是再好不过。”黎明海说。

“那说定了。”叶胜男握住黎明海的手。

“今天去东莞，收获太大了，我看没有必要搞劳务输出，只要成立一个劳务培训机构就行了。我在项目招商会上看了一下，有很多项目都适合我们，上门洽谈了几个企业，他们都有合作的意向。只要将待业青年轮流拉到这边培训，比如学习制灯技术，培养一些设计师，对灯具的外形、材料做些改进，把厂设在内地，沿海做门店，销售一定会好。我打算先回去跟方志凌他们商量一下，专门找个时间来这里招商。我明天上午就走，今后可能还要经常来这边。”黎明海抽回手。

“那太好了，说干就干怎么样?。”叶胜男说道。

“行，你跟霜霜谈得怎样，她愿不愿意明天跟我走?”黎明海问。

“谈了，还是不愿意，你放心，她在我身边，我会把她当自己女儿一样看待的。”叶胜男说。

“我能不能走前见她一面?”黎明海问。

“我把她叫出来跟你见一面吧。”叶胜男说。不一会儿，霜霜来到叶胜男的办公室。

“霜霜，爸爸明天就要回去了，你有什么打算?”黎明海问。

“我喜欢这儿，想在这里工作两年再考虑读书的事。”黎霜这次不像上次那样抗拒了。

“这可要耽误你两年的时间，不要高考了？还是仔细想想吧。”黎明海担心地问。

“想好了，那时我可能会成熟点，接受能力也会强些。”黎霜说。

见女儿决心已定，黎明海有些失望：“那好吧，你在这里照顾好自己，有什么问题就跟叶阿姨提。”

“我能照顾自己，不需要叶总的优待。”黎霜说完走了。

“这孩子。”黎明海摇摇头。

“你女儿的教育问题我负责，不用再纠结了。”叶胜男说。

“给你添麻烦了。”黎明海说。

“你跟我说这话？明天就走，我们现在去喝两杯，算给你饯行，我记得你能喝。”叶胜男不由分说，拉着黎明海就往外走。

叶胜男开车带着黎明海来到近郊的一间酒吧，这里环境不错，酒吧里，萦绕着靡靡之音让人有种非分之想。黎明海跟父亲一样，酒量挺大，一顿一斤没什么问题，但他很少喝，也从没喝醉过。叶胜男商场打拼多年，一般人也不是她的对手，现在遇上有酒量的黎明海，两人一坐下就要了两瓶 XO。两人面对面喝着酒，几杯下肚，脸上都泛出了红色。这次知道黎明海的近况后，叶胜男的心思又有些泛活了，但毕竟经历了太多，她不能不防。昨天，她让温总带他去休闲馆就是对他的一个试探。他前脚走，温总后脚就打来电话，告诉她黎明海是个好爷们。带着酒意，叶胜男决定再来一次强攻，否则，这次机会一去，就再也不会有了。她直愣愣地看着黎明海：“当年你为什么不喜欢我？我哪点不好?”

“你不是不好，但不是我喜欢的类型。”黎明海直言相告。

“可我真的很喜欢你，虽然我后来也喜欢过几个人，但没有一个像你那样印象深刻。我在接管生意那年，跟我父亲生意伙伴的儿子结了婚，我们没有感情，只是一种相互利用的关系。结婚前他就到处找女人，酗酒泡吧，婚姻只维持了两年就分手了。后来我断断续续跟了几个男人，但都没有遇上合心意的，一直到现在，估计再也找不到了。你的出现让我看到了一丝希望，你的妻子去世，历史又回到了原点，我现在面对的又是苏紫云，你也还没有跟她结婚，不妨我跟她再竞争一次，你觉得我有可能吗?”叶胜男问。

黎明海摇摇头：“不可能，我跟苏紫云以前非常相爱，但阴差阳错没有做成夫妻，这次，上帝又给了我第二次机会，我不能再失去。”

叶胜男的目光顿时黯淡下来，默默地喝着酒，不再说话。黎明海见她越喝越多，不由得抢过她的杯子：“别再喝了。”

叶胜男紧攥着杯口：“让我喝吧，你不知道我的苦啊，让我在一个我爱过的男人面前吐吐苦水吧。我一个单身女人，这么多年奋力打拼，人前强颜欢笑，人后暗自流泪，什么理想、爱情全都抛之脑后，得到了什么，什么也没有。金钱对我来说反而成了累赘，来找我的男人一个个居心叵测，我不得不对他们提高警惕，你让我得到了前所未有的轻松。”叶胜男一边说一边抓住了黎明海的手。

看她那个痴狂劲，黎明海知道今晚难以脱身了。这里远离叶胜男的公司，离他住的酒店也有不短的距离，叶胜男的车就在停车场，可他路况不熟，也没带驾驶证。他问酒吧的服务生什么时间打烊，服务生说夜里一点，黎明海说她喝醉了怎么办呢，服务生说这里天天有人喝醉，楼上有房，可以开一间房让客人醒酒。黎明海说，那就开一间吧。

黎明海几乎是扛着东倒西歪的叶胜男来到楼上，开了门，亮着灯，把叶胜男扶上了床，给她脱去了鞋袜，盖上了被子。刚做好这些，叶胜男突然吐了，黎明海赶紧将她扶起，顺手拉过一个垃圾桶，等她呕吐完，他将垃圾桶移到卫生间，又拧了一块热毛巾给她擦脸，然后换掉被弄脏的枕头。他忽然有种很奇怪的感觉，他从来没有对人做过这种事，包括他爱过的两个女人，鸣芬和紫云，现在竟然在为从没感觉的叶胜男做这些。做完他还不敢走，怕叶胜男出意外，于是他和衣而卧，在沙发上眯了一觉。一睁眼，天已经蒙蒙亮了。他走近叶胜男的床边，看她还在熟睡，但气息已经平稳。于是，他掏出纸笔，留下了一张字条离开了。

第 37 章　爱恨就在一转念

肖珂一上班就找到倪锦添谈他考察到的情况。

“倪总，我这段时间去公司海外的几个项目看了一下，情况不太好，这几个项目风险都很大，我们要早作打算。先说越南那家铁矿，本来矿源还可以，可那里的工人太难管，三天两头罢工，工人说不来就不来，政府官员也黑，每次都要靠钱摆平。迪拜那家工厂，受金融风暴影响，一直缓不过气来，现在还是亏多赢少。厄瓜多尔的废料回收项目，因最近国内出台了一系列环境保护规定，凡是国外的废品一律不准运进国内，我们那些准备提炼铜丝的废料不但运不过来，而工人的工资还要照发。”肖珂一口气说道。

倪锦添眉头紧锁，他忧心忡忡地说：“过去我们确实是太急功近利，只想到高风险高回报，没有考虑到国外投资的具体情况。近些年在国内扩张得也太快，收购了那么多的国有企业，有些收回来还好，更多的收回来成了包袱，你看怎么办?”

“这几个海外项目都不保险，再撑下去情况还可能恶化，我建议赶紧撤回来，现在撤回可能还能留点渣，晚了连渣都没了。”肖珂说。

“我再跟几个董事商量一下，你也想想办法，看看还有没有新的经济增长点和优势。”倪锦添向他投去征询的目光。

“听说我们在城郊三十公里处还有一块四百亩的荒地，这块地交了订金已经有五六年了，到现在既没有建设，也没有付清全款，说不定政府会把它收回去。我们在这里有什么项目吗?”肖珂说。

倪锦添摇摇头：“这块地当时是打着建保健品基地的项目找政府划拨的，买的是农民的自留地，后改为工业用地，地价只是市场上的五分之一。虽然我可以找人将它改变地的用途搞房地产，可要再交一大笔费用。在那里做楼盘不切实际，周边生活设施不配套，谁会在那里买房?”

“那怎么办，万一政府将这块地回收?”肖珂说。

“现在地价飞涨，有的地价比房子还贵，当面粉贵过面包的时候，你还想干什么?等这块地再涨个百分之五十，就想办法把它让出去。这你就别管了，想点别的。”倪锦添说。

倪锦添胸有成竹，这块地是丁成奎让黄梅萍帮他操作的，他给了足够的好处费。只要丁成奎在位，这块地就不可能收回去，他现在坐等这块土地升值。

肖珂思忖一下说：“我还有个想法，过去一直是时机不成熟。现在看来条件许可了。等我回去将资料整理一下，做一套周密的方案给你看。”

“好好，希望你能给我一个惊喜。”倪锦添满意地望着他说道。

“这件事宜早不宜迟，一定要抢占先机。”肖珂说道。

“对，事不宜迟。哎，上次说的丁副厅长的女儿考虑得怎么样了，那天丁厅又问起。”倪锦添突然想起这事。

“董事长，我暂时不想考虑。”肖珂说。

“还是想想吧，也算是为了我。”倪锦添争取说服肖珂。他现在的希望只有寄托在肖珂身上，他从肖珂身上看到了自己的影子。他压低嗓音对肖珂说：“实不瞒你，我一直在打那块地的主意，他那里压着一千亩，如果把这块地盘过来，我就不发愁了，现在土地就是金钱。等我们把那块地拿下来你再甩手，我绝不会亏待你的，给你股份，跟你分成都可以。做我们这一行，没有点手段绝对不行。

再说，他女儿就那么难处吗，我看还可以呀，多少人想跟他攀亲还攀不到呢。或者你先跟她当一般朋友处着，这没有什么问题吧。”倪锦添说。

“这样不会把人家害了么?”肖珂说道。

“哈，你还会伤害到她，我是怕你被伤害呢。那丫头什么场面没见过，他甩男人就像甩一块破抹布一样。如果你能让她喜欢一个月，我就服了你。怎么样，敢不敢试试?”倪锦添激将道。

肖珂想了想，说：“那就走走看吧。”

“就是嘛，谈恋爱就是要先跟这样的人练手，以后就百毒不侵了。”倪锦添拍着肖珂哈哈大笑。

“今晚一起出去喝咖啡吧。”没想到一下班丁妮妮就打电话来约肖珂。

肖珂第一反应是推掉，不想竟神使鬼差地一转念，不如会会这个丁妮妮，看她究竟是怎样一个女孩。他说：“好，就在你家附近的那间西餐厅吧。”

晚上，肖珂和丁妮妮来到这家西餐厅。在忽明忽暗的灯光下，丁妮妮上上下下打量着肖珂，说：“自从你上次去我家，怎么从不联系我，今天还是倪叔让我给你电话，这么拽?”

肖珂说：“确实没空，公司忙得很。”

“你是倪总身边的红人，当然忙，我弟弟也在你们公司，也是什么助理，我就从没看他忙过。”丁妮妮说。

“你弟弟是谁，叫什么名字?”肖珂问。

“丁豆豆啊!”丁妮妮说道。

肖珂的脑海里闪现一个二十出头的纨绔子弟的形象，再看看丁妮妮，不由得笑了。

“你笑什么?”丁妮妮问。

“笑你们挺像，这叫不是一家人不进一家门。”肖珂说道。

丁妮妮知道肖珂有些不怀好意，她撇撇嘴：“你又有多好，最起码我跟他有什么都写在脸上，没你那么老奸巨猾。”

肖珂一时失语。丁妮妮从包里取出一包香烟，她抽出一支递给肖珂：“来一支。”肖珂接了，丁妮妮自己又抽出一支，熟练地打着火，她先给肖珂点上，然后用弯弯的食指和中指夹起香烟，点着，惬意地抽了起来。

“女孩子抽烟，父母不反对?”肖珂觉得女孩子抽烟也不难看，但像丁妮妮这样的家世，父母毕竟会管得紧些，他好奇地问道。

“他们反对有效么?”丁妮妮微笑起来。丁妮妮很欣赏肖珂，他不卑不亢，处事练达，像是有故事的人。她这么多年就是不停地谈恋爱，什么样的男人都见识过了。她很佩服肖珂这样的定力，有很多人知道了她父亲是国土厅的领导后，曲意奉承，讨好乞求。她很清楚，这些人看中的不是她，而是父亲手中的权力。然而，她也乐于依靠父亲的权力把他们玩于股掌之中。她以为肖珂那天到他家之后就会向她发起猛烈地进攻，可没想到，这么多天过去了竟然无声无息。今天下午倪锦添打电话要她跟肖珂联系，并把肖珂的电话号码告诉她，说肖珂非常喜欢她，就是跟女孩交往少，不善言谈，要她主动点。她郁闷的心情一扫而光，心想狐狸尾巴终于露出来了。她也有些不平，决定好好修理一下这拽小子。

“你是哪里人?”丁妮妮问道。因为她问过倪锦添，倪锦添也说不太清楚，看来还挺神秘。

“老家是江苏的，从没回去过。”肖珂答道。

“家里有什么人?”丁妮妮又问。

“父母，两个弟弟，两个妹妹。”肖珂满脸幸福地答道。

“五个，不是一个爹妈生的吧。”丁妮妮脱口而出。

“你怎么知道?”肖珂问。

“早就实行计划生育了，怎么会让你父母生那么多，丁豆豆也是开后门生的呢。我小时候得过一次脑膜炎，我爸上报我是弱智，搞到了一个生育指标。在单位里，凡是不合条件有两个小孩的，肯定有一个是残疾或是智障，我爸有个同事的弱智儿子是清华博士。所以说，你家有那么多，你的父母要么就是二婚，说不定三婚四婚。”丁妮妮不怕肖珂难堪，心直口快。

“你别管，总之就这么多。”肖珂心里也确实不舒服。

“要不是农村的？农村的超生游击队也多。”丁妮妮又追问一句。

“不是，他们一个是音乐学院的教授，一个是学戏剧的。”肖珂那种从心底对亲情的渴望又涌了上来，其实，每次说完都是一阵心酸。

丁妮妮想，原来是艺术家的后代，难怪对自己嗤之以鼻，她认为只有真正搞艺术的人才不会把达官显贵放在眼里，她对肖珂的好感又进了一步。

“你现在跟谁住？”丁妮妮又问。

“他们都不在了，一个人过。”

“还有弟妹呢，也不在？”

“问这么多干啥，这么大块牛排还堵不住嘴？”肖珂讥笑道。他不愿跟她在这个话题上再讨论下去，丁妮妮从没被人这样抢白过，肖珂的态度让丁妮妮更加增添了神秘感。

“喂，哥们，你喜欢吃西餐，我又发现了一个好吃的地方，今晚去撮一顿？”第二天还没下班，肖珂又接到了丁妮妮的电话。昨天才吃过，今天又要吃，这女孩真是个吃货。肖珂思忖着要不要去时，那边已经不容他考虑了：“在燕子桥那边，有一家正宗老外开的西餐馆，我下班顺路接你。”

燕子桥离市区足有二十公里，可慕名前来的食客不少，一是环境好，二是正宗，丁妮妮说这里的牛排最好吃。

“这些牛排都是六分熟，特嫩特滑，我一个人可以吃下三碟。”

丁妮妮说道。

肖珂看她那小巧的身体，想不到她有这么大的食量：“小心吃成个胖子，那就难看了。”

丁妮妮撇撇嘴：“我愿意做个快乐的胖子，有什么不好，可惜吃再多也不胖，可能是我的消化功能特别好。我家四个人，我老爸最胖，可吃得最少，喝了太多的酒，把肝给喝坏了。我老妈整天唠叨，真是烦人，小时候我受够了她，后来长大了，对她就不客气了，一唠叨我就吼她，现在不怎么理我，我也乐得清闲。”

肖珂看她那狼心狗肺的样子，心想她的母亲到底造了什么孽，居然要这样受女儿的气。丁妮妮虽说有些霸道，口无遮拦，但真实坦荡，正像她自己说的，一切都写在脸上。丁妮妮小小个子，圆圆的脸，不说话的时候小鸟依人还挺可爱。可一开口，蛮横无理的太妹嘴脸暴露无遗。肖珂跟她在一起没有那种心灵的感应，但很放松。丁妮妮有表演天赋，学谁像谁，模仿起来让人捧腹。她学父亲喝醉时的醉态，逗得肖珂哈哈大笑。

“你跟弟弟为什么不去读书，搞个文凭？凭你爸爸的路子，进大学学点东西不好么？”肖珂问。

“切，狗屁文凭。”丁妮妮一脸的不屑。

“为什么这样说？”肖珂问。

“像我们这样的人去考肯定考不上，只能到那些民营学校，花几十万买个博士硕士的，肚里还不是一包草。我有个朋友的妹妹，上了一家什么工商管理学院，才二十岁，傍上了一个五十岁的大款，老头给她买了一辆两百万的玛莎拉蒂跑车，她每天不上学，陪着老头东游西逛，考试的时候让人代考买学分，居然还毕业了，你说这有什么意思。本小姐这张脸就是文凭，行就行，不行就不干，要那玩意干什么？我是最看不起傍大款，花钱买文凭的。”丁妮妮说。

这人倒是挺率真的，肖珂想。“你平时都喜欢干什么？”他问。

“我玩得可是疯狂的游戏，今天为了迎合你这种所谓的绅士才到这种地方来。”丁妮妮说道。

“疯狂的游戏指的是什么?”肖珂问。

“想试么，想试就跟我走，你买单!”丁妮妮说。

肖珂被丁妮妮带到市里一家乐迪活力城。人还没进去，就传来山呼海啸般的摇滚乐声，咚咚的低音炮几乎把地震得晃动起来。进去一看，里面的人都像喝醉了一般亢奋无比，震耳欲聋的音乐击打着场内每个人的心房，让人的血液流得更快，心跳得越有力。丁妮妮打了个响指，要了几瓶啤酒，她乜斜着肖珂：“怎么样，刺激吧?”

肖珂确实感到了刺激，他原本就有一颗狂野的心，已经好久没有感受到这种气氛了。在卧龙山，肖珂在待业青年中组建了一支摇滚乐队，在当地名噪一时。从小就有艺术天分的他对乐器可以说是了如指掌。他学音乐几乎无师自通，别人说他只要有洞的他就能吹出歌，有弦的就能弹出调，特别是架子鼓打得出神入化。也许是受气氛的影响，在乐队换曲的时候，肖珂脱去外套，走到乐队的架子鼓手一边，接过鼓棒就开始击打起来，那明快的节奏和潇洒的英姿，立即让这只乐队好像有了灵魂，人们更加投入，舞场更加疯狂。

几曲过后，肖珂走下乐队，看见丁妮妮已经目光迷离，满头大汗，知道她喝了不少，肖珂感觉到丁妮妮可能磕了舞场上提供的兴奋剂，不由得有些后悔。虽然知道丁妮妮经常会出入这种场合，但他不希望看到她这副样子。他扶着丁妮妮：“回去吧，已经深夜两点了。”刚起身准备离开，乐队的经理匆匆找到他，兴奋地说：“你是我见到的最棒的架子鼓手，能加入我们吗，保证给你最好的待遇，我们乐队在省城都是很出名的。”

肖珂说：“以后再说吧，现在不行。”

丁妮妮迷迷糊糊地说：“好，说定了，下次再来，今天真高兴。”

“你去哪里?”肖珂问她。

“你那不能收留我吗?我今天不能回家,老爹老妈看我这副德行又要生气了。”丁妮妮说。

肖珂没办法,他从丁妮妮的包里摸出车钥匙,开车来到自己的宿舍。这是公司给他个人租的一房一厅。里面是卧室,外面是客厅。肖珂很爱干净,家里收拾得一尘不染。在车上,丁妮妮还在胡言乱语,肖珂没有理她,没得到回应后,她很快就打起了呼噜。下了车,扶着丁妮妮进了房间,她已经不省人事,但还不忘紧紧搂住肖珂的脖子。肖珂也不是柳下惠,对这个送上门来的太妹,他一时拿不定主意,到底是去卧室还是在客厅。

“我们可以再高兴高兴。”丁妮妮含糊不清地说。

只见丁妮妮脸红红的,嘴唇鲜红欲滴,他忍不住低下头想吻她一下。没想到,丁妮妮正好打了一个饱嗝,一股浓烈的酒臭扑鼻而来,一下子把肖珂熏醒了。这是一个生活荒淫无度,纸醉金迷的官家女,你跟她能一起生活吗?不喜欢你甩得掉吗?肖珂厌恶地把她放倒在沙发,扔了一条毛巾被搭在她身上,然后走出了房门,他要让夜风清醒一下发涨的头脑。

第38章　能人也有无奈

朱小玉早上告诉倪锦添："女儿和女婿回来了。"

"哦，怎么没有跟我们打个招呼，突然就回来了。"倪锦添问。

"女婿的爷爷病重，匆忙赶回来，现在去余省长老家了，估计过两天才会回家。"妻子说。

儿子女儿生下来，一直都是老婆的娘家人带，倪锦添在事业上打拼，开始也乐得省事，随着儿子女儿的成人，他有些后悔，他极少跟儿女交流，儿子女儿跟他不亲，等意识到这点的时候，儿女都已出国了。现在反省对儿女的教育，自己交的是白卷。特别是儿子，除了相貌，在性格上一点都不像他。儿子从小成绩优秀，高中毕业考入了美国的名牌大学，学的是高分子材料专业，已经博士毕业了，被美国一家跨国公司招聘。前两年，儿子跟他说已经找了一个当地女朋友，明确跟他说不想回国。女儿学的是环境专业，前年，也告诉他们找男朋友了，当他得知未来的女婿竟然是余副省长的儿子时，不由得喜忧参半。喜的是，终于跟高官权贵攀上了亲家，忧的是，跟这种人家结亲，说话做事都要相当注意，不能给人留下把柄。

余江水还是派出所所长的时候，他们就开始打交道。那时，倪锦添没有正经事做，常带着一班泼皮无赖上门收保护费。他专门选择地处城郊，一些外地人开的酒店、服装店、修理店收管理费，凡是他收了费的店家只要亮出他“添哥”的名头，就不会再受其他人的骚扰。不过有一回却马失前蹄。那次，他听说蓝山区的香悦山庄换老板了，这个山庄很大，光厨师和工作人员就近百人，接手的是个杭州人，一口的吴侬软语。凡是他“关照”过的店在开张之前都要来认他这个山头，这个山庄过去一直是他收费的定点，可现在都开业一个星期了，一点动静都没有。他沉不住气了，派出几个马仔找茬，上门吃了一顿霸王餐，打碎了几个碗碟，结果被山庄保安胖揍一顿，还带回一句话：“娘希匹，有种就真刀真枪干，你个倪锦添奶奶的算个熊?”倪锦添听了简直气疯了，没想到新店主完全知道他的存在，就是不给他面子。他当即带了五十几个人，拿着钢管、铁棍就冲过去。可到了山庄，却发现对方七八十个厨师，身穿白色的工作服，带着厨师帽，每人拿着一把雪亮的菜刀严正以待。倪锦添觉得有些不妙，这些厨子不容分说，冲上来就对他们一顿狂砍，有一半人被砍伤。倪锦添脑门挨了一刀撒腿就跑，可对方还是穷追不舍。跑了几里地，钻进了市郊的一户人家，是后来成了他老婆的小玉把他救了。

有人告诉他，这个天杀的主意就是余江水出的，山庄老板跟余江水是朋友，他早就知道倪锦添不好惹，问余江水怎么办？余江水告诉他：“只要他们来找麻烦，就让你的厨师人手一把菜刀，一定要菜刀，而且要穿工作服，见了这帮龟孙子就砍，先砍一阵再报警。我同时派便衣去抓，一定要借这个机会彻底收拾这帮王八蛋。”死里逃生的倪锦添想起来很后怕，因为人家穿工作服，拿菜刀砍是正当防卫，他们却是寻事滋事，死了也白死。余江水的借刀杀人计让他元气大伤，他那帮兄弟树倒猢狲散。那一阵，他恨不得把余江水挫骨扬灰，但后来却释然了。反而庆幸从这以后，他基本上不干专业收数的勾当了，否则早晚都是横尸街头，更谈不上有如此风光的今天。以后他跟余江水还打过几次交道，余江水对他的态度好了一些，有时公家不好出头的活儿派给他去做，譬如探点情报，搜索个人，但没有想到今天他们成了这种关系。

他和余江水没有结亲家以前，余江水从来不拿正眼看他，结亲之后，余江水在他面前还是很有优越感，这让他心里愤愤不平。同样是亲家，地位是一样的，凭什么余江水要高他一等。在当今这个以权势和财富论英雄的社会，他倪锦添一点也不比副省长余江水差，在其他省级官员面前，他可以颐指气使，但对余江水却要曲意奉承，这主要是他那乌七八糟的老底余江水全知道，他有所顾忌。

女儿最近在跟他的交流中，也流露出不愿回国这种意愿，这让他有些急了。儿女都不回来，他这样搏为的是什么？从女儿的话语中，听出好像是女婿的父亲不太愿意他们回来。他有点想不通，亲家也算是共产党的高官了，为什么这些高官都不希望自己的后代回国。按说余副省长就这么一个儿子，不让唯一的儿子回来，那只有他退休后跟着去。倪锦添是不愿意去外国的，他做跨国生意，也到过不少国家，去了那么多地方，觉得没有一个能跟国内比，外面太冷清，没意思。他有个做房地产的朋友，赚了钱后移民美国，根本融入不了当地的社交圈子，他出钱请人打高尔夫，别人去了一次就不再去第二次，郁闷之极，只好回国，可家业都转到了美国，回国后一无所有，就是这样也不愿再去了。

生性爱热闹的倪锦添就更加不用说，他一直信奉领袖的那句话：与天斗，其乐无穷；与地斗，其乐无穷；与人斗，其乐无穷。斗来斗去，斗得一点人情味都没有。他在亲友里面，冷酷无情是出了名的，他的集团里，已经找不到一个家族成员和朋友同学。尤其是他让小舅子唯一的儿子坐牢，使得他跟妻子娘家人的关系十分紧张，只有大舅子朱世茂跟他的关系好些，毕竟朱世茂在仕途上，他起了至关重要的作用。有天老婆问他：“你让侄子坐了牢，把表妹夫打残。你要那么多钱干什么，留着垫棺材吗？”他说：“只有赚钱，才能让我得到快感，说我有病也行。”倪锦添出身贫寒，从小生活窘迫，饱受白眼，对权力、金钱心向往之。他在最红火的时候，资产上百亿，光一千万的宾利就有两辆，每次坐宾利外出，必须一前一后两辆宝马护驾，风光无限。尽管现在资产严重缩水，但丝毫不影响他的生活质量，照样如鱼得水。他虽然游离于政府体制之外，可他在官场上的话语权很大，通过他的关系当个县长书记或局长，可以说不是难事。不过，与过去不同的是，随着年龄的增长，他变得越来越内敛，再不像过去那样张扬，宾利宝马现在不开了，只坐一般的车，原来有几块一百万的手表也不戴，手上只套了一串佛珠。然而，他现在的心胸却比过去大了很多，他把企业当成了假想中的王国，他就是国王。怎么可能放着国王不当，跑到外国去当二等公民？他想，就算是儿女们都不回来，他也不移民。可能是年纪大了，现在想回家的愿望渐渐多起来，应酬也是能推就推。

“这几天我天天都回家吃饭。”倪锦添说。

“平时难得在家吃饭，现在女儿回来，你要好好陪陪她。”妻子说道。

“唉，回来有什么用，我们父女都没什么话说。”倪锦添叹了口气。

晚上，倪锦添从公司回到家，见一辆白色凌志停在家门口，知道女儿回家了。果然，听到动静，女儿、女婿到门口迎接他。

倪锦添在外面如何暴跳如雷，出言不逊甚至动手打人，面对他的家人，却完全是一副慈父的模样。

“你爷爷怎么样了。”倪锦添问女婿。

“已经去世了，昨天办了后事。”女婿的眼睛有些发红。

“哦，节哀顺变吧，前天我见过你父亲，送了点钱过去。现在你们怎么打算？”倪锦添说。

“来前已经订好了机票，后天下午飞洛杉矶的班机。”女婿说。

“这么大老远来，在家里呆一天就走？”倪锦添很不满意。

“是这样的，小余前不久通过了美国一家大公司的面试，公司要他十天后就上班，在老家已经待了四天，回去后还要准备一下资料，刚上班要给人留下好印象。”女儿辩解道。

“那你呢，硕士也毕业了，想进公司，还是自己创业，要不帮老爸干？”倪锦添问。

“小余在外面工作，我在家做全职主妇，生孩子以后就相夫教子，一家人平平安安过日子。”女儿说。

“什么，让你出国留学，读到硕士毕业，为的就是做家庭妇女？”倪锦添心里大为光火。

“难道你不希望女儿平平安安过日子吗？嫁个好男人，生对好儿女，怎么不好？难道希望儿女像你那样，整天风风火火，在尔虞我诈中度日？”朱小玉说。

“我是觉得，人总是要有追求嘛，否则读了这么多书有什么用。”倪锦添有些不服气。

“爸爸，人的追求有多方面，多种形式，有精神层面，也有物质层面，做一个良家主妇，相夫教子也是我的追求，读了书，这方面就可以做得更好。”女儿说道。

“那边都是这样，女人一结婚就回家，专心操持家务。当然，她要上班我也不反对。”女婿说。

完了，倪锦添心中一阵哀鸣。他本来一直想让他的儿女继承他的商业王国，可是，在国外浸淫多年的儿女已经明确表示不愿继承家业。他的资产出现问题后，他暗暗庆幸子女没有走这条路，但他自己却不能回头。跟他一起有近万名员工，银行还有大笔债务，如果就这样退下来，那他这辈子就是彻底失败了，在惊涛骇浪的商海中摸爬滚打多年的倪锦添不想这样败下阵来，他要奋力一搏。

第 39 章　女人各不同

听到门铃响，紫云开了门，只见黎明海立在门口。“为什么不把霜霜带回来?”紫云问。

黎明海叹了一口气：“她不回，说要在社会上体验两年再说，脾气跟她妈一样，倔。”

“你还不是一样倔，这孩子太小，还是不要离家的好。”紫云说。

“不管她了，让她自己考虑吧。小涛呢?”黎明海问。

“上晚自习了。”紫云说。

黎明海一把抱住紫云，一下子吻住了她的嘴。

“你还是洗洗吧。”紫云说道。

“不，我太想你了，现在就要。”黎明海不由分说抱起紫云就往卧室走。鸣芬走了三个多月了，在紫云的温存下，黎明海慢慢走出了丧妻的阴影，现在他好像又回到了他跟紫云热恋的时候。当年他跟紫云谈恋爱充满激情，他们可以一天骑自行车一百八十里去吃一顿牛肉面，还可以坐十五站公共汽车看一场电影。他们的爱情在沉寂二十年后重新爆发，就像封存了多年的美酒，醇香温厚劲道。他们天天都会通电话，感情浓烈的程度不亚当年。一阵狂风暴雨般的性爱过后，黎明海去浴室，没几分钟，他就披着浴巾出来。

“你还是早点把霜霜接回来，女孩子别走得太远。”紫云提醒道。

“没什么关系，她在一家香港人开的厂工作，环境不错，劳动强度不算太大。十六岁了，想在外面闯荡两年，想通了再回来读书，我看也不是什么坏事，不要强迫她读书，只要她自己觉得快乐，健康成长就可以了。霜霜有那么能干，生活能自理，让她先吃吃苦平复一下心情吧。”黎明海说。

“还好，小涛这次影响不大，毕竟年龄大点，也早有心理准备。看到那张照片后，我就把情况跟他说了，虽然发了两天呆，现在也恢复了正常，还有几天就要高考了，学习非常紧张，天天在看书。”紫云说。

黎明海点点头：“让他安心高考，注意身体，等考完了，我会找个时机跟他见见面，好好谈谈，这段时间我还是回避一下。”

“哎，你知道霜霜的老板是谁吗?”黎明海突然问苏紫云。

“我怎么知道，刚才不是说是香港人开的厂吗?”苏紫云说。

“老板是叶胜男，你说巧不巧。”黎明海说。

“啊，怎么会是她。”苏紫云也吃惊不小。虽然她没有正面跟叶胜男打过交道，但女人心细，她从哥哥、方志淩，包括黎明海的言谈中知道叶胜男这个角色始终存在，她甚至知道，当年黎明海跟她交往的初衷就是为了躲避叶胜男的进攻。后来黎明海向她展开热烈追求时，她还心有顾虑，特意设计考验了他好几次，得到确凿无疑的结果才答应。没想到二十多年过去，这个叶胜男又出现了。“她现在这么能干了，你们在一起说了什么?”

黎明海回想起当时的一幕，笑着说：“以后慢慢告诉你，我现在饿了。”

“饭在锅里，我给你热一下。”紫云起身。

黎明海一把将紫云按倒：“不是那里饿，是这里饿。”

紫云笑着说：“你真是太强了，不知道鸣芬怎么受得了你。”这话一出，紫云后悔不迭，黎明海顿时不动，紧接着从她身上翻了下来，再也不说一句话。紫云知道，她今后再也不能提鸣芬，“鸣芬”这两个字就是他的死穴。

“我给你热饭去。”为了打破尴尬，紫云又从床上爬起来。

“在飞机上吃过了，不想吃。”黎明海说。

“那吃点水果吧，冰箱里有个西瓜，今天刚买的，你等会走了，我们母子吃不完。”紫云说道。

“我自己来。”黎明海动作更快。他翻身起床，迅速走进厨房，一会儿就端上几块西瓜上来。“来，你吃小便（片），我吃大便（片）。”

“什么?”紫云不知所云。

“活学活用，我讲的是广东话啊。不要客气啦，如果不够，我再去拉（拿）。”黎明海拖长腔调说着，把紫云笑得直不起腰。

肖珂一个人在江边走着，他要让江风吹醒一下发热的头脑。“你会爱这个丁妮妮吗?”他扪心自问，答案始终是否定的。肖珂是一个正常健康的男人，他也渴望女人，过去虽然也跟个别女人有过肌肤之亲，但始终找不到感觉，所以个人问题总是不咸不淡耽搁下来。丁妮妮不同于以往他接触过的任何女人，眼高手低，泼辣无能，是个难缠的太妹，要摆脱她，就不能碰她。不能听倪锦添的，他们只能到此为止了。在江边足足走了两个多小时，直到东方发白才回宿舍。他在楼下买了两份早点，打开房门时，发现丁妮妮已经从沙发滚到了地板，仍然在呼呼大睡，满屋都是酒气。他没管丁妮妮，吃完自己那份早餐，然后上班。

丁妮妮一觉醒来，太阳已经升得老高，看看表快十点了。她从地板上爬起来去推肖珂卧室的门，门已经锁上了。这小子竟然这样对她，令她气愤不已，她打通了肖珂的电话：“你王八蛋，为什么把我扔在地上?”

肖珂说：“你自己从沙发上滚下来的，怪谁?”

“那也不该让我睡沙发，你卧室有大床。”丁妮妮理直气壮。

“没把你扔大街上就算好的，你不闻闻你有多臭？已经把我的客厅环境污染了，还想污染我的卧室?”肖珂在那边幸灾乐祸。

丁妮妮闻了闻自己，果然很臭。她想起昨天的情景，磕了两粒摇头丸，然后疯狂跳舞，一边跳舞一边喝酒，跳得满头大汗，最后怎么回来的记不清了。肖珂在电话里告诉她，桌上有早餐，走时要记得把门锁上。

“哼，想赶我走，没门，以后我天天来骚扰，看你敢怎样。”丁妮妮气愤地说。

第40章 峰回路转

“倪总，出大事了。”倪锦添一到办公室，公司的财务总监就跟了上来。近年来倪锦添实行资本运作很有成效，国内的几个金融高手为他操盘连创佳绩。但今天这个坏消息让他闷头一棍：因受国内一批中小企业破产的牵连，省里的几十家企业也出了问题，其中三个老板逃走，欠下高达四亿的债务现要红光集团下属的一个担保公司偿还。更要命的是，由于这家公司的牵连，各大银行对红光集团都停止了放贷，有收到消息的立即抛出红光股票，股票大跌，红光的市值缩水了二分之一，而且还在呈下跌趋势。

倪锦添心里早就比这几个人更清楚他目前的状况，他镇定地说：“对我们来说，钱只不过账上的几个阿拉伯数字，没有任何意义。”倪锦添是经过大风大浪的人，他的资产曾经三次归零，但他都东山再起。最早一次是做假酒出售，被余江水查获，不但将他上百万的家产罚了个精光，还险些入大狱。还有一次是将手头上的生意交给老婆的一个表妹夫，他跑到海南搞战略开发，结果海南房市大跌，他灰溜溜回来。表妹夫在他不在的时候，将他的资产抵押给银行贷款开公司，公司一年就倒闭，倪锦添以前攒下的老本付之东流。倪锦添一气之下，把表妹夫的脚打断了。十年前，又一场经济风波把他卷了进去，靠和政府的关系，才一步一步走出泥潭。没想到，今天又到了生死关头。

“把收益报表重新做一下对外公布。”倪锦添说。

“不行啊，这么多股东，瞒不住的。现在上面有规定，不准弄虚作假，一旦查出来，罚得很重。”财务总监说。

“上面还说不准贪污腐败呢，做了再说。”倪锦添不满道。倪锦添知道改报表只不过是权宜之计，为了将损失减到最少，他打算利用肖珂与丁成奎女儿的关系把剑光安置区剩余的土地搞到手，地到手后立即改变其使用性质，变成商业用地，从事房地产和大型超市，然后招商引资，钱到账后他就可以金蝉脱壳。他打电话给肖珂，要他来办公室一趟。

“倪总，我正准备来你这呢。方案做好了，你可以给股东们看看，一定要争取他们的支持。”肖珂拿了一沓厚厚的资料进来。

“什么，搞旅游?”倪锦添看了一眼资料的封面颇感意外。

“是的，就是旅游。”

“为什么，你详细说说看，要争取股东的支持，首先就要说服我。”倪锦添说。

“世界上什么最宝贵，那就是四个字‘不可取代’，为什么现在市场上竞争这么激烈，此消彼长，主要是替代性太强，产品、技术、人才无一不是长江后浪推前浪，一代更比一代强。我们的产品创新、企业的升级换代很难在短时间内甩开竞争对手，拉不开距离就意味着竞争更激烈。在做什么都困难的情况下，必须要寻找一个不可再生的资源作为新的经济增长点，比方说旅游产业。你看黄山、张家界这些地方可以说是永恒的增长点，当然，名山大川都是不可复制的，但可以发现和打造。我过去生活过的卧龙山，有很多独一无二的美丽景观，如果我们率先开发，这样做既没有风险，也避免了商场上的残酷竞争。”肖珂说道。

“可那个地方是矿产地，还有放射性，怎么可能做旅游，这种景点谁敢去?”倪锦添说道。

“说这话的人都是外行，只有长时间大剂量的照射才会对人有影响，你知道卧龙山的范围有多大吗？矿区只占边远地区的很小一部分，而且是埋藏在地下，提炼环节也都是封闭式的。卧龙县在明代非常繁华，到了清代才没落，那里有很多名胜古迹，有很多景点尚待开发。”肖珂解释道。

“你的想法非常好，我们再深入研究一下，明天就跟你到实地考察。”倪锦添茅塞顿开。

“有这方面的意向就一定要抓紧，目前，这家企业面临撤销，员工撤出，这一方美景养在深宫无人识，我们抢占先机，提前一步将它的开发权拿下。”肖珂说道。

“今天下午你跟我去一个地方。”倪锦添说道。

“干什么？”肖珂问。

“看真正的不可取代的东西。”倪锦添得意地说。

肖珂在讲“不可取代”的时候，倪锦添心里偷笑了，早在四十年前，他就在干这种“不可取代”的事。“文革”期间，那时他才十几岁，有很多的知识分子、当权派被打倒，一些瓶瓶罐罐被砸烂，旧书被焚烧，看着他们伤心欲绝的样子，他觉得这些东西应该有点用，哪怕拿回家盛点东西也好。他小学没毕业就辍学了，外祖父母也管不了他，整天在大街上混，有时还给造反派、红卫兵帮帮忙。造反派上哪抄家，他就跟着去，见别人拿什么，他也拿什么。有些红卫兵见书就烧，见瓷瓶就砸，有次他听到一家主人在歇斯底里地喊：“要拿就拿去，求你们保管好，千万别砸了，都是老祖宗留下的，不可复制呀。”他灵光一闪，把东西都偷偷搬回了家，后来才知道，这些居然是秦汉留下来的古董。

二十年前，他就在开始收藏玉石了，家里有上百种玉石，尤其是黑玉，据说全世界已经绝迹，只有他这里有。几吨重的汉白玉，在他家只是用来抵门的。在很多人不知收藏是何物的年代，有人打听到祖上一些不用的“破铜烂铁”在他这里能换钱，纷纷把祖上留下的各种铜鼎玉佩翡翠玛瑙和残书拿给他，换个十块八块的，兴高采烈地回去。到了近年全民收藏的时候，他策略一变，专门到各地收集古建筑材料。老县城搞城市拆旧改造，旧材料没地方放，于是倪锦添廉价收购，什么门牌、石雕、石柱、门廊、古砖、画舫，不计其数，东西收回来后，他专门在城郊建了一个仿苏州园林建筑，里面的一砖一瓦，一石一柱，一桌一凳，全部是收购来的材料建成，这比用新材料要名贵不知多少倍。用现在的价值来算，他这些古董真可谓价值连城。因此，每当看见中央电视台的鉴宝栏目，一些持宝人拿着宝贝让专家鉴定的时候，他就忍不住一脸鄙夷。也正是如此，他才有这股底气，他的企业无论遇到多大的风浪，他都能沉得住气，这么多的收藏，无论拿出哪一件宝贝，都可以顶上一阵。当然，他不到万不得已，是无论如何都不会出手这些宝贝的。现在，肖珂又给他推出了不可取代的一方山水，怎不让他心花怒放？

在离市区二十多公里的一处临江岸上，有一排白墙灰瓦的建筑，倪锦添和肖珂在这里下了车。人烟稀少，环境幽闭，肖珂有点迷茫：“倪总，这是什么地方？”

“进去看看就知道了，这个地方我很少带人来。”倪锦添说道。

这排建筑占地面积足有上万平方米，高低不齐，错落有致。门口立着两头昂首的石狮子，因时间久远，石狮子已经泛黄。

“看见这对狮子没有，这是我从广东农村弄来的，那时正是“文革”时期，村里的农民将这两头狮子埋在地下，我听说了就想办法买通村长，花了八百块钱弄回来。你要知道，当时八百块差不多是现在的八十万了。”倪锦添说道。

肖珂仔细看了一下：“现在八百万都不止，这是明代崇祯年的。你就放在门口，被人偷走或损坏怎么办？”

“怎么会呢，我这可是天罗地网。设置了一百多个摄像头和红外线装置的报警器，保安十几个，每个月花在安全设施上面都要二十多万呢。”倪锦添说。

两人走进大堂，迎面是一个木制玄关，木头黑得发亮，坚硬无比。倪锦添摸着柱头感叹道：“这是上千年的老酸枝，不知是哪朝哪代宫廷里用的，没想到现在这里落了户，真是物是人非啊。”

“这些都是怎么弄来的。”肖珂问。

“是我多年来一件件积攒下来的，你看那个亭子，每一块砖、每一片瓦都是原件，它们在原地被拆后运到这里，我再让人把它们组装起来。”倪锦添说道。

整个建筑分了好几部分，按照不同实物分成好几个类别。在古董陈列室，倪锦添拿起一个花瓶问说道：“你看这是什么年代的？”

“好像是唐代武则天时期的装饰物，据说武则天最喜欢以凤凰或孔雀为题材的饰物。凤凰又叫做不死鸟、长生鸟，被认为是龙的绝配，象征着不朽和重生。”肖珂答道。

“果然有文化，一眼就看出了。”倪锦添笑道。

“这可是一个博物馆呀，倪总，你准备卖门票吗？如果收门票的话应该可以自负盈亏的。”肖珂问。

倪锦添摇摇头：“我可不想惹麻烦，收藏了这么多国宝级的古董，政府知道了肯定上门讨要。不到万不得已，不会走这一步，这些都是我至爱的藏品，一点也没有把它们换钱的想法。我经常一个人到这里看这些宝贝，静静地把玩一下就特别满足。”

“想不到倪总还有如此雅兴。”肖珂有些出乎意料。

第41章 不愿发生的事

丁成奎见女儿回来还哼着歌，知道她心情不错，便问："昨晚咋又不回来，去哪里了？"

"住朋友家。"丁妮妮答道。

"你对倪叔叔给你介绍的那个小肖感觉怎样？"丁成奎问。

"还可以，能谈到一块儿。"丁妮妮说道。

"他有没有什么缺点？"丁成奎问。

"缺点嘛，长得帅算不算缺点？"丁妮妮歪着脑袋说。

"你这丫头，就会以貌取人，将来可要吃大亏的。"丁成奎说。

"吃亏的事咱是从来都不干的，你也不看看我是谁的女儿。不过老爹我跟你说，这小子确实还不错，不呆不傻，不虚不假，也有点真本事，倪叔很看好他呢。"

"既然这样那就好好谈，你们的年纪都不小了。"丁成奎说。

"好，我会的。"丁妮妮恨恨地说道。昨天被肖珂戏弄嘲笑，可以说是她二十多年的第一次，可她却一点没有受到伤害，还觉得十分有趣，肖珂跟那些对她百依百顺的男人截然不同，这种行为反而激起了她的斗志，她决心跟他快乐地纠缠到底。原本她就是个比较随意的人，遇上看得顺眼的，在一起睡个觉无所谓，第二天又形同陌路，从来不会有什么牵挂。自从结识了肖珂，她就总想跟他在一起，哪怕是受虐也愿意。

在一旁的马莉莉受到感染，也插嘴问：“这男孩在哪里工作，家庭情况怎么样?”女儿毕竟是她生的，不能完全不闻不问。

“上次不是跟你说了吗，就是红光集团倪锦添手下的员工，听说很不错，还来过我们家一次，男孩长得相貌堂堂，看上去修养也不差，妮妮能找这样的算是烧高香了。”丁成奎小声对马莉莉说道。

“老爸，难道我很差么，他不就是公司老板的马仔嘛。”丁妮妮不满地说道。

“来过家，啥时候?”马莉莉有些诧异。

“上次你不在，倪锦添带他来的，那次老倪特意来家帮豆豆的忙，豆豆能顺利出来，多亏了老倪。如果他把妮妮这事也弄成了，我一定要请他喝酒呢。”丁成奎说道。

“这男孩叫什么名字?”马莉莉问。

“姓肖名珂，肖珂。”妮妮答道。

“什么，你说什么，叫肖珂?”马莉莉惊讶地叫道。

“是啊，反应这么大干嘛，你认识?”丁妮妮问。

“他们家有什么人吗?”马莉莉说。

“有，他们家人可多呢，父母和五个兄弟姐妹。”丁妮妮说。

“哦，”马莉莉心情稍平静了些，她又问：“他父母是做什么的?”

“都是艺术家，爸爸是音乐教授。”丁妮妮说道。

“是吗，那就好。”马莉莉说完走进卧室。

“老丁，妮妮这事不要答应得这么快，先了解一下好不好。”马莉莉忧心忡忡地对丈夫说。

“又不是马上结婚，现在不正在了解吗。”丁成奎说道。

“哟，丁夫人，今天你怎么来了，有事吗?”廖丙章看到马莉莉连忙站起来问道。

“今天来是想问你一件事。”马莉莉在沙发上坐下。

“什么事这么要紧，在电话里说不就行了，还这么大老远的跑来。”廖丙章沏了一杯茶送到马莉莉手上。

“想问一下，肖珂还在那里吗？”马莉莉问。

“这个呀，我还想跟你说呢，听说他回去就辞职了，现在红光集团公司，倪锦添很欣赏他呢。”廖丙章说道。

“真是如此？”马莉莉大惊。

“我也想问你一件事，你女儿找对象了吗？”廖丙章问马莉莉。

“前几天听老丁说过一下，说倪锦添公司里有个小伙子二十八九岁，跟我女儿挺般配，老丁说了两句又去接电话，没听完，我也没太在意。唉，我对这个女儿已经死了心，她十五岁就开始跟我打架，随她怎样我都不想管。可昨天，他们又说起这事，居然这个小伙子的名字叫肖珂，不知道是不是同名同姓的，我实在放心不下，所以特意跑来问你。”马莉莉说道。

“两个月前我跟倪总和老丁去农庄钓鱼，老丁向倪总打听一个姓肖的小伙子，感觉好像是给你女儿介绍对象，还说要抓紧时间，两个人的岁数都不小了，这是咋回事？听说那小伙子还很满意，难道这小伙子就是肖珂？”廖丙章说。

“肖珂怎么会到倪锦添的公司？”马莉莉变得惊恐了。

“不知道，你问问老丁，看他知不知道这事。”廖丙章说。

“这事我还没跟老丁说，不知从何说起。不如我先找找肖珂，即使他们不是兄妹，我也不想女儿随便找人，你知道吗，她嗑药。”马莉莉附在廖丙章的耳边说。

马莉莉来到红光集团总部大楼，跟前台说找倪总，前台小姐问她有没有预约，马莉莉说没有，然后直奔电梯。前台小姐紧张地跟了上来，说：“公司有规定，没有预约不能上去。”马莉莉无奈地说：“好吧，你帮我预约。”一会儿，前台小姐笑容可掬地对她说：“倪总请您上去。”

来到十五楼的总经理办公室，倪锦添起身相迎："夫人，什么风把你吹来了。"

"来看看你，顺便看看我家豆豆。"马莉莉说道。

"顺序搞错了吧，你放心，豆豆在这里表现不错，不会亏待他的。"倪锦添说道。

"我相信，豆豆的办公室在哪里？"马莉莉问。

"跟我挨着呢，主要是办事方便。要送个材料什么的，在办公室叫一声就能听到。"倪锦添说道。

"你这么看重他，身边应该还有不少得力助手吧。"马莉莉又问。

倪锦添恍然大悟，他突然明白，丁夫人既不是来看儿子的，更不是来看他的，而是想亲自看看未来女婿，丁成奎肯定回家跟他说了肖珂的事。他心领神会，立即对着总经理助理办公室喊了一声："小肖，过来一下。"

马莉莉有些措手不及，本想阻拦，但已经来不及了。只听得隔壁办公室的肖珂答应了一声，一会儿就走了进来。当他与马莉莉四目相对，一下都愣住了。

"来来来，介绍一下，上次去你家没见到，这位就是肖珂，现在是我的助手。小肖，这位是丁妮妮的母亲。"倪锦添乐呵呵地介绍道。

"你好，夫人！"肖珂冷冷地叫道。

"你好。"马莉莉望着不能相认的儿子，心在滴血。

打过招呼后，场面的气氛忽然降到了零度以下，倪锦添有些尴尬。他没话找话道："小肖现在是我的左膀右臂，他为人可靠，工作踏实，是个很有前途的年轻人。"

"倪总看上的人肯定很优秀的。"马莉莉说道。

"倪总，我还有点事，先走了。"肖珂跟倪锦添打了个招呼，没看马莉莉低头走了出去。

“好，你先走，下次再说，我看看丁豆豆在不在。”倪锦添又喊了声：“丁豆豆——”

丁豆豆应声进来，跟正出门的肖珂撞个满怀。他一眼看到坐在沙发上的马莉莉，立即撒娇般地扑了上去：“哎哟喂，我的老娘哎，你怎么来啦？”

肖珂急速地冲出了大楼，在车水马龙的大街上毫无目的地走着。一切都明白了，他的母亲就是丁妮妮和丁豆豆的母亲，他们跟他是同母异父的弟妹。难堪、羞愧、后怕，一起袭上他的心头。母亲跟父亲分手后嫁给了丁成奎，去年他突然调到矿外经办，又被叫去参加机械厂转制的谈判，都因为他的继父是丁副厅长的缘故。这层关系除了他蒙在鼓里外，其他人是知情的，这让他气愤。不过他转念一想，在那个家里，可能除了马莉莉外，丁成奎、丁妮妮、丁豆豆肯定也是一无所知的，他们也根本不知道他的存在，今后，他的母亲马莉莉将怎样面对她的丈夫，面对女魔头丁妮妮和公子哥儿丁豆豆，想到这里，肖珂对马莉莉的感情就像打翻了的五味瓶，各种滋味都有。

父亲走的时候，无声无息，年仅九岁的肖珂虽然平时也得不到多少父爱，但父亲是实实在在的。记得那天父亲在收拾东西，他在一旁看着，父亲说：“你明天就到隔壁的何姨家去吧，我把你的生活费放在她那了。”

肖珂不敢多问，第二天放学，何姨把他接到家里。何姨说：“以后就住我这，你爸爸走了，不回来了。”

肖珂问：“爸爸为什么不要我？”

何姨长叹一口气，没有回答。

肖珂在何姨家生活了一年，何姨夫妇为了收养他发生了严重的冲突。何姨的丈夫是工会放电影的，他本来就对肖珂父亲肖鸿蒙的意见很大，一直怀疑老婆跟肖鸿蒙有暧昧关系，见老婆不顾一切要收养肖鸿蒙的儿子非常恼火，对肖珂就没什么好脸色，夫妻经常吵架。肖珂尽管年幼，却很早就尝到了人世间的世态炎凉，他不愿因为他令这对夫妻反目。一年后，十岁的肖珂开始了自食其力的生活。靠学校的奖学金补贴和收废品赚零花钱读到了高中毕业。高考公布，他只差一分，即使考上了也没钱读，于是进了待业青年的队伍。他在这里是自由的，待业青年的劳动强度不大，甚至有些清闲。他做过很多工种，车工、木工、钳工、电工和油漆工，还外出打工，做过营销、采购，业绩不错，所以生活上基本无忧。他本来可以赚更多的钱，有更大的发展。然而，他却不离故土，每次在外面赚了一些钱后，又会回到卧龙山继续做聘用工。虽说没考上大学，但他书读了很多，总想按自己的理想干一番事业。过去一直不能遂愿，现在终于看到了一线曙光。可万万没有想到，他会陷入这种情感的泥潭。

第42章 情妇逼宫

在市区一所高级公寓里，丁成奎赤身躺在黄梅萍那张巨大的双人床上，黄梅萍穿着锦缎睡衣，正在吧台调试红酒。黄梅萍这间公寓足有一百八十平方米，却只有两间房，一间书房，一间卧室。黄梅萍的屁股又圆又大，过去丁成奎就是被这个屁股所迷惑，那时它紧致光滑，弧线撩人，每次性事之前他都要捧着它亲上半天。如今，这个屁股在丁成奎眼里变得松松垮垮，不堪入目。

当年，他跟漂亮的马莉莉结婚，不久就当上了土地科的科长，真可谓官场情场两得意。随着两个孩子的出世，这种日子就觉得平淡了，特别是坐上了土管处处长这个位子的时候，在他周围求他办事的人就更多了。那一年，他受熟人之托，接收了一名家境贫寒的女子黄梅萍来单位做勤杂工。这女孩只有二十出头，长得柳眉杏眼，皮肤白皙，虽说都是美人，可跟马莉莉的风韵完全不同。马莉莉是大家闺秀式的，典雅高贵；黄梅萍是小家碧玉型的，美目顾盼含羞半露。她身材苗条，却有一个又圆又翘的屁股，蜂腰肥臀，一下子就抓住了他的心。熟人要他多关照一下这个女孩，他顺水推舟，把她关照到自己的办公室做内勤。这女孩虽说只有初中毕业，但很能干，聪明伶俐，不但把丁成奎安排的事情做得妥妥当当，还承担了一些秘书才干的工作。丁成奎越来越喜欢她，为了提高她的文化水平，特意让她脱产到大学学习了两年。

他们的感情是黄梅萍读大学那两年开始的，那时，他差不多每个星期都要去看她，不是带吃的就是买穿的，黄梅萍很受感动，也慢慢对他产生了依赖。拿到了大专文凭，回来后就直接当了丁成奎的秘书。两人在一起相处的时间长了，丁成奎才发现黄梅萍是个心机极重的女人。她从秘书做起，先是帮他处理份内的事，后来渐渐就开始管秘书以外的事情了，她靠着丁成奎这棵大树，从一个小秘书升为科长，从科长升为处长，以致很多人都知道，找丁副厅长办事，先要看黄处长的面子。

黄梅萍在三十岁那年跟一个普通干部结了婚，可婚后一年不到就离了。离了婚的黄梅萍死心塌地跟紧了丁成奎，而丁成奎却不想离婚，他觉得马莉莉还是他最合适的伴侣。马莉莉嫁给他后进了总工会的文艺部，指导一些单位的演出活动。她为人宽厚，性格也好，从不参与丁成奎的事情，外界对她的反映也不错，去年刚刚退休。而黄梅萍却不是这样，她越来越多地控制丁成奎的时间和空间。丁成奎这些年也一直在努力摆脱这种束缚，可她却借工作之便跟丁成奎形影不离。近半年来，这个女人对他步步紧逼，他现在已经没有退路了。

“老丁，你现在来得越来越少，是不是想回归家庭了？”黄梅萍将一杯红酒递给他。

“唉，年纪大了，力不从心，看来我满足不了你。”丁成奎故意捶捶腰背说。

“你装什么蒜，我又没有嫌弃你，你倒是说说什么时候跟我结婚。”黄梅萍说道。

丁成奎说：“我们不能这样，你还是找个模样好的年轻人成家吧。”

黄梅萍把杯放回桌上：“我明年就四十五了，你让我找谁成家，是社会上身无分文的白丁，还是公司里一穷二白的白领？政府机关里哪有跟我相当的单身男人，我的美好年华都给了你，你打算就这样把我抛弃吗?”

丁成奎忙说:“不是这意思,是觉得我年纪大了,要为孩子们着想。”黄梅萍杏眼一瞪:“那有为我着想吗,我从一个黄花闺女跟了你二十多年,你难道不要为我的下半辈子负责?”

“平时给了你那么多,我的事情你几乎操控了一大半,这还不叫对你负责?”丁成奎说道。

“看得出来,你是想跟我断绝关系。那不行,你必须在我四十五岁生日前解决你家里的事跟我结婚。现在我想要家庭,最佳的人选还是你丁成奎。如果结婚,可以共享我们经营的果实,你不想知道有多少吗?”

马莉莉走在回家的路上,她神情恍惚,往事一幕幕浮现在脑海里。回到家,看见丈夫的车已经停在院子里,她有点疑惑,平时丈夫不过九点以后不回家的,她也习惯了丈夫的这种作息规律,现在六点都不到。马莉莉觉得不管怎样,今天一定要向丈夫摊牌,她深吸一口气,走进了家门。

“老丁、老丁”马莉莉一边喊着一边找人,平时爱坐在客厅看报纸的丁成奎根本不见踪影。她推开了卧室的门,只见丁成奎呆坐在床边。

“老丁,你怎么啦?”本来已想好一堆说辞的马莉莉看到这种情况顿时慌乱起来,不知丁成奎情绪为什么这么低落。

丁成奎的压力主要来自两处,一是早上收到了上级要来查处违规用地的风声,更大的压力是来自他的女下属黄梅萍。昨天他们的幽会让他感到有一种巨大的恐惧。黄梅萍对他说:反正我无所谓,我的仕途已经到头了,现在向你最后通牒,要么跟我结婚,不行的话我就把事情公开。你不给我名分也可以,按能力,我哪点比你差,你应该辅佐我上位,跟你平起平坐,别人就不会说三道四了。”

原想享齐人之福,没想到却找了个武则天,丁成奎这时不由得深深后悔。他觉得黄梅萍就像一只在他庇护下逐渐养大的老虎，这只老虎随时都会将他撕碎，特别是黄梅萍跟他说出的那笔财富，可以让他立即跌入深渊，但他的苦恼根本没办法跟马莉莉说。

“唉——”丁成奎长叹一声：“这次麻烦了，估计我已经走到了头。”

“你说什么，是不是单位出了什么事?”马莉莉问道。

“今天上午厅长给我透了一点风，说中央监察部门准备抽查我们省违规用地的事，他点了五六块地，其中就有一块是我们住的小区，当时是每亩800万的地价，我帮忙操作了一下，两百万就给了发展商，现在一追起来就是几个亿的责任，我怎么担当得起?要不他们怎么会白送这套装修好的别墅。”丁成奎苦恼地说。

“又不只送一套，据我所知，在小区内，起码有十套是送的，像刘市长、秦常委、罗委员他们住的，不都是发展商送的吗。再说，卖地又不是你一个人做主，大家都有责任。”马莉莉说道。

“唉，说了你也不懂，这种事最后肯定要有一个人出来认这个数。厅长是空降下来的，他不了解情况不可能背这黑锅，知情的就是几个副职，而我又是这方面的主管，不找我找谁。至于刘市长、秦常委、罗委员他们一定早就想好后路了，不是说海归子女赚的就是海外亲戚借的，我们有什么，光这两个不成器的败家子已经很招人怀疑了，我这个位子哪里会有这么多钱?光倪锦添给的好处就不下八百万。现在最庆幸的就是你没有卷进来，子女不知情，这个家还有救。”丁成奎说。

“那你把钱放在哪里了，这么多钱，从没听你说过，虽说我在大家眼里是厅长夫人，但谁都知道我说话是算不了数的。我听人说你在单位跟一个叫黄梅萍的女人走得很近，难道他们说的都是真的?”马莉莉曾听过不少这类传闻，但因为心中有愧，她从没敢问过。

丁成奎低下了头，决定跟马莉莉坦白：“对不起，是真的，我跟她都是利益关系，是她让我在这条路上越滑越远，这个家以后就拜托你了。”丁成奎说完用手捂住脸。马莉莉的心沉了下去。她之所以跟丁成奎结婚，就是觉得男人不能长得太帅，太帅了容易变心，没想到丑男人也一样。丁成奎长得丑，黑、矮、胖，但对她一直不错，虽说每天下班时间晚，可从不在外头过夜，也没有带过任何女人回家，所以她一直以为外面是谣传，没想到还是真的。她想，既然丁成奎跟她坦白了这件事，她就干脆把肖珂的事跟他挑明，这样不但可以减少丁成奎的负罪感，压了自己三十年的包袱也可以放下了。

“老丁，我也有一件事对不起你，二十多年来一直没跟你说过。”马莉莉鼓起勇气说。

“什么事，说吧。”丁成奎估计她可能背着他收了贿赂。

“我在你之前曾跟人生过一个孩子。”马莉莉艰难地说。

“你——”丁成奎愤怒了：“你是要我死啊！”

第43章 秋山夕照

“紫云，小涛考完了，现在干什么，北大录取通知书什么时候到，我带你们去卧龙山的事你跟他说了没有?”黎明海又一次打电话过来问。

“明海，我今天才知道，小涛没报北大，而是报了中大。”紫云在电话里说。

“中大? 高出重点三十分为什么不上北大，他不是一直想上这间大学吗?”黎明海有些诧异。

“是他自己填写的志愿，收到的通知书是广州中山大学的。中大也是一所好学校，不过我看他报这所大学另有目的。”紫云说。

“你是说因为霜霜，他想去广州找霜霜?”黎明海惊讶不已。

“只是觉得有这个可能，我跟他说过霜霜去了广州不愿回来，他知道霜霜是他的妹妹，而且是负气出走的，可能想找到她，要她不要怪罪你和我。”紫云说。

黎明海突然很感动。他说：“孩子这么孝顺你这个母亲，我放心了。小涛上大学之前我想跟他好好相处一下，弥补一下十九年来的遗憾。”

“我先做做工作，试探一下吧，这两天到奶奶家去了，今天回来。”紫云说道。

“过些日子小涛就要开学了，现在是九月底，这个季节卧龙山的风景最美了，你们从来没见过。”黎明海说。

“这倒是个好主意，不影响你工作?”紫云问。

“这阵子清闲些，我请两天假，带你们到山里转转。”黎明海说。

“那好，我征求一下小涛的意见。”紫云说。

紫云下班，见小涛回来了，正在看书，她小心地对儿子说：“今天晚上，他，会上家里来。”

儿子看了她一眼，尽管母亲在这段时间多次跟他聊起黎明海，他也慢慢地理解了，但心里还是有些难以接受。小涛比同年龄的孩子要早熟些，尤其是这场大病让他对人的生死和情感世界要理解得更透彻。他没有任何表情地说：“早晚都会来的，来吧，不过，我可叫不出他爸爸。”

这次老韩车祸去世，韩家彻底震怒了，韩非同是独生子，他的父母都是年近八旬的老人，在知道事情的原委后，所受到的打击可想而知。特别是韩非同的母亲，她没想到疼爱了十九年的孙子竟然不是亲孙子，连儿子也不知道，最后儿子为了这个跟自己没一点血缘关系的人还送了命，不但是奇耻大辱还实在太冤。紫云上次去老韩家，前所未有地被韩母痛骂一顿，她要跟他们母子断绝一切关系。然而，两位孤寡老人没人照顾将来怎么过。见母亲被奶奶拒绝，小涛虽然觉得他现在的处境很尴尬，但他决定说服爷爷奶奶接受他们。这天，他带着他的大学录取通知书一个人来到爷爷奶奶家，一是向爷爷奶奶报喜，二是说服两位老人继续接纳他们母子。奶奶看见他这些举动心存感动但还是硬起心肠说：“你跟妈妈不用再来了，你不是我韩家的后代，我们没有关系。”小涛“扑通”一声跪在两位老人的面前，说道：“爷爷奶奶，难道你们真的不认我了吗，去年还为我操心操肺，现在就因为我跟你们没有血缘关系，这十九年的感情也就一笔勾销了吗？你们和爸爸养育了我，我就永远是你们的子孙，我要给你们养老，我永不改姓，永远都叫韩小涛。”小涛恳切的表白让两位老人泪雨倾盆，韩非同的父母扶起他，说道：“好孙子，什么都不用说了，是我们看不开啊，你把我们说明白了，一切都过去了，还和以前一样吧。”

这是黎明海第一次与儿子正面接触，他心里不免有些紧张，临出门前，他刻意梳洗了一番，穿得干干净净，拿上昨天到电子城买的一部手提电脑，坐着出租车来到紫云家里，开门的正好是小涛。

“小涛！”他亲切地叫了声。

“你好！”小涛将门打开，低着头给黎明海拿了双拖鞋。

“这是给你买的，喜欢吗？”黎明海将手提电脑递了过去。

“谢谢。”小涛迟疑了一下，还是接了，这让黎明海的心放下了大半。

其实，小涛自从知道了黎明海是他的亲生父亲后，除了感情上有些不太适应外，他对黎明海这个人是不反感的。首先是觉得他仪表不凡，看上去很正派，再一个是敢作敢为，跟他养父的善良不同，他有种霸气，听说也是一个万人大矿的矿长，这对于风华正茂有一番抱负的年轻人来说，黎明海这种气质更吸引他。但毕竟他们从来没有在一起生活过，也没有任何接触，所以双方还是有巨大的隔阂。

紫云从冰箱里拿出哈密瓜，切在一个大盘子里端上来，一家三口在一起，气氛非常融洽。黎明海看着小涛说：“你今年十九岁，算是成年人了，我想我们还是作为两个男人谈话好些，你考上大学，大家都非常高兴，过去我们不熟悉，希望我以后能够弥补你和你的母亲。”

小涛看了他一眼：“我一点都没有觉得少了什么，我爸爸对我完全尽了做父亲的责任和义务，你今后要跟妈妈结合我不会反对也能理解，不过有一点，”小涛顿了顿说：“你要跟我和妈妈一起，给我的爷爷奶奶养老送终。”

黎明海没想到他这么成熟孝顺，望着儿子那双纯净的眼睛，他对儿子保证："会的，我一定会。"

黎明海提议带紫云母子到卧龙山休闲一下，因黎明海多次跟紫云描绘卧龙山的景色，紫云母子欣然前往。

清晨，他们带上装备出发，黎明海驾车，紫云坐在副驾驶位，小涛在后座。汽车行进在弯曲的山路上，黎明海打开窗户，让和煦的阳光洒进车厢，近半年来，他的心情从未有过这般轻松。

这条路，黎明海走了无数次，但这是第一次留意看周围的景色，车上两个城里人不时发出一阵阵"太美了！"的惊呼。此时正值朗朗的秋天，满目金黄，山峦一座连着一座，有的瘦石嶙峋，有的郁郁葱葱，千姿百态，美不胜收。黎明海想起一句话：世界从不缺乏美，而是缺乏一双发现美的眼睛。过去走这段山路的时候总觉得枯燥乏味，就是因为从没认真地去审视它、欣赏它。

"明海，你们这里完全可以开发成旅游景点，我去过那么多名山大川，那里的风景也不过如此，而且到处都是人工雕琢的痕迹，哪有这么自然。"紫云说道。

"开发旅游区可不是件容易的事，要很多资金。"黎明海说。

"要什么资金，我看就是个交通问题，这条路肯定要修的，听说省常委会议都研究了好几次，近期就会开工。其余的项目招商就可以了。我倒是奇怪，这么多年，怎么没人看上你们这呢？"紫云长期在外事部门工作，接触国外的各种财团也多，耳濡目染，考虑问题和说出来的话很有前瞻性。

"这你就不知道了，就是因为我们的缘故，卧龙山矿属于军工企业，一直都是保密的，所以这个地方也是鲜为人知。"黎明海说。

"难怪，现在应该不是了吧，这几年我经常听到有关你们的报道，现在都要撤离了，还有什么密要保。"紫云问。

"这个地方真是让人纠结。过去大家巴不得逃之夭夭，可现在真要走，却很舍不得，包括我自己。我一直生活在童话般的景色里，怎么不知道呢。”黎明海说。

“主要是你只有工作，没有生活，你要带我们上哪儿?”紫云问。

“当然是看风景，今天我们专门到山里感受一下。让你们母子体验本地的风俗民情。”黎明海说。

鸣芬已经去世快半年了，开始那些日子，他为了走出丧妻之痛，将全副身心放在工作上，用不停的工作来麻痹神经，后来有了爱情的滋润，才从痛苦中走了出来。女儿霜霜还是不愿回来，不过自从他去了一趟广州后，跟女儿的关系倒是缓和多了，她偶尔还会打个电话来问候一下，这让他很有信心，他认为霜霜接受紫云母子只是时间问题。志凌有时会催他跟紫云把事情办了，这样在一起共同生活也方便一些。黎明海总是摇头道：“鸣芬走了才半年，先不考虑这件事，等霜霜回来再说。”

他们驾车来到一个几乎与世隔绝的村子，村头有一棵巨大的榕树。黎明海招呼紫云母子下车，他介绍道：“这个村叫尤家村，唐朝的时候就有了，那时很繁华。到了明代，朱元璋的后代要来建府，当时有两个地方争建府之地，一个是尤家村，还有一个是卧龙县所在地卧龙村。两个地方在各方面都不相上下，朝廷大臣就说：称土，看谁的土重，府城就建在哪里。不想这事走漏了风声，卧龙村在送来的土里掺了铁沙，结果可想而知，所以尤家村的人到现在都称县城的人为‘鬼子’。”

紫云母子哈哈大笑。紫云说：“看来作假风气自古有之，这样作假，尤家村的人确实很生气。”

“这里还是革命老区，第二次国内革命时期，红军在这反围剿活捉了国民党一个师长。”黎明海说。

“真想不到，闹革命到了这种地方。”紫云摇头道。

“这里人还有一个风俗，不吃牛肉。”黎明海脑海里不停地搜索着本地的风土人情。

“不吃牛肉，为什么?”紫云问。

“据说，这个村人的尤姓祖先原来姓龙，是朝廷的命官，因奸臣当道，他被人诬陷。为了逃避朝廷的追杀，他改尤姓来到这群山环抱的小村庄。一天，外村的一个屠夫赶着一头牛准备到集市杀了卖肉，走在小路上正好遇上尤家村的先人。这头牛见到这位陌生人，突然跪下了，眼泪大颗大颗地往下掉，尤家村的先人惊骇不已，问为什么。屠夫唉了一声说，看来这畜生真是有灵性呢，我准备把牠赶到集市上去宰，牠竟然也知道，现在跟你求救呢。尤家村的先人看着这头可怜的牛，想想自己的处境，不由得动了恻隐之心。他对屠夫说，看来这头牛跟我有缘，这样吧，你把牛卖给我。屠夫想，这头牛通人性，如果宰了恐怕冒犯天意，不如做个顺水人情算了。于是他一手收了钱，一手将牛绳递给了尤家村的先人。尤家村的先人就靠这头牛，每天开荒种地，生存了下来。有一次，他牵着牛上山打柴，山上突然冲出一只老虎，老虎几天没吃东西，见到人就扑了上来。眼见得这位尤家村的先人就要被老虎吃掉，这时候，这条忠心耿耿的老牛赶了上来，用坚硬的牛角将这只老虎挑到一边，双方搏斗起来，最后老虎死了，牛受了重伤，回家后没几天也死了。尤家村的先人很伤心，没有吃这头牛的肉，而是将牛隆重地安葬了，还立了一个牛碑。你们看前面有一块大石头，多像一头牛，据说就是尤家村的先人给这头牛做的碑。后来，尤家村人丁兴旺，尤跟牛读音差不多，他们为了纪念这头忠诚的老牛，立下了一个规矩，村里不准宰牛吃牛肉。这么多年，这个规矩就这么传下来了。”黎明海一口气讲完了古老的传说。

“这是我听到的人和动物之间最感人的故事。”紫云说道。

“当年航测飞机就是在这一带发现了矿脉，也是全矿最早开采的一口井，矿井的井口在山顶上，你们看，那条通往山顶的天梯还在。离这不远有一块大草坪，那是个简易的停机场，可以同时停好几架飞机，我的童年就是在这里度过的。我父亲那时是这个分矿的矿长，一干就是十二年。十年前这个分矿撤了，职工搬迁到矿总部，现在除了那条天梯和那块草坪，已经没有什么痕迹了。”

“天哪，真不知道你们是怎么过来的。”紫云看着这一片原始景象感慨道。

“你别以为，我的童年过得很快乐。现在这样宁静萧条，那个时候，山上机器轰鸣，山下麦浪滚滚，矿山的子弟和农村的孩子在山头田间嬉戏。我领着一批矿子弟整天跟村里的孩子玩游戏，打野仗，玩得不知道回家。”黎明海充满回忆道。

第44章 陈年旧事

他们来到了一户农房，这是当地典型的农家宅院，青瓦白墙，院子的外面搭了个凉棚。“我们过去看看。”黎明海说道。凉棚下面，一个胖胖的老太太正在剥板栗，黎明海仔细地看了看她，不由得惊喜地叫道：“彭婶，还认得我吗？”

“你是谁啊？”老太太抬起头望着他。

“我是黎胡子家的明崽啊。”黎明海说。

“哎哟，原来是你这个捣蛋鬼，现在这么大了，哎呀，老婆孩子都有了。”彭婶惊喜地说。

黎明海笑着说：“我小时候吃了你家不少地瓜呢。”

彭婶撇嘴说：“是吃了不少，但偷吃的更多，有一年，我刚种下去的花生，我前脚种，你后脚就把花生仁扒出来吃了，是不是？”

“是是。”黎明海有些尴尬。旁边听的紫云母子却捂着嘴吃吃地笑。

彭婶看到小涛：“这是你儿子吧，当年你爸爸可调皮了，是这里的孩子王。哎，那个叫鸣芬丫头怎么样啦？还有个叫志凌的，西米家现在在哪里？”

黎明海把这几个人的情况一一告诉了彭婶，说道鸣芬的时候，黎明海心情一阵沉重，好心情突然消失得无影无踪。他这些日子就是这样，凡是涉及到跟鸣芬有关的人和事都会波及到他的心情。

“哎，可惜了，她是个又乖又能干的女孩子。”彭婶感叹道。

“彭婶忙吧，我们走了。”黎明海说道。

“别走，今天六斤会回来，一起吃饭。”彭婶热情相邀。

“六斤，现在的镇委书记?”黎明海问。

“是啊，小时候你们整天一块玩的，也老打架。”彭婶说道。

彭婶的话让黎明海想起了疯野的童年。那时，他带领着矿子弟跟六斤带着的农村孩子打仗，六斤地形熟，很顽强。他们有战术，出手快，双方经常打得难解难分，不过打完了又在一起玩。

其实彭六斤也算是矿子弟。当年，卧龙山矿在农村招工，彭六斤的父亲也被招到矿山当了一名矿工。可是，他当上矿工刚满一个月，就在一次意外中丧身。据说那天他替人当班，下井的时候，因为犯困，靠在升降罐笼的门边打瞌睡。谁也没想到，升降罐笼的门没拴好，半途中，门被挤开了，六斤的父亲从距离地底一百多米高的罐笼掉了下去。当时六斤还没有出世，怀胎十月的彭婶拖着笨重的身子哭得地动山摇，当晚就破了羊水，六斤就这样来到了人世。

因为是遗腹子，彭婶对六斤特别疼爱，刚死了丈夫，没心情给儿子取名，出生时的体重就成了儿子名字。六斤吃奶吃到八九岁，黎明海他们经常看到刚刚还玩得起劲六斤像是想起了什么，一溜烟跑去找母亲。彭婶正在塘边洗东西，六斤跑上去不由分说，掀开她的前襟，不顾众人的嘲笑，捧着奶子就吸起来。后来大家都习以为常，只要不见了六斤，大家就会说他又去喝奶了。彭婶是个能干的女人，年轻时可以挑两百斤的谷子，身体健硕，干起活来两只大奶不停地上下晃动着。六斤的父亲死后，矿上看在他家子女多的情况下，给了高于一般工人的抚恤金，彭婶也一直领着矿里给她的生活费。但六斤并不领情，他觉得父亲死得冤枉，是替人代班死了，凭什么让他父亲去代班，还不是他们家是农民好欺负。再说六斤是本地人，一直没得到矿里孩子的认可，所以他以农村人自居，经常跟黎明海带的矿子弟打得死去活来。那次聚会，黎明海听方志浚说六斤现在架子很大，除了上头来的领导，根本不理别人，不由得有些忌讳，怕突然见到六斤，两个人不知该说什么。还有一个原因是他带着紫云母子，问起来会很尴尬。

“下次吧，我们还要到周边走走，代问六斤好。”黎明海说着离开了彭婶。

“小伙子，看到那条天梯了吗，那有三百个阶梯，我小时候数过，让妈妈在这里等，我们爬那条天梯，怎么样?”黎明海指着对面对小涛说。去年那次车祸，黎明海虽然身负重伤，九死一生，但他的身体素质一直很好，又爱运动，所以出院后身体很快得到复原，除了阴雨天稍稍有些不适外，其他时候仍是精力充沛。

对面的一座山上，只见天梯几乎是呈九十度地竖着。

“你能上我就能上!”小涛不甘示弱。

“小涛就别上了。”紫云有些担心。

“我可以的。”小涛坚持。

“没关系，有我呢。来，开始吧。”黎明海说道。

紫云手遮太阳往对面看，只见小涛在上，黎明海在下，父子俩扶着简陋的护栏奋力往上攀登。

小涛没生病前也喜欢运动，他擅长的是球类，乒乓球也打得很好，这种类似攀岩的爬梯还是第一次。刚登上五十来个台阶，他的两腿就开始发软，攀登的速度明显放慢。“慢慢来，先把呼吸放平稳。”黎明海托着他的背说道。爬上一半，小涛浑身上下都被汗水湿透了。自生病后，大运动量减少，体力差了。他的腿在瑟瑟发抖，扭头看到黎明海步履稳健紧跟在身后，他的情绪瞬间稳定下来，深吸一口气继续往上登。快到山顶了，感觉离天更近了，他不经意间朝下望了望，不由得心惊肉跳，下面是几乎看不到底的深渊。突然，他脚下一打颤，鞋底一滑，人便往后仰倒，他大惊失色，脱口而出："爸爸，爸！"好在黎明海眼疾手快，从后面一把将他托住。

这是小涛第一次称呼黎明海爸爸，黎明海顿时感到有一股暖流涌遍全身，他扶住小涛的肩鼓励道："好孩子，不用怕，一步一步往上走，不要朝下看。"黎明海托着小涛终于登上了山顶。

在山上，小涛脱下白色的衬衣，不停地朝山下挥舞，紫云见了，也高兴地摘下太阳帽呼应。黎明海带着小涛在井口介绍采矿流程，看完了，小涛说："没想到采矿程序这么复杂，我报的正好是机械专业，将来我一定要发明最先进的开采机械。"

"那就等着你的发明吧，我们该回去了。"黎明海说。父子俩又从天梯返回，刚下最后一个台阶，身后传来了一声呵斥。"喂，谁让你们乱爬的，想死啊！"远处有一群人，其中领头的黑胖子一边大声喝道，一边迈着八字步急速走来。

黎明海定睛一看，觉得这胖子有点面熟，特别是鼻梁上有块疤。他想起刚才彭婶说六斤要回来，没错，这人肯定就是彭六斤。这块疤还是当年黎明海给他留下的纪念。他们两方在打仗中互扔石块，不料黎明海扔出的一块石头打中了他，顷刻满脸鲜血。彭婶闻讯而来，脸也不给他擦，拉着儿子就去找黎友山。彭婶的吵架可以上升到艺术，十里八乡没一个能吵得赢她，她一发挥起来，连唱带跳，连哭带笑，连吼带骂一样不少，她的词每一句还能押韵，一边骂一边拍巴掌，两个巴掌拍得鲜红。黎友山没办法，只好当着她的面，狠刮了儿子一巴掌，把黎明海的鼻血都打了出来，这下他们母子才悻悻而去。这事过后，黎友山还特别关照他们家，把她的大女儿招进矿里当临时工。

黎明海望着他，说道："我认识你，你是彭六斤。"

彭六斤当时就愣了，因为大了他嫌这个名字不好听，已经改成了彭万里，六斤只有村里人才知道。

"你是谁?"彭六斤问道。

“你想想。”黎明海笑道。

“你是黎明海。”彭六斤终于想起来了，他热情地跟黎明海握手。

“听说你现在很翘，一般人都不见。”黎明海说道。翘是本地话，指人傲慢的意思，黎明海在这里长大，对本地人也自然而然用本地方言。

“也不是啦，我当了镇委书记后，天天有人找，都是托我办事的，烦那。矿里的人呢，更是让人头疼，不是这个特惠没有了就是那个要求办不到，反而跟我们提诸多条件，我索性不见。不过，我还是欣赏你的，你又不来找我。”彭六斤说道。

黎明海听了，心想果然架子不小。他说：“这样就不对了，你也算是个矿子弟吧，老娘还拿着矿里的俸禄呢。”

“那也叫俸禄，我老爸还搭上一条命呢，难道不可以？我算什么矿子弟，你们谁把我当子弟？”彭六斤不以为然。他拍拍黎明海的肩：“不过有总比没有好，凭良心说，你们还是讲义气的，只是条件不允许。”

“你知道就好。”黎明海道。

“你今天怎么跑这里来了，听说你在当矿长，我也一直没去拜访你，主要是你们搬迁总部这么久了，我们差不多有十多年没见面吧，今天好好叙叙旧，等会再介绍几个领导给你认识。”彭六斤说道。

“不用，单位还有事，要回去了。”黎明海说。

“不行，今天非得跟我喝这顿酒。”彭六斤拽住了黎明海，他看了一眼紫云母子，说：“你拖家带口的，不就是想休闲一下么，还没有给我介绍呢。”彭六斤说道。

黎明海只好硬着头皮介绍：“苏紫云，在市外事办工作，儿子小涛，今年刚考上大学，上学前想到这里看看。”

“你儿子长得真不错，早该来看看了。”彭六斤说完又将脸转向小涛：“你爸爸在这里生活了十二年，我们小时候是一起玩的哥们，你要常来看看。”

“今天你陪哪位领导？”黎明海连忙问。

“省旅游局的袁局长，你们不是退出了吗，现在我们要收复失地。袁局长和省城的大集团公司来这考察，准备将这一带规划成旅游区，这已经是第三次来了。”彭六斤得意地说。

果然有人走这一步棋，真是旁观者清，当局者迷。黎明海想起紫云在车上说的话，心里涌起无限的惋惜。

黎明海在那群人里突然看到一个熟悉的面孔，那不是肖珂吗，怎么会在这？

肖珂也看到了黎明海，走过来跟黎明海打招呼。

黎明海关切地问：“你现在什么地方做事？”

肖珂说：“红光集团，给倪总当助理。”

“噢”，黎明海非常后悔。他知道肖珂是个得力的干将，待业青年里面不乏人才，可惜没有早些了解他，否则会想办法把他留住的。

“开发旅游区这个建议是你提出的？”黎明海问。

“是的，倪总已经来这看过了，他要我全力跟进这个项目。我在这里生活了快三十年，非常喜欢这个地方，这也是我不愿离开卧龙山的根本原因。我不是没想过让矿里做这件事，但矿里的底子太差，能生存就不错了。再说我只是一个老待，人微言轻，谁会听我的呢？可倪总有这个实力，他可以动用一切资源把这里打造成全省最好的旅游区，也可以实现我多年来的夙愿。”肖珂说。

黎明海听了这番话没有作声，只是满怀歉意地在肖珂肩上拍了几下，然后婉拒了彭六斤的再三挽留，带着紫云母子离开了。

第45章 功勋陨落

离开村子，黎明海准备去招待所，一个在马路上慢慢行走的老者吸引了他的视线。他觉得这个背影很熟悉，他按了按喇叭，但老者好像没听到，继续在马路当中走着。黎明海把车开到了老者的前面，发现果然是他和方志凌的师傅龚凡。

“龚师傅!”他连忙下车叫道。

老者扭过脸看了看眼前的三个人，好像一个都不认识。

“师傅，你不认得我啦，我是明海啊。”黎明海拉着他的手说。

“啊啊”，老者仍旧是一双迷茫的眼睛，还未说话，一串长长的口水掉了下来。

“这是老年痴呆症。”紫云小声对黎明海说道。

黎明海的心沉了下去。去年，方志凌就跟他说师傅得了老年痴呆，他跟方志凌还去他家看过，那时他还能招呼他们，没想到一年不到，师傅的病情发展得这么快，连他都不认得了。

龚凡是卧龙山矿资格最老的高级工程师，是最早一批的留苏人员，他跟原国家领导人同过窗，是个经验十分丰富的采矿专家。一口井打多深，放多少炮，往哪个方向掘进，他说了算。矿脉的走向，矿藏量多少，他一眼就能判断，人们称他是“井下之王”。龚凡常常跟黎明海说起当年留学苏联的事。1951 年，龚凡才是个二十出头的热血青年，聪颖好学的他刚从大学毕业就报名参军，要求到抗美援朝的前线。本来他的申请已被批准，临时却被更高一级的领导截了回来。龚凡找领导问缘故，这位领导说："我们国家如今缺的不是军人，而是人才，现在有更重要的任务，你必须给我完成。"结果，他和几百名留学生一起，坐了几天几夜的火车来到了苏联。龚凡学的是地质专业，去的时候一句俄文都不会，一切从头学起。每当说起这些，龚凡都很自豪。黎明海跟方志淩在井下作业多年，跟龚凡学了不少东西。严谨的工作态度和高度的责任心就是龚凡深深植入他们血液里的理念。龚凡还救过黎明海和方志淩的命，有一次，黎明海和方志淩一起到井下三百米深处一条新采的矿带察看地质结构，他们在下面走了三里路才到工作面，气刚喘匀，抬头一看，只见掌子面上的炸药孔里已经埋了雷管炸药，引爆的电线都牵好了。这一恐怖的景象让他们魂飞魄散，因为爆破人员只要摁动起爆器，他俩恐怕连渣都找不着了。"快跑！"两人异口同声大喊一声，撒腿就往回跑，狂奔中，只听得龚凡那熟悉的声音在呼唤："明海——，志淩——！"原来龚凡在井下巡视时，看到几名爆破工已架设完爆破电线，正准备启动爆破器，于是习惯性地询问是否对现场进行了警戒，当听到模棱两可的答复后，他立即清点井下人数，发现他的两名爱徒正在井下的爆破点处巡查，他当即对着两名爆破工破口大骂："你们是猪脑子呀，爆破前必须做清场和警戒，有技术人员下井检查掌子面呢，一旦按下去，你，你你承担得了后果吗，唵！"好在被龚凡及时制止，要不然两人就一命归西了。每每说起这件事，他们至今还会背脊上冒冷汗。

龚凡除了工作不关心任何事，又因常年在井下，接触异性范围很窄，一直到四十岁才跟本地一位村姑结婚，生了两个儿子。两个孩子都不怎么会读书，一个初中毕业，一个智力还有点问题没有读书。可惜一个国内一流的地质精英，两个孩子就这样荒废了。为了照顾老专家，矿里特招了他的大儿子到后勤做水电工，小儿子成了待业青年，有时做点临工。龚凡退休后没有地方去，跟妻儿一直呆在卧龙山。

黎明海把龚凡扶上车，送他回到家。龚凡的家还是老砖瓦房，他的老伴正在家做饭。老伴也有六十多岁，还是一副乡下人的打扮。黎明海将龚凡送到他老伴面前说：“龚师傅现在脑子不好，必须每天有人看着他才行。”他老伴说：“矿长啊，他一个大活人怎么看得住，老大前年结婚跟媳妇搬出去住，老二能管好自己就不错了。我现在一把岁数，也有病，怎么能时时刻刻照顾他？”

黎明海听了无言以对，紫云说：“像这样的情况只有进养老院，否则解决不了问题。”黎明海说：“是啊，他是我父亲一辈的人，这辈人全凭一种信念，满脑子都是国家使命唯独没有自己，国家应该把他们管起来。”

半天没说话的小涛说：“真的，我非常敬佩你们，像龚大爷这种人十分伟大，做这样的人代价太高了，一般的人很难做到。老爸你也很棒，有责任心，有担当，也有点亏。我们这辈人比较自私，只为自己的价值观活着。”

“如果你们能活出各自的精彩，也不枉来世上走一回，孩子。”黎明海望着小涛说。

第46章 绿色家宴

旅游考察小组来到康平桥，袁局长拍着桥的栏杆说："这座桥真不错，绝对是风景区的一个亮点，我几乎走遍了全国的古桥，比它大、比它长、历史更久远的比比皆是，但论制造工艺，还是康平桥最具特色。你看这桥虽然小，但全部是麻石砌成，形式优美，结构坚固，石与石之间丝丝入扣，桥拱之间的石面上还有浮雕，真是巧夺天工。"

"桥是康熙年间建的，你们看，桥墩这有一块石碑，碑上刻了一段碑文，说的是当年有个清官，因洪涝灾害，百姓流离失所，他等不及朝廷下诏，下令开仓赈粮，接济百姓。结果被小人告到朝廷，诬陷他贪污，皇帝听信谗言免了他的官职，让他回乡做了一介布衣。但他宠辱不惊，专心种地，为杜绝水患，方便乡里，他出资带领乡亲修建了这座桥，取名康平桥，安康太平之意。后来诬陷他的小人因别的案子事发，把这件事抖落了出来，皇帝才知道冤枉了他，于是让他官复原职，这座桥就是对这位清官最好的纪念。"彭六斤说道。

"太好了，这是文物啊，要保护好，千万不要破坏了。这座桥可跟南边的红豆杉林，北边的樟木林连成一条景观带。你们这自然风景优美，人文景观也相当不错。"袁局长心情大悦。

中午，旅游考察小组来到了彭六斤的家里，还没进门，老远就闻到了一阵焖板栗的香味。

“嗯，好香啊，今天中午可以大吃三碗。”袁局长高兴地说。

“是啊，走了这么远的路，胃口肯定好，所以特别请局长来尝尝我们的农家菜，我让老娘烧了她的拿手菜——板栗焖鸡。”彭六斤说。

“好好，就是要这样，这比到宾馆吃饭强多了，你看这环境，这食物，全都是绿色环保，游客最喜欢。”袁局长对大家说。听的人个个点头称是。

彭六斤要的就是这个效果，为了招待好考察团他可是煞费苦心。县城有两家星级宾馆，他思来想去还是把用餐地点安排在自己家里，这样做，一来可体现主人的热情，在感情上拉近跟客人的距离。二是让来宾尝尝农家菜，看看周边环境，坚定在这里开发旅游的信心。

彭六斤家是当地典型的农家小院，前面有一个水泥坪，可以晒晒粮食和山货，进了门，有一个天井，天井不但通风，每间屋子也变得亮堂。后院还有个池塘，池塘边种满了各类的花草，吃饭的地方就安排在正对天井的厅堂，他们一进来，就看到八仙桌上已经摆满了酒菜。彭六斤说：“这桌菜，大家绝对可以放心，猪是自己喂的，鱼是塘里捞的，菜是自己种的，鸡是自己养的，蛋是自己下的。”最后一句话引来了一阵大笑。

听到声音，彭婶从厨房走出来，六斤把母亲介绍给客人。

袁局长说：“大娘，让你辛苦了，做了这么多的好菜。”彭婶说：“不辛苦，这么多贵客，平时请还请不到呢。我今天特意让女儿和孙女过来帮忙，她们一大早就来了，看看乡下人烧的菜合不合城里人的口味。”

“现在城里人到处找你们这些农家菜吃呢。”大家乐呵呵地说。

“你是彭大妈，还认得我吗?”肖珂突然走上前去，拉着彭婶的手问。

彭婶仔细打量着肖珂，想了半天，还是想不起来，她摇了摇头。

“我是小珂，小时候你带过我。”肖珂摇着她的手说。

“真的，你是小珂，那个小讨债鬼?”彭婶惊喜万分。“小讨债鬼，这么多年不见，长得又高又大，像个男人了，怎么不来看大妈啊?”

肖珂今天陪省市旅游行业协会考察团来到村子里，觉得这个地方似曾相识，到了镇委书记家的时候，儿时的记忆就更清晰了，没错，这里就是他生活了六年的地方。当年的彭大妈虽然对他不是很好，但还是把他当自家人看的，因此每当受到委屈的时候，脑海里浮现的都是彭大妈这张脸。长大后曾想去找她，但想起她跟父亲最后一次那剑拔弩张的场面，不由得打消了这个念头。今天又看到了这张脸，岁月虽在上面留下了一道道的沟壑，可能是日子过得顺心了，让她变得慈祥起来。

“小时候对你不好，那时家里实在太穷，真的对不起。不会恨我吧?”彭婶问。

“不会”肖珂摇摇头。

“你那爸爸太不像话。他现在怎么样了?”彭婶说道。

“我也不知道他怎么样，跟他没联系，以后我会常来看你的。”肖珂说。

“六斤，你也没认出小珂来?”彭婶问。

“那怎么认得出，那时他才五六岁，完全变了样。”六斤说。

“你别说六斤哥，我也没认出他，况且他那时候已经二十多岁了。瘦得像根柴火，变化太大，又改了名。”肖珂说。

“原来你就是小珂，自己人，一切都好办了。以后有什么事找我就行，开发卧龙旅游你可得给我上心啊。”彭六斤满心欢喜。

“刚才我还看到了黎胡子家的明崽，带着老婆孩子来这里玩，他那个儿子长得可真好，老婆也标致，你们没看到吗?”彭婶问。

“看到了，别明崽明崽的，人家现在是矿长了。”六斤说。

“跟他爹一样有出息，人也不错。我留他吃饭，他怎么都不肯，说有事，急急忙忙走了。”彭婶说。

“来，上桌，边说边聊。”六斤把客人请上桌。一个客人说：“请你母亲和姐姐一起来吃吧，她们忙了一上午。”

彭婶说：“不用，我们女人习惯了在灶台边上吃饭。”袁局长说：“这样吧，你家三个厨师总要有一个上桌吧，否则我们实在过意不去。”

彭婶说：“那就让萌萌上吧。”

六斤恍然大悟，萌萌在大学学的也是旅游专业，正好可以交流一下。他大叫：“萌萌，快来。”

彭婶走到厨房：“萌萌，叔叔叫你呢，你跟他们一起吃。”

农家深宅小院，郁郁葱葱，一个红衣女子端着竹编的小托盘，里面是刚做好的甜点，袅袅婷婷地走过来。这一情景实在是太美了，把在座的全都看呆了，当场就有人拿出相机拍照。

萌萌把甜点放到了桌上，正想离开，彭婶一把将她拉住：“去，坐到叔叔旁边。”彭婶将萌萌推到了肖珂的身边坐下。“小珂，你在的时候萌萌刚出生，按说你们还见过呢。萌萌，叫叔叔啊。”彭婶说。

萌萌被稀里糊涂地按在肖珂身边，听彭婶要她叫叔叔，于是叫了一声：“叔叔好！”当她抬眼跟肖珂一对视，猛然发觉肖珂跟她差不多年纪，顿时双颊绯红。望着这张姣好的面容，灵动的双眸，肖珂的心好像不知被什么碰撞了一下，脸霎时也红了。

第47章 捅破了那层窗户纸

倪锦添请廖丙章吃饭："这些天丁副厅长不知怎么回事，打电话给他，不接，说上他家坐一下，他说人不舒服要休息。你知道怎么回事吗？"

廖丙章听了心里有数，说："不清楚，你不是给他女儿介绍对象了吗，现在怎么样了？"

"我还没问，这些日子肖珂去了卧龙山，说是要在那里陪同拍片，省旅游局的袁局长也要带人去考察，我要他在那里接待。"倪锦添说。

"你呀，这回是马屁拍到马腿上了。"廖丙章说。

"这话怎么说？"倪锦添着急地问。

"还不是你给他女儿做媒的事。"廖丙章说道。

"做媒是成人之美，有错吗，即使他不愿意也没关系，干嘛要怪到我这媒人的头上。"倪锦添不满地说。

"有一个天大的秘密你不知道。"廖丙章说。

"什么秘密？"倪锦添问。

廖丙章眨了眨眼，说道："我还是告诉你吧，肖珂其实是老丁老婆跟过去对象的孩子，老丁一点不知道，这回你干了件好事，把这层窗户纸捅破了。"

"私生子啊，我操！看来这些公务员一个个男盗女娼，动不动就出私生子。别看老丁模样敦厚，一副道貌岸然的样子，他跟单位姓黄的女人那事，谁不知道，我就不说了。老子土匪出身，这方面倒没落下什么闲话。”倪锦添鄙夷地说道。他虽然也有一段荒唐岁月，欢场上一掷千金，他可以为看上的女人买一幢别墅，但他严守留情不留种的原则，只要女人有套牢他想法，他会果断出手，一切用钱搞定，所以没有欠下什么风流债。

“那肖珂清不清楚这件事？”倪锦添问。

“马莉莉在你公司有没有碰见过肖珂？”廖丙章反问。

“见过一次，我说呢，肖珂见到马莉莉当时脸色就变了，没等我说完就走了，然后打电话给我说要回卧龙山拍片，原来他是想逃避。”倪锦添回忆道。

“情况就是这样，我们不要再出声了。哎，这些天电视里怎么没见到余副省长？”廖丙章忙岔开话题问道。

“上个月他老爹在乡下去世，正丁忧呢，我送了八万元白礼。老余算低调的，我跟他亲戚一场，他才告诉了我。我女儿女婿回来只待了一个星期又走了。”倪锦添说。

“人走如灯灭。当年余副省长的老父亲是省金融界的一名领导，退休后隐居乡下，尽管儿子做了副省长，可他一直在农村自食其力。”廖丙章说道。

“我还以为他老子就是一个乡下农民，女儿结婚的时候见过他，八十多岁了，穿件老头衫，完全是个地道农民的样子。”倪锦添不相信。

“这就叫真人不露相。”廖丙章笑道。

“他是真人，我这恶人怎么办，丁副厅长家的老底被翻了出来，肯定不再买我账，那块地不就歇菜了？最近他跟我疏远了很多，几次约他都说没空。”倪锦添想到这有些气恼，他失望地说。

“你看这样行不行，我们这个产业有倾斜政策，给你找个合作伙伴怎么样？”廖丙章说。

“这样行吗，你说说看，弄成了少不了你的好处。”倪锦添饶有兴致。

“是这样的，我们在基层有很多企业都开始往城里迁，最近西北有一家也想往这边搬迁，同样是缺乏资金，不如你跟他们联合一下，由他们申请用地，你们出资金，怎么样？”廖丙章说。

倪锦添不觉暗暗叫苦，他现在缺的就是资金。

红光集团股东和集团高管人员正在召开紧急会议。倪锦添声音低沉地说道：“各位股东、同仁，今年的报表大家都看到了，形势很严峻。过去我们一直是靠项目圈地，靠地圈钱，大家也得到了不少收益。可现在这种局面已不复存在，海外投资全军覆没，国内业务步履艰难，连效益最好的红光机械厂也面临搬迁的境地。这个厂我们接手后，效益蒸蒸日上，可还不到两年，那些技术工人要求跟留守职工一起到省城安置，集体写了辞职书。没有了人，厂子还有个鸟用。产业溃败造成融资困难，前一阵市里几个老板跑路，银行扣了集团下属担保公司的保证金，造成了集团资金链断裂。”倪锦添的一席话说得大家垂头丧气，纷纷交头接耳。

倪锦添停顿了一下，接着说：“今天开会是让大家了解现状，集思广益，这里有一个方案，看它能不能让集团走出困境。”听到这里，大家不约而同地将目光投向了倪锦添。

倪锦添说了下去：“这个方案就是将卧龙山打造成世界知名的旅游胜地。”

听到这里，与会者面面相觑，他们几乎没听过这样的一个地方，而且一开口就是世界知名，这也太异想天开了。

一位股东说：“倪总，你把情况给大家说说清楚，这样很玄乎哎。”

“这就给大家介绍，肖助理，你来吧。”倪锦添招呼肖珂。

肖珂打开会议室的投放仪，开始播放卧龙山的风光片，这是他带人在卧龙山录制了将近一个月才完成的。大家被卧龙山的美景震撼了，那里的景色竟然美得是那样摄人心魄，片子播放完了，竟然没有一个人吱声。

“怎么样啊？”倪锦添问。

“太美了，过去怎么不知道？”有人问。

倪锦添清了清嗓子，说道：“卧龙山方圆百里，有数十里的红豆杉林，香樟林，十几个大瀑布，二十几个水泊，完全是原始风貌自然景观。山清水秀，风景如画，美不胜收，可以说，很多旅游胜地和名山古迹都比不上它，这是一个很好的旅游资源啊。为什么它一直不为人们所知呢，原来是因为这里有个军工企业，一直处于保密状态。现在国家有政策，这样的企业必须有选择地下马迁出，职工由山区迁往都市。这块资源现在完全开放了，我的计划是，在那里搞三个大项目：一是开发旅游区，把那些自然景观全部整合起来，建成景观带。二是搞房地产，那里有大片山坡地，建别墅错落有致，加上湖光山色，可以说是天上人间。我们专门建高档次的别墅，针对百分之二的富人。三是建疗养院，现在国内的老龄化进程在加快，建疗养院、敬老院是社会趋势，也是为我们今后步入老年寻找安居点。利用这个项目的公益性，可以争取到政府、银行方面的大力支持。有这几张王牌打出去，就不愁翻不了身。”倪锦添说话很有艺术，先抑后扬，使刚才还是一张张的愁眉苦脸现在立即就喜上眉梢。说完后，他又添了一句：“安全问题大家放心，那里的空气和水质都送到有关部门检验过了，完全合格。”

“这可是个千载难逢的好机会，能想出这个主意来真绝。”一位股东开心地说。

“这都是肖珂助理提出来的，他在那里出生长大，对卧龙山的情况了如指掌。”倪锦添不失时机推出了肖珂，大家都报以钦佩的目光。

“方向没问题，关键是实操性如何？”又有人提出。

“可以告诉大家，余副省长分管旅游，前几天，他已委派省旅游局局长带着全省旅游协会的一班人去实地考察过，反响非常好，已初步将这一带列入旅游景点规划区，现在很多商家听到这个消息都想分一杯羹。目前最大的问题就是去卧龙山的路况比较差，不过这不用担心，省交通厅早就将这条路的修筑列入了议事日程，下月就开工，我们可以坐享其成。至于资金问题，已跟一家跨国银行的粟总裁做了沟通，他说如果项目通过了论证，贷款没问题，他们有大量的储备金，只要有好项目，资金立刻到位。赚钱的事，谁不想做。”倪锦添打消了大家的疑虑。

第48章 利益的博弈

转眼又到了新一年的春天，安置区的二十栋住房全部封顶了，在分房的问题上，黎明海遇上了一件棘手的事情。原因就出在机械厂那部分工人身上。原来，机械厂转制，整个企业和员工都转给了倪锦添的红光集团，按理说员工的养老保险就该由红光集团负责。可是，当机械厂的工人们听说卧龙山矿都要搬到省城安置时，于是联合起来找到矿里，要求跟安置区走。倪锦添让职工买断工龄退休，每人只给两万。而安置房每户必须要交四万块钱，很多在卧龙山干了一辈子的老工人拿不出这笔钱，纷纷来找矿领导。黎明海也犯了难，不管吧，他实在不忍心，管吧，又拿不出这个财力。首期安置房主要是解决早期来矿的那批老职工的安居问题，而目前最困难的也是这批人。他摸了下底，全矿的职工有一半拿不出四万元存款，而那批老职工则是百分之九十拿不出，有些人还靠借债度日，每个职工就算补助两万元，上千人就是两千多万。

他跟方志淩商量怎么办。志淩说："找西米粥，他那里大把钱，就看找什么理由拿了。"

两人来到西米粥宽敞明亮的办公室，西米粥一见他们，立即扔了笔站了起来，高兴地问："今天什么风把你们刮来了？"

"没事哪敢打扰你西米总裁呀？"黎明海一边打量着办公室的陈设，一边摇着头说："真是没法比，我们往你这儿一站，就像两个乞丐。”西米粥的办公室在省城最中心地带，一面弧状的玻璃幕墙将整个城市的风景尽收眼底。房间分了几个区域，办公间有一张巨大的班台，后面是一排顶天立地的书柜；接待区域是一圈奶白色的真皮沙发和茶几；休息区则有超大的席梦思床和豪华的卫浴间。

黎明海不说话，也不坐，把西米粥办公室的每一个区域都参观了一遍，然后才坐到沙发上。他笑着望着西米粥，迟迟不开口。西米粥望望方志凌，他也没有出声。

“你们来我这到底想要干什么？”西米粥疑惑地问。

“找你还能要什么，要钱呗。能不能给点贷款？”方志凌说道。

“多少？”

“两千万。”

“用在什么方面？”

“帮老职工买房。”

刚才还是热情洋溢的西米粥听了这话，脸顿时阴了下来，连水也不倒了，他坐回自己的座位上，问：“退休工人拿什么还，我了解过了，你那的工人一个月连一千块钱的退休金都没有，靠他们每个月一百两百地还吗？”

“近几个月我们多次到珠三角、长三角招商，有些项目已经上马了，估计很快能见到效益。像瓷板厂下个月就能出成品，已经联系了北京的奥运村，他们答应见了产品再谈。”黎明海给自己打气。

“上了马就一定能有效益？现在竞争这么激烈，想进奥运村，不知有多少人在打奥运村的主意。就算我愿意借给你，你有抵押吗？没有抵押任何一间银行都不会贷款，银行不是慈善机构。”西米粥说。

“西米，麻烦你再帮我们一次。”黎明海近乎乞求。

“之前你们贷的四千万也不是白给的，给了你们五年的时间偿还，现在又借，究竟什么时候能还得清呢？”西米粥张开两手。

黎明海跟方志凌碰了一鼻子灰，但又很不甘心。黎明海说：

“西米，我跟你讲一个故事吧，让你知道我们的老工人是怎样的一种生存状态。”

西米粥一摆手：“我不想听故事，你别跟我讲。”

黎明海脸上挂不住了，没想到西米粥这么不给面子，看他这副资本家的嘴脸，他干脆把心一横，骂道：“如果有抵押我还用找你，看到这些为国防事业奉献了毕生的人结局这样，谁不感到心酸，国家今天如此强大，他们功不可没。工人们在矿里干了四十多年，连套安置房都买不起，作为矿长情何以堪，你看得下去吗，还口口声声那里养育了你！”

方志淩拉了一下他：“别上火，好好说嘛。”他把手一甩：“说得再好，他也不会给你一分钱，走吧，我们不求他。”

黎明海和方志淩走出了投资公司的大门，“气死我了，找个地方喝酒去。”黎明海说。

他俩喝酒喝到一半，黎明海的手机响了，他看了一眼：“西米粥来的，看他说什么？”

西米粥在电话里问：“你们在卧龙山还有其他产业吗？”

“有个三百亩的苗圃场，目前没有任何收益，还要搭上十几个工人的人工。”黎明海说。

“那你就用这个苗圃场成立一个农科中心，我给你介绍几个美国的农业专家，引进一些国外开发培育的新产品在农科中心栽培，成功后可以向外推广出售，你们要有经营意识，那些景观树、盆景和名贵植物在城市非常抢手，有了项目我可以给你放贷。”西米粥说。

“真的？”黎明海高兴极了，“太好了，你可帮了我的大忙，这真是一石二鸟，既解决了老职工买房的资金问题，还救活了一个企业。”

“你这个企业不能死啊，我得收利息呢。”西米粥说道。

黎明海的农科中心像楔子一样插在倪锦添规划的旅游区内，把倪锦添的鼻子都气歪了。尽管黎明海他们表示农科中心栽培的物种是以景观植物为主，不会影响旅游区内的风景，可倪锦添就是不愿意。这关系到利益的事，到时出售门票，这块收益算谁的？他问西米粥为什么既然给红光集团贷款，又要给卧龙山矿贷款建农科中心。西米粥耸耸肩，两手一摊："我们只是贷款，赚钱，别的不考虑！"

倪锦添想来想去，决定到余江水家告状，希望把农科中心踢出去。

"黎明海真不像话，上面不是有文件让他们撤吗，干嘛还要在这里占一块地盘。我的精华之处就在这一段上，他一下圈了三百多亩。"倪锦添说。

"我听了袁局长他们的汇报，这块地本来就是他们的苗圃场。文件并没有规定要撤销所有设施和全部的人员，他们可以根据实际情况，有选择地保留，如果他们要求下放，地方上还必须无条件接收。"余江水说道。

"那红光集团的利益不是被损害了？"倪锦添不高兴地说。

"你仅仅是一个企业，他们代表的可是国家利益，目前他们的困境我们要理解。当年毛主席曾说：'三线建设不上去，我是睡不好觉的。'可见国家是多么重视军工企业。现在是和平年代，国家收购他们的产品非常有限，所以大部分矿井关闭了，但不排除再次开发的可能。"余江水耐心地解释。

"什么国家利益，这个人有私心，他利用农科中心成立了一个股份公司，这不就变公有为私有，我跟卧龙山矿之前那个合作项目也是他搅局搞黄了。"倪锦添仍不服气。

余江水说："先别给人扣帽子，这是人家企业的内部运作，我看你还是别管，干好你自己的事就行了，卧龙山那么大一块地域都给了你们，还在乎这么一点么，再说别人也就是种种花草，还是你们的后花园呢，有什么不好？"

“他人品不好，还有个私生子，老婆死后就一直跟一个女人勾搭在一起。道德品质这么坏，怎么还能坐在领导的岗位上。”倪锦添不顾一切地抹黑黎明海。他知道要搞臭一个人，首先是把对方的人品抹黑，抹黑最有力的手段就是男女关系问题。这种问题不追究无足轻重，追究起来则是身败名裂。

“是吗，是个什么样的女人?”余江水好奇地问。

“听说是市外事部门的一个公务员，老公车祸死了。”倪锦添说道。

“那他的妻子呢?”余江水问。

“癌症死了，说不定就是他气死的。”倪锦添说。

余江水哭笑不得：“他俩男未娶，女未嫁，在一起有什么关系?你想把他搞臭，让他当不成矿长，他们的人事归他那个系统管，我们一般不过问的。算啦，我看你俩就像身上的肿瘤，互相依存，共同生长吧。你搞你的旅游，他搞他的农科中心，互不影响，还相得益彰。”余江水说道。

倪锦添见余江水不想管这事，不由得有些失望。其实，余江水不是不愿管，而是现在情况有了变化，这种事管多了，弄不好自己也要搭进去。前年，他听说市辖的一个山区县准备搞房地产开发，他知道那里是个风景绝佳的地方，连忙推举了倪锦添去承揽该工程。在余江水的斡旋下，项目拿下了。倪锦添请了法国著名的规划师设计了一个极高档的别墅区，此小区山水绕城，区内亭台楼阁，柳暗花明，似琼瑶仙台，在全国都屈指可数。图纸、模型一应俱全，当地政府也将工程当作一项政绩拿出来展示。没想到，新来的省委书记看了这个规划后，脸立即沉了下来，他指着美轮美奂的设计图说道：“我们提倡以人为本，而不是以富人为本，这么好的山水应该是老百姓的福祉，而不是给少数的富人享用。”结果，项目被当场枪毙。县长两眼发黑，当初为了尽快给倪锦添腾出地盘，县领导班子软硬兼施，逼迫当地居民搬迁，有几户钉子户无论如何都不走。断了水电，挖了路，仍然坚守孤岛。县领导决定背水一战，前面警车开道，后面救护车殿后，出动大型铲车，硬生生地将这些钉子户强拆了，当时老百姓的哭骂声犹在耳畔。倪锦添赔了两千万折戟沉沙，无功而返。一想到这些，倪锦添就心疼，余江水则后怕。

但毕竟还是沾亲带故，不能伤了和气，余江水见倪锦添不说话，他真心诚意地说："人那，要和为贵，你跟他也没有什么化不开的怨恨，还是要一切向前看，免得将来后悔。这次我老父亲去世给我的震动很大，我想通了很多。人的一生也许就会因为一点小事而改变，遇事看开点，别太执着了。"

"你父亲什么风浪没见过，听说是三八年的老革命，枪林弹雨中出生入死，他还会有什事情看不开？"倪锦添问。

"我父亲南下曾当过省人行的党委书记，反右的时候，他亲手打了一批右派，其中有两个最让他内疚。一个是从海外回国的金融家，另一个是看守金库的员工。那位海归因为脾气倔强，牢骚多，跟我那泥腿子打天下的父亲有诸多意见相左。其实这都是工作上的问题，可我父亲觉得他是在挑战自己的权威。反右运动一来，理所当然地把他打成右派，发配到农村接受改造，听说他后来得了肝癌死在了当地。另一名是个金库管理员，因为同情海归右派，被稀里糊涂地发配到大西北的采石场，一干就是二十多年，一生都毁了。父亲退休后，每每想到这些就后悔不已，良心受到谴责，自愿回农村务农。所以说人生无常，不必为这么一点小事动气，也不值得。"

"那个金库管理员是怎么回事？"倪锦添突然问。

"父亲虽说做过一些错事，但也能够善始善终。他临退休那几年一直在做平反工作，到 1979 年，他所负责的系统里，所有的右派都得到平反结案，该补偿的也补偿了。可有一天，一个瘦骨嶙峋的中年男人进来，说他是 1958 年的右派，问什么时候能得到平反？我父亲听到这里当时就愣了，因为右派平反工作都已结束，怎么还会有右派呢？于是他通知人事处立即调查，这才发现，这个右派原来并不是真正的右派，他只不过是给那个海归右派塞了几个馒头。问人事处长为什么会发生这样的事，人事处长说，当时正在开批斗会，上面有右派指标，怕人数不够，这位姓金的管理员因同情右派被拉来凑数，没想到批斗会结束后，右派的人数超额了。按理来说，既然人数够了就应该放人回去，可大家群情激奋，把姓金的忘了，于是姓金的跟着那群右派当天夜里就去了大西北采石场。我父亲听了很愧疚，他想为这名姓金的管理员恢复工作进行补偿，可上面没有这项政策，于是他决定自己拿钱补偿他。没想到这名员工第二天失踪了，他本人是个孤儿，妻子早就去世，也不知道有没有后人，总之，这位金姓员工就这样莫名其妙地消失了……

余江水沉浸在回忆中诉说着，却不知道倪锦添什么时候走了。

后面的事情倪锦添怎么不会知道呢，那是他的灾难。平反有什么用，能让一切从新来过吗。父亲去大西北时才二十九岁，自己刚五岁，回来时已经五十岁了。按理说年纪也不是很大，但他的身体已经虚弱到了极点，没有死在回来的路上已经是万幸了。父亲回来时跟倪锦添见了一面，但父子毫无感情，在杂乱简易的窝棚里，看到了这个被称作父亲的男人。他半躺在墙角的竹椅上，口唇发黑，一说话就喘气，这窝棚是他外祖父母的家，他不知道父亲在二十一年后怎么还能找到这里。父亲断断续续告诉他，明天就会去找领导要求平反。倪锦添那时是个街头混混，整天带着一帮小兄弟在外闯荡，对父亲的事置若罔闻。第二天，父亲硬撑着到单位找领导，可能是领导一口答应会为他解决，结果一高兴，心脏病犯了，倒在了马路上。听说父亲死在街头，被当做无主男尸送到火葬场火化了，他反而松了一口气。直到今天他才知道这个右派竟然是假的，父亲到死都不清楚二十一年前是怎么去大西北的。听了余江水的话，倪锦添愕然、愤怒、伤感，过去的事已是覆水难收，再提已经没有意义，他更加希望成功了，他想，这个世界也不光是你红二代的，我黑二代、贫二代也一定要争得一席之地。

第49章　世事难料

倪锦添去找丁成奎，他听到了一个更加不想听的事，丁成奎告诉他，根据中央对三线企业的倾斜政策，那块地剩下的一千亩要无偿交给卧龙山矿。倪锦添一听就傻眼了："怎么说变就变了呢，你不是说那块地给我留着吗？"

不料，丁成奎冷冷地回了一句："此一时彼一时，原本那块地就是他们的，现在上头查得这么紧，肯定要给他们了，原来收了的那两千万也有可能要无条件退还，我随时会因为批地的问题给人抓住把柄，你希望我犯错误吗，我进去了对你有什么好？"

"你上面不是还有领导吗，怎么要你担责？"倪锦添说。

"你装什么傻，领导会在上面签字吗，签字的是我，办事的也是我。做这些都是余副省长同意，或者是他授意我这样做的，可有证据么，谁会作这个证明，就包括你，很多事你会承认吗。"丁成奎心烦气躁地说。

"找个时间谈谈吧。"倪锦添说。

"也好，有些事情要当面说清楚一下。"丁成奎想了一下说道。

因为肖珂的事，倪锦添跟黄梅萍也翻了脸。黄梅萍本来一心想拆散丁成奎的家庭，她瞧不起丁成奎的妻子马莉莉，这个女人虽说是学艺术的，也就是一个家庭妇女。她觉得只要自己的威吓再一加码，丁成奎就会乖乖束手就擒。

但她遇上一个强劲的对手后，顿时让她打消了这个念头。那天，她走在路上，迎面来了一个圆脸的女孩，这女孩看了她一眼，突然停下脚步，喊了一声："黄小三！"她下意识地停住脚，眼睛四下望了望，没有看见别人。"别看了，叫你呢。"女孩对她说道。"你是谁?""我是谁你还不知道，还怎么当我的后妈呀?"女孩讥讽道。黄梅萍不大认得丁妮妮，只是在丁妮妮小时候见过她，大了没什么印象。这次突然相遇，她有些措手不及。"谁说的?"她有些气急败坏。"听说你想当我的后妈，我怎么就没见过这么不要脸的呢?"丁妮妮似笑非笑。黄梅萍听了这话倒吸一口凉气，只见女孩双手叉腰，眼珠子死死盯着她，一副尖酸刻薄恶狠狠的样子。"你不要胡说八道，就你爹，哼，什么东西!"黄梅萍一边骂一边急急离去。

走了好长一段路，黄梅萍想，是啊，为什么非要吊在这棵老树兜上呢，看他那女儿就知道不是什么好东西，嫁他不是找罪受吗。自己有职有权，有财有貌，找什么样的人不可以，不行就找些男孩子游戏人生也不错。为什么那些女明星要找比自己小一二十岁的男人，那绝对是一剂回春药呀。

黄梅萍关注肖珂已经挺长时间了，她对肖珂从形象到能力都非常满意。倪锦添带肖珂去过她办公室几次，黄梅萍对肖珂表现出异乎寻常的热情。后来她跟肖珂熟了，便不通过倪锦添传话，自己打电话给肖珂，有时约出去打打高尔夫，有时喝喝茶。近来，她有几次打电话给肖珂，让他单独送资料去她家，每次去了她那里，黄梅萍都要嘘寒问暖，聊上老半天。倪锦添心里当然明白，但他睁一只眼闭一只眼。最后一次，黄梅萍打电话要肖珂来她家拿文件，肖珂去了，不想黄梅萍竟然系着浴袍出来。她说有些条款要解释一下，让肖珂将文件取出，念给她听。肖珂在念文件时，黄梅萍侧着眼睛仔细打量着肖珂那张年轻英俊的脸，挺拔的身姿，短袖体恤露出健康结实的双臂，看似平坦的腹部，可以感受到那强有力的腹肌，这跟丁成奎那身松垮的赘肉简直是天壤之别。黄梅萍后悔自己美妙的身躯竟然被丁成奎糟蹋了这么多年，实在是太可惜了。她在肖珂面前扭着自认为保养得很好的身材，有意无意地将身子探过去。最后肖珂忍无可忍，他将文件放在茶几上说：“你自己看吧，我先走了。”没想到黄梅萍一把抱住肖珂，脱掉浴袍，软软地贴了上去：“小肖，别走，陪陪我。”看着这张故作妩媚，淫荡肆意的面孔，肖珂一个耳光打过去：“不要脸，我替你感到羞耻！”说完头也不回地走了。

黄梅萍羞愧难当，她咬牙切齿打电话给倪锦添，要他辞掉肖珂，否则断交。倪锦添一听电话就知道怎么回事，心想这骚货胆子也越来越大了，她跟不少男人都有一腿，现在连小她一大轮的嫩草也想吃，实在是太过分。这女人真是如狼似虎，过去也跟他下过饵料，不过他们两人大概是属于一丘之貉，始终就像绝缘体。倪锦添偶尔也打打野食，但对黄梅萍就是没兴趣，黄梅萍同样也是，但他们在业务上又谁也不能离开谁。

这次倪锦添拒绝了黄梅萍的要求，他说：“黄处长，肖珂现在是我的助理，不能说炒就炒，这小伙子比较有个性，得罪了你，下次我换个人拿文件就是了。”

“不行，你必须解雇了姓肖的小子。”黄梅萍还是不依不饶。

倪锦添叹了口气：“黄处长，肖珂是我的人，你的手也伸得太长了吧。”

其实，肖珂和黄梅萍之间发生了什么，倪锦添也隐约能想象得到，他心里甚至为肖珂暗暗叫好。也不知为什么，他对肖珂有一种天然的喜爱，这也许是他们的出生经历都有某种相似之处，他甚至觉得在儿子和肖珂之间，儿子离他要更远些，肖珂却是那么实实在在的跟他在一起。尤其是听了廖丙章讲了肖珂的身世后，他对肖珂更多了一份同情甚至是钦佩。他跟肖珂都是在无父无母的情况下长大，他是父走母亡，最起码还有外祖父母的关爱，而肖珂却是被亲生父母抛弃，一个人顽强生长。他年轻时还迷失过自己，不务正业，游手好闲，打架斗殴和犯罪，而肖珂却在逆境中增长见识，为今天成为栋梁打下基础。上个月，他把肖珂叫到家里，说自己年纪大了，没有精力顾及那么多，今后卧龙山项目就交给他全权负责。当时肖珂还在推辞，这就更坚定了他要把这些交给肖珂的决心。他言辞恳切地对肖珂说："小肖啊，大千世界能碰到有缘人实在是太少了，看到你，我就想起我的昨天，但你的明天会比我更加美好。说句心里话，我这样的人，将来能够平安着陆就算好运了，这么多年因形势所迫，我做了很多见不得光的事情，不知道哪天就成了某个共产党高官的殉葬品。我只有把事业交给你，才能放心地走下去，这样说不定我和我的家人也有一个美好的明天。你虽然不是我的儿子，但你让我感到比有儿子还踏实，放心大胆干，我看好你，目前我会全力以赴辅佐你，其实帮你就是帮我自己，你为我奋斗也是为自己奋斗。"

丁成奎回到家，儿子告诉他，倪总说集团公司要改革，一些机构要裁员，他上班上到月底就不用去了。丁成奎说："我知道了，不去就不去了吧。"

马莉莉说："他那时不是说多一个不多，少一个不少吗，干嘛就要裁掉我们豆豆?"丁成奎神情黯然，这次谈话，丁成奎跟倪锦添彻底谈崩。这些年，他跟倪锦添走得太近了，倪锦添想得哪块地，在他的默许下，黄梅萍会想方设法帮他把农用地改商住地，小产权地改工业用地，黄梅萍用娴熟的操作技术，把大片大片的土地变成金钱，源源不断地流向这些利益集团。他这次本想跟倪锦添联盟统一口径的，但倪锦添只答应有条件承担，倪锦添和黄梅萍利用丁成奎的关系在外面占了多少地已不计其数，丁成奎想让他把被占有的土地收回来，遭到了倪锦添的拒绝，因为倪锦添和黄梅萍两人联手，将地早已转手他人，谁也拿不回来。倪锦添还要他去找黄梅萍协商，让他更是感到万劫不复。这次儿子被炒，明显是冲着他来的。

晚上，丁成奎把妻子儿女叫到一起，说："世事不可预料，万一我出什么事进去了，你们都要自食其力。"马莉莉惶恐起来："老丁，不会有什么事吧，上次说得那么吓人，现在还不是没事？"丁成奎冷静地说："现在这个年代，只要是当官的，特别是干我们这一行的，除非不查你，只要查你一个都跑不掉。在仕途这么多年，见得多了，如果我这样的人倒了，那就有更大的人物要倒，现在就看他们准备牺牲到哪一级？"

他停了一下对马莉莉说道："你就让肖珂有空来家里吧，这孩子不错，我愿意认他做我们的家庭成员，这事应该早些告诉我，虽说当时会想不开，但我还是个明理的人，再说我有那么多对不起你的事。"马莉莉听了这话眼泪落了下来。

丁成奎说完又扭头对一双儿女说："有句俗话，叫爹不死，儿不乖，今后如果我不在了，你们就再也过不上安逸的日子，希望你们多向同母异父哥哥肖珂学学，他是个在逆境中成长的孩子，以后你们可以跟他多联系，我不怪你们的妈妈。"

丁妮妮此时一言不发，她上次从外面回来，隐约听到父母在卧室里发生激烈的争吵，不仅知道了父亲有一个二十多年的相好，还知道了母亲在婚前跟别人生了个儿子，而这个儿子就是正跟她相处的肖珂。她听了如五雷轰顶，没想到这么戏剧的场面竟然出在她的身上。她看着丁豆豆那无比惊讶的表情，苦笑着说："老娘导演出了这么一出好戏，把全家都带入角色了，不愧是戏剧人生。"

第50章　绵延的荣光

剑光小区首期二十幢新房落成了，为了公平地把房子分下去，班子研究了整整一个月，决定按照每个职工工作的年限、资历、荣誉进行打分。首批分到房子的这两百户主可以说是建矿以来功勋卓著的老功臣，基本上是第一批老工人和技术工程人员。

乔迁是一件大事，黎明海和方志凌都觉得有必要搞一个交钥匙的仪式，一是庆贺乔迁，二是鼓舞人心。矿里成立了搬家队，专门为职工搬家。

小区内环境优美，绿草如茵，小区在建设之前，特意委托面条所在的环境规划所进行规划。住房是百年大计，最起码要保证三十年不落后，尤其是首期的住房都是给有功之士的，地段要好，面积要大，住上这样一套好房子，这对在山区奉献了大半辈子的人来说，是一个极大的安慰。小区的设计尽量按高标准规划，高标准建设。因此，小区内住房的间距、层高、设计几乎是尽善尽美，尤其是小区的大门，设计得雄伟气派，门楣上有醒目的标志，剑光小区四个字金光闪闪，气势恢宏。看到这些，黎明海心中一阵畅快。

面条建议，基建之前先搞绿化，地桩还没开始打，绿化已经先行。在这一年多的建设中，树木与建筑一同生长，房子落成了，绿阴也成行了。在小区最好的位置，立了一块汉白玉石碑，碑身上镌刻着六十余名卧龙山矿史上的英模烈士名字和他们的事迹。黎明海从心里发出感慨，新中国发展至今，这些人功不可没。如今，生者可享受物质待遇，逝者也应有一份哀荣。

交钥匙仪式就在小区的大院内举行，两百把钥匙模型上面写好了房号，业主一一上台领取。第一批的两百名业主都是耄耋老人，在子女的簇拥下，满心欢喜地聆听书记方志凌点名。他们做梦都没有想到有生之年还能够迁到省城，住上城里的房子。刚才街道办主任在仪式上表态，今后他们的一切待遇都按照省城居民的标准，这里离市区虽然还有一段距离，不过周边很快就要开发了。黎矿长还说，在卧龙山的旧房子还为他们保留着，今后想回去看看，也有个落脚的地方。

在人群中，黎明海看到了龚凡，因他得了老年痴呆症，上台代领钥匙的是他的大儿子。当方志凌读到林中虎的名字时，一个老人坐着轮椅走上台来，台下响起一阵热烈的掌声。黎明海认得，他就是矿里大名鼎鼎的，号称“旋风队”的运输大队队长。林中虎也是跟父亲同一年来矿的，黎明海的父亲主管井下采矿，林中虎则负责将采出的矿石运到四十余里开外的水冶厂提炼。当年，他带领的一百多台矿车组成的运输队常年奔跑在矿山作业区与水冶厂这段沙尘滚滚的砂石路上，不分白天黑夜，餐风露宿，多拉快跑，被人称为“旋风队”。前年，退休多年的旋风队队长突发脑溢血，造成下肢瘫痪，现在只能坐轮椅了。刚才叫到他名字的时候，他执意不让子女代替他，一定要亲自上台领取。林中虎从黎明海手中接过钥匙，脸上笑成了一朵花。他对黎明海说：“小子，好好干，你爹的福我们替他享了。”黎明海说：“我是一直把您当爹看的。”听了这话，林中虎的笑容不见了：“我虽然瘫了，可毕竟还是看到了这一天，遗憾的是，那些去世的兄弟享受不到这一刻了。”

“王文辉！”

话音刚落，一位白发苍苍、精神矍铄的老者走上台去。黎明海定睛一看：“王总，近来好么?”

“好啊，好在当年你们挽留，否则我就回乡务农了。我现在身体不错，别看我今年七十了，不光能吃能喝，还能跑能跳，有需要我的时候，打声招呼，照样能干。”王文辉乐呵呵地说。

王文辉在矿里担任过总工程师，对各个区的情况一清二楚，他的脑子就像一台计算机，所有的数字都储存在里面。可在十多年前，因企业不景气，很多分矿都解散了。没有生产任务，总矿的技术人员也显得多余。王文辉的老婆身体不好，经常住院，又没有医疗保障，不但积蓄花光，还欠了一大笔债。一个堂堂的总工程师居然连温饱都保证不了，王文辉向矿里提出要解甲归田。当时黎明海还是中层干部，他听到这个消息后，特意上书给总部，说像王文辉这样的工程技术人员无论如何要留住，否则，一旦关闭了的井口有政策重新启动，技术上就会出现青黄不接的状况。矿领导采纳了黎明海的意见，特事特办，拨出专款，将王文辉等几个技术专家养了起来，允许他们做任何事情，但编制属于卧龙山矿，一旦有情况，必须马上归队。王文辉也不甘吃闲饭，拉起了一支专业的防腐堵漏队伍，四处承揽水库工程，靠技术养活了一批人，减少了矿里的负担。

“您好好养身体吧，矿里以后还要用你呢。”黎明海笑着说。

“我生是卧龙山矿的人，死是卧龙山矿的鬼，有了这么好的家，我这把老骨头就是丢在了卧龙山也在所不惜。”王文辉信誓旦旦地说。

“一摸准、铁公鸡！”

听到这两个绰号，人群中顿时哄堂大笑。因为这两个绰号在卧龙山尽人皆知，反而他们的真名没几个人知道。方志凌怕人们对他们的真名陌生，有意叫这两个绰号。这两人一个是全国五一奖章获得者，一个是全国劳模。一摸准、铁公鸡这两个看似不雅的绰号，却代表了他们为卧龙山作出的不俗业绩，是一个光荣的标记。先说“一摸准”，他转业时是个排长，只有小学文化，领导安排他去管仓库。他能在蒙着双眼的情况下，仅凭手摸，就能把五大库房里的上万种零件摸得一清二楚。黎明海曾看过“一摸准”的表演：一块布将他的眼睛蒙得严严实实，然后主考官要他从几个篮球场大的五个库房里将指定的配件摸出来。只见“一摸准”像明眼人一般不慌不忙地走进其中一个库房，只用指头在配件的凹凸处比划了一下便毫不犹豫地说出了配件的名称、型号、规格，让众人心悦诚服。练就这番技术可不是容易的事，光柴油机的配件就有两千多种。为了记住每种配件的性能、作用，每次来货，他就充当搬运工，一件件验收过关。他除了一年回老家探亲十五天，吃在仓库，睡在仓库，管理仓库几十年，没有出过一次差错。

“铁公鸡”是干材料收发的，已经退休二十多年了，当年他管的进出物资每年达三四百万件，包这些物资要大量的包装材料。“铁公鸡”将一个纸袋、一根麻绳、一团棉纱、一个纸箱全部收集起来，然后将这些送到一些企业，每年竟能创收上万元的利润。如果这些回收品归他个人的话，他七十年代就是万元户了。“铁公鸡”小气是出了名的，熟人、朋友在他那里连张纸垫都要不到。

在人群里，黎明海还看见了许许多多当年与他父亲一起来到卧龙山创业的熟悉面孔。建矿初，通路、通水、通电、通讯是第一要务，当年的他们，抬着水泥电杆，背着沉重的电缆、管道，翻山越岭，餐风露宿。有一次，在为尤家村到另一个分矿敷线的途中被河水挡住了去路，队里有一个叫小石头的员工，连鞋袜都没脱，硬是扛着电缆从飘着冰块的河面上蹚了过去，此情此景，其他人再不说话，照样去做了。为了修通卧龙山连接外界的公路，无数双握过钢枪的手又推起了装满石块的推车，扛过炮弹的肩又压上了沉甸甸的草袋，他们把山炸开，把沟填平。山坡上，一面面红旗，旗帜下歌声一片，兵在唱，官在唱，肩不歇，手不停，炮声、夯声与歌声汇成了一组雄浑的筑路交响曲。

他们所得的报酬是什么呢？先说吃，每月三十斤大米是非常优厚的待遇，可这远远满足不了一家人的需要，他们还要靠开荒种地，挖野菜度日。再说穿，物资匮乏，没有雨衣、水鞋，在风雪交加的天气里干完活洗不到热水澡，到晚上，全部的人只好围着旺旺的篝火，烘烤着军装、解放鞋。再一个是住，全矿只盖了屈指可数的几栋房，连专家都住在简易的平房里，条件好的，住进了农民的厅堂；差的，则睡在牛棚猪圈里，刚分来的退伍兵几百人住在一间用竹子搭成的屋里，房顶漏雨，四面透风，用毛竹搭起来的床一字排开几十米，碰上雨天，他们的床铺就像几百只绿色的小舟漂浮在水上。就是在这样连温饱甚至生命都没有保证的条件下，生产上却捷报频传，一个退伍兵班长，带领全班一个月打出了上百米的竖井，创下了全国系统的纪录。当那颗巨大的蘑菇云升上了戈壁荒漠，他们的兴奋一点也不亚于那群山呼海啸般的军人。

黎明海望着台下白发苍苍，满面沟壑，但目光仍然坚定的一片，他的眼睛湿润了。

“安置区第二期安居房工程即将动工，我的愿望是，在三年内，让卧龙山矿的所有员工都能住上省城的新房，享受省会居民的待遇。将来，我们的企业会更好，待遇要更高，大家好好享受成果吧。”黎明海说。

黎明海的话让大家无比兴奋，掌声更加热烈。

第51章 感受亲情

黎明海解决了老职工们的住房问题，农科中心也办起来了。西米粥不食言，真的从国外联系了几个农业专家过来指导栽培技术。农科中心也尝试着将这些培育好的树苗向外推广，没想到在市场上大受好评。更高兴的是，安置区那块剩余的土地落实了，而且没有花钱，连交了的那两千万听说也要退回一大部分，他就有更多的资金搞新项目了。这半年来，他跟方志凌多次到珠三角、长三角招商，办了电子厂、瓷板厂、环保灯具厂等十几家企业，员工都是卧龙山的待业青年。这些老待们先在沿海的企业培训，然后在对方的协助下，将部分业务转到卧龙山矿。成品出来，再由沿海的企业销售到世界各地，这样一来，原本“亚历山大”的资金压力减轻了不少，在西米粥那里贷的那笔款估计明年就可以还清了。

从卧龙山直接来到紫云家，紫云知道他这个星期天回来，做了一桌他喜欢的美食等着他。她告诉了黎明海一个好消息，小涛已经跟霜霜联系上了，霜霜答应回来过年。黎明海听了心情更好。

“你觉得我怎么样，还跟过去一样么，会不会感觉我老了？”亲热过后紫云问。

“老点好，比过去更有味道。我呢，还合不合你的胃口？”黎明海也问。

“嗯，也不像年轻时那么脆了，变得有韧性，也善解人意了。”

紫云说道。

“那我们就成交，不许再变啊。”黎明海拍了拍紫云的脸。

“关键是你，搬过来吧，别租房住了，老这样也不好，你在这里出出进进，被人看到会说三道四，过了年把证领了吧。”紫云说道。尽管黎明海每次回省城都会来看紫云，也少不了上床，但无论多晚，他还是要回出租屋，总觉得那里有鸣芬的气息，不想这么快就把鸣芬忘掉。

“今天你能留下来吗?”紫云仰着脸，含情脉脉地望着他说。

黎明海低下了头，声音低低地说：“过了今天吧，今天是鸣芬的生日。”过去他从不记得鸣芬的生日，可自从鸣芬去世后，她的生日和忌日却牢牢地刻在了他的心里。

黎明海回到了他和鸣芬的出租屋，这是一个两室一厅的房子，过去鸣芬把它收拾得干干净净。鸣芬走后，他请了一个钟点工，要求钟点工不准改变房间内的任何格局。在客厅，黎明海面对鸣芬的遗像，点燃了一枝香，在缭绕的烟雾中，鸣芬的音容笑貌又仿佛出现在他的眼前，他不由得喃喃自语：“鸣芬，我一生中最对不起的人就是你，知道你不会怨我，可我不能原谅自己，只有等下辈子报答你了。”

廖丙章打电话给黎明海，要他来办公室。黎明海见他一脸严肃的样子，问道：“出了什么事?”

“明海呀，你老实告诉我，你是不是有个私生子?”廖丙章开门见山地问。

黎明海一愣，过了一会，回答了一个字：“是。”

“几个月以前倪锦添就跟我说了，我还问过方志凌，他说是你老家姐姐的孩子，我也信了。倪锦添这两天派人跟踪你，他确定这个孩子就是你的，你跟孩子的母亲关系也极其不正常，虽然你们现在都是单身，但不是合法夫妻，未婚同居，同样是要犯错误的。”廖丙章说道。

“我可以跟你解释清楚。”黎明海说道。

“跟我解释有什么用，现在对党员的个人风纪查得很紧，你看这报纸电视，天天都有领导栽在这方面，到底是怎么回事，我知道你不是这样的人。”廖丙章说道。

“严格说应该叫非婚生子，她是我读大学时的恋人，那时我们感情非常好，因为她父母不同意这桩婚事，只好结束了这段感情，十几年我们一直没有联系，直到前年，孩子得了白血病，需要直系血亲提供骨髓，我才知道了这件事。前年九月，她丈夫车祸罹难，去年四月份我妻子也因病去世了，所以我们又走到了一起。我要跟她结婚，一起度过我们的下半生，这样做除了对去世的妻子不太公平，其他的不算违法吧。”黎明海说得真切诚恳，廖丙章也连连点头。

“如果这件事对上级的工作造成困扰，我去跟组织部门说清楚。”黎明海说。

“你们还是早点领结婚证吧，别老让人误会。”廖丙章说。

黎明海点点头，他想紫云果然想得周到，他决定今晚跟紫云说不要等到年后了，年前就结婚。

肖珂的手机响了，一接电话，又是丁妮妮打来的。他有些烦躁，那天马莉莉的出现，他再也不想见丁妮妮。他当天就跟倪锦添请了长假，回到了尤家村的彭婶家。一边拍片，一边游山玩水，宁静的山村，旖旎的田园风光让他暂时忘却了烦恼，特别是有萌萌陪着，他乐不思蜀，是倪总不停地打电话催促他回来，刚回到公司，丁妮妮又来找他了。他在电话里不耐烦地说：“我现在有事走不开，最近还要出远门，不用来找了。”

丁妮妮说她就在楼下，讲两句话就走。肖珂想想，下了楼。丁妮妮还是一副玩世不恭的样子。

“什么事，快说吧，我现在明确告诉你，我们是不可能的。”肖珂说道。

“哦，为什么，看不起我?”丁妮妮歪着脑袋问道。

“随你怎么想，我们不是一路人。”肖珂答道。

“不是一路人，但会是一家人呢。”丁妮妮道。

“谁跟你是一家人!”肖珂说。

丁妮妮瞬间变脸：“你这个骗子，你知道你是谁吗?”

肖珂看了她一眼说：“我是谁关你什么事?”

丁妮妮突然上来抱住肖珂的胳膊说：“当然关我事，因为你是我哥!”

肖珂大吃一惊，许久，他调整了一下情绪，定定地望着她，说：“我知道。”

“你知道，你是怎么知道的?”这下轮到丁妮妮惊讶了，她以为肖珂听了这话会接受不了，没想到他出奇地冷静说知道了。她猛然想起当时问他父母是干什么的时候，他告诉她父亲是音乐学院的教授，母亲搞戏剧的艺术家。原来他一早就知道了，他这样做不是玩弄自己吗？难怪跟他在一起，受尽了他的冷嘲热讽和戏弄，她没有感受到一点点被爱的感觉。特别是那天喝醉了，他竟然把自己扔在地板上。

丁妮妮心头正窝火，肖珂说话了：“我也是上次才知道的，马莉莉去过公司了。去年我在省局参加转制谈判时，他们安排我跟她见过面。”

原来是这样！丁妮妮听他直接称马莉莉，知道他对母亲还心怀恨意。他听母亲说肖珂从小就被父母抛弃，一个人在卧龙山长大，不由得对这个哥哥有些怜惜。现在父亲也想通了，能够接受他，她必须想办法把他拉回家。

“你知道吗，妈妈跟爸爸说了这件事，爸爸亲口对我们说他承认你，要你回家呢。”丁妮妮说。

肖珂不相信地问：“有这事，你妈跟你爸没打架？”

“我爸是什么人，是真爷们，他会计较这事吗。当然，他开始有些埋怨老妈一直瞒着他，后来他想通了，觉得你是个好孩子，比我们好，所以他认你这个继子，难道你还要拂他一片好意，你的委屈还有我爸爸大吗？”丁妮妮说着哭了起来。

“唉——”肖珂长叹一口气，心想，你那爹也不是什么好人，这么长的时间，肖珂几乎不离倪锦添的左右，尽管倪锦添在他面前没有对丁成奎做任何评价，但凭他聪明的脑子，对丁成奎这个人多多少少都有些了解。甚至他认为，将来他的母亲和这两个同母异父的弟妹的命运已经跟他联系在一起，他已经做好随时照顾他们的准备。从未感受过家庭温暖的他一股热流涌遍全身，他终于不是孤儿了。

“豆豆被老板炒鱿鱼了，现整天在家打游戏。”丁妮妮说。

“你让他报个技能班去学点技术，有个一技之长，将来会有一个好前途。如果他不肯学，你就告诉我。你跟他说，当一个人想要实现心中梦想，首先一条就是让自己强大，最好你能给他做个榜样。你不是喜欢名牌吗，不是喜欢美食吗，能不能想办法自己买，父母能靠几年？”肖珂说道。

“我们这样还能行？”丁妮妮很不自信。

“给你十年时间，真不行再说，你们的后面有我。”肖珂说道。

“哥，有你在，我和豆豆的自信真的比以前足了。”丁妮妮说。

第52章 殊路同归

因涉及到盘活资产，开发旅游和兴办养老院等一系列有利于地方发展的事业，卧龙山地区规划成省内旅游区这个项目很快就批下来了。倪锦添拿到批复那天喜不自禁，他现在底气终于足了，过去他所做的行业说白了也就是在犯法与不犯法之间，比方说收购国有企业、炒地皮、玩基金，钻国家空子，真正像样的实业并不多。这次开发卧龙山旅游，集房产、旅游、公益于一体，有名又有利，原本因为那三百亩地跟黎明海闹得不可开交，经肖珂一撮合，又想出了一个文化产业。肖珂提出建一个文化产业园，这里风景优美气候宜人，可吸引各类的文化人才到这里搞开发，做成文化产业，比方说漫画、工艺等等，既增加了文化元素，提高了品位，又让两家单位有共同的利益，这个项目让大家皆大欢喜。

前些年，他的经营走入了一个误区，就是萎缩了实体，扩大了资本投入。在尝到了资本运作的甜头后，他特意从几家大银行和证券公司挖了几个业务高手，专门从事金融资本运作，将他的集团上市。几年下来，他的资本像滚雪球一样迅速膨大。然而，钱虽说来得快，刺激，可是消失得也快，在运作得好的时候，每天入账可达百万，不好的时候就像坐过山车，一下就跌入了谷底。现在再回头来搞实业，一是不好做，市场竞争太大，二是没兴趣做，尝到了日进万金的日子哪里还有心情去赚那微薄的利润。那天肖珂跟他说了句："只有不可再生的资源才是最宝贵的。"让他醍醐灌顶。第二天就跟着肖珂去了一趟卧龙山，由肖珂带路，驾着车绕着卧龙山走了一遍，他完全醉倒在如画的景色中。他的心情豁然开朗，守着不可复制的好山好水，夫复何求。

开发旅游，最重要的就是知名度，名气大了也方便招商，倪锦添绞尽脑汁在考虑如何有一个好的开端，他人生想再次辉煌就靠这一博了。现在难就难在卧龙山长时间养在深闺人未识，知名度是旅游行业最大的王牌。他又去找余江水，希望能用一些政府资源帮他打开知名度。

"你来得正好，我还想跟你说一件事呢。"余江水看见他热情让座。

"什么事?"倪锦添问。

"你那天走得那么快，我都没说完话你就走了。上次不是跟你说到我父亲去世前，想找当年那两个右派的后人吗，现在我找到了其中一个。"

"哦，是么，是谁啊?"倪锦添问道。

"就是去年进驻我们省的那家美国银行投资公司总裁粟舟先生。事情说来真巧，那天省里召开金融会议，他也出席了，吃饭的时候我跟他坐在一桌，说起他的父亲曾在省人行工作过，于是我详细问了他父亲的情况，果真跟我父亲提到的那个海归右派是同一个人。听说他也在找那位金姓管理员的后人。"余江水激动地说。

"有什么好找的，这事过去就让它过去吧。"倪锦添淡然地说。

"跟你无关，你当然不上心，作为当事人可不这么想。我想完成父亲的夙愿，在这两个被冤者的后人面前替他道个歉，让他在九泉之下也能安心。同时也要让我们的后人了解过去，希望这种历史再也不要重演。"余江水说道。

倪锦添在心里哼了一声，没有说话，这种官腔他最不爱听。

“你今天来找我有事吗?”余江水问。

“当然，亲家，我无事不登三宝殿。”倪锦添突然理直气壮起来，他提出让政府出一个红头文件，让卧龙山成为全省公务会议指定地点之一。

“这怎么行，政府明令不能插手市场管理，你这是商业行为，即使是亲家也不行。”余江水断然拒绝。

“亲家是不管用的，那我作为那个冒牌右派的后人来求你行不行?”倪锦添使出了杀手锏。

“你说什么?”余江水吃惊地问。

“没错，我就是被你父亲下放到大西北采石场的那个金库管理员的儿子。”倪锦添说道。

“啊，那为什么姓倪?”余江水顿时石化。

“随母姓不行么?”倪锦添说。

尽管打出了蒙冤父亲这张牌，余江水还是显得无能为力，随便发红头文件，这可是要掉乌纱的事情，只能给他政策倾斜一下，在营业税收上适当减免。倪锦添觉得作用不大，没有人流，哪来的税收？他找到肖珂，问有没有什么好办法让卧龙山旅游区一夜闻名。倪锦添说：“卧龙山百年沉寂无人知，一朝开发天下扬名，我要的就是这种效果。”

肖珂说：“要达到这个效果，就只有傍名人效应了，跟中央电视台联系，举办一台大型的文艺晚会，请当前最流行的影视歌坛明星登台，各大媒体肯定会追踪而来，一番地毯式的轰炸报道，卧龙山就名声在外了。不过请明星名家，要不少钱，这样一场晚会，没有五百万是下不来的。”

倪锦添说：“投资公司已经拨第一期的贷款了，现在不是钱的问题，而是名的问题，有多大就搞多大。我认识省里几个这方面的人，让他们给策划一下。”

“元旦一过，卧龙山矿要关闭撤销，重新组建，对他们来说也是一台告别晚会，卧龙山矿在界内影响很大，明年是他们建矿五十周年，辞旧迎新，不如两家合办，晚会的地点就安排在卧龙山，让记者艺术家们身临其境，效果会更好。再说，两家合办，搭建舞台的具体工作可以由卧龙山矿组织，这样筹办晚会的人力物力也解决了，我们只要联络、策划。”肖珂出了个主意。

“是啊，说起来他们可是中央直属、大型国有，比红光集团的名声更响，更有底气，现在他们撤出，我们入驻，反响不小，借用一下他们的名气，效果肯定事半功倍。”倪锦添说道。

“那要跟省局商量一下，看他们愿不愿意。”肖珂说。

“又不要他们出钱，有什么不愿意的，我现在就打电话给老廖。”倪锦添掏出手机。

电话那头的廖丙章很爽快地说：“这是好事，没什么大问题，我跟局领导商量一下具体操作办法。”

“肖珂，怎么是你?”肖珂的突然造访让黎明海颇感意外，也挺高兴：“来来，快坐。”“黎矿长，那天在尤家村匆匆见面，没时间多聊，今天找你，想再谈谈我的设想。”肖珂说道。

“那个文化产业园的设想不错，你还有什么新点子?”黎明海很有兴趣。

肖珂认真地说：“我在想，卧龙山矿和红光集团能不能共同打造一个新的开发区，达到双赢。卧龙山是很有发展前景的，虽然目前国家政策对它不太有利，铀产品在军用上有限，可在民用上前景广阔。现在全国各地都在投资兴建核电站，两年后铀产品一定供不应求，按储藏量，卧龙山的储存量可以开采一个世纪以上，按照这个发展趋势，卧龙山很快又到了亮剑的时候，随时都有恢复开采的可能。我的设想是以卧龙山为界，山北是矿区，山以南则是生活区，红光集团的投资在南面，离县城较近，很多资源可以实现共享。这里有旅游、房地产、养老院、文化产业等等，卧龙山安置区在省城的土地有限，如把省城作为一个门户，把山南建设好，离退休工人可以就近安置。充分利用红光集团的人财物，加上卧龙山矿原有的资源，形成一个新兴的开发区。”

黎明海听得两眼放光：“肖珂，你做了我们想做但是做不到的事。”

“做老待的这些年里，我已经把整个卧龙山摸得很清楚，我热爱这个地方，我一定会改变它。”肖珂说。

第53章 节外生枝

“梦里卧龙”大型文艺晚会定元旦的前一天晚上，元旦是一个全新的开始，也是两家企业的希望。活动由红光集团出资，与卧龙山矿共同主办。晚会的地点选择了第一次发现矿脉的尤家村，在这里举办晚会别有意义，背景就是那条通往井架的天梯，已经用彩灯将它装扮得五光十色。元旦的前三天，肖珂先来看场地，指挥搭建舞台。

肖珂回到了老待中间仍然很受欢迎，两年多的时间没有在一起了，肖珂显得更加成熟大气，大家围着他，纷纷说“苟富贵，无相忘。”肖珂说：“只要红光集团的项目开了工，你们就一定能够找到好归宿，集团很多项目需要员工。”

“大哥，来了一个美女，是不是找你的?”一个老待问。

肖珂朝他指的方向一看，原来是萌萌。

“肖珂，我奶奶要你中午来家里吃饭。”萌萌有点不好意思。

“好，知道了。”肖珂回道。

萌萌一溜烟跑了。

“老大，你怎么脸红啦，我们从来没见过你脸红啊。”众人哄笑起来。

大家都喜笑颜开，只有郭子龙闷闷地坐在一边抽烟。前年他挑头闹事，打伤人员，被判了两年，现在刚刚出来。因为没有参加过外出培训，他不能进企业工作，只能在外围打小工，看到肖珂意气风发的样子，他心里很不痛快。父亲去世后，母亲又得了偏瘫，家里的六个兄弟姐妹都没有正式工作。姐姐嫁给了农民，有口饭吃，可他还有三兄弟，都不爱学习，做不了技术活，整天靠打零工度日。

望着郭子龙阴鸷的表情，肖珂有些担心。他特意走过去拍拍郭子龙的肩膀："哥们，最近怎么样？"

郭子龙扭过头看了他一眼："我能咋样，哪能像你老兄这么滋润呢。"

"没关系，再坚持两年，情况一定会好起来的，到时机会很多。"肖珂安慰道。

"机会不是给我这种人的。"郭子龙说这话的时候心里很不是滋味。他想，难道我真比他差这么多吗？过去他们同是老待，肖珂是军师，他是急先锋，有什么大的行动，密切配合，总能取得效果。有一次，他们要求和正式工一样每人一月增加二十元的劳保费，申请报上去没有通过，肖珂就提出罢工。当时他们在基建公司做油漆工，正值深秋，天干物燥，是油漆的最好天气，才罢工两天，领导们就坐不住了，赶紧给他们落实了待遇，拿到了补助。肖珂有智慧，做的事干净漂亮，除了转正这个要求是天花板暂时没办法突破外，其他的诉求或多或少都能得到一些利益。但两年前的那场冲突，就是没有肖珂的指点，结果两败俱伤，他和另外三个老待都被抓，而他判得最重。令他灰心的是，自坐牢后，这帮小兄弟都离他而去，他不再有朋友，谈了三年的女友也另有所爱，他变得孤僻抑郁。更让他气愤的是，在省城的安置小区首批分房名单里，没有他父亲的名字。理由是他父亲已经去世，名额要照顾还活着的老职工。父亲早年出生入死，后来拿命拼搏，除了在那破碑上留个名，什么也没有，他为父亲感到不值。在牢里，他结识了各种各样的犯人，这些人对他的影响超过了过去的总和，让他对这个社会产生了仇视心理。今天看到这么多人围在肖珂身边，而肖珂又如此春风得意，他的心理就更不平衡。他想，人不流芳百世就遗臭万年，这辈子一定要活得轰轰烈烈，卧龙山有史以来第一次搞这么高规格、这么隆重的大型活动，也是自己成名的一次大好机会，他已经没有任何前途，他要让前途似锦的人也跟他一样。

肖珂正在指挥现场秩序，这时手机突然响了，原来是丁妮妮的电话，声音急促带着哭腔："老大，你能回来吗，家里出大事了？"

"什么事？"肖珂紧张地问。

"老娘晕倒了？"

"豆豆和你爸呢？"

"老爸昨天一大早出去就没回来，打了一天的电话没人接，后来还关机了。豆豆出去找，结果到现在也没回，老娘一急，就晕过去了。"

"你赶紧打120，我马上回来。"肖珂放下电话，跟同事交待了工作就往省城赶，他今天开车特别快，平时要五个小时才能到省城，这次四个小时就到了。他把车停在院子里，然后三步并着两步进了房间，果真只有丁妮妮一个人在家。

"哥！"丁妮妮一见肖珂，立即扑过来。

"怎么回事？"肖珂问。

"刚才接到老爸单位的通知，说他被双规了。老娘还在医院，豆豆在那里陪她。"丁妮妮说。

"那我们上医院吧。"肖珂接过丁妮妮收拾好的包。

在医院，马莉莉情况已有好转，看到儿女们都来了，特别是见了肖珂，精气神又回到了身上。她叹口气说："你老爸的结局我早应该想到了，现在就怕他身边的那帮人都会有事。小珂，现在靠你来为我们撑起这片天，我和弟妹们全指望你了。"

"你现在千万不要多想，要面对现实，听从组织发落吧。"肖珂说。

“出了这事，老脸往哪里搁，我就怕见到小区这些街坊邻居。”马莉莉道。

“不如你今天就跟我去卧龙山，那里没人知道这些事，再说这台晚会你是编排者之一。”肖珂说。

“还有两三天时间呢，是不是去得太早了？”马莉莉说。

“没关系，这两天陆续有一些老职工旧地重游，你正好可以跟他们叙叙旧，忘了这些不快的事情。”肖珂说。

第54章　迟来的忏悔

肖珂作为晚会主办方的具体负责人之一，不停地接待陆陆续续赶来的参演人员。平时只能在荧屏上见到的明星大腕一个个在现实中，也同样星光熠熠。这场活动在一个月前已经开始密集报道，报纸和电视的预告连登了一个月。从全国各地涌来的追星族一下子将这个寂寂无名的小山村变得热闹非凡。本地人的追星热情一点也不比其他地方弱，十里八乡的人们知道今天尤家村有这样一场盛大的演出，早已把这块地方围成了人山人海。好在场地够大，这是当年的飞机场，机场正中央搭了一个巨大的舞台，上面铺上了红地毯，舞台上的灯光绚丽多彩五光十色。只要上来一个稍有名气的演员，立即会引来一阵欢声雷动。

“肖珂，告诉你一个好消息，原来的那个乐队指挥因为临时有事，改成指挥家鸿蒙大师了，据说大师曾经在这个矿上工作过，对这个地方可有感情了。他为了熟悉乐队提前来彩排，我带你去见见他。”晚会导演走过来高兴地对肖珂说道。

“等等，他叫什么?”肖珂走到一半突然问。

“肖鸿蒙，大名鼎鼎的音乐教授，近年来常常亲自担任指挥搞巡回演出。”导演说。

“我还是不见吧。”肖珂摇了摇头。

肖鸿蒙这个名字太伤他的心了。他那年高中毕业没有考上大学，做了待业青年。他想改变处境，思来想去决定找亲生父亲。他一生下来母亲就走了，不管怎样，父亲还是跟他生活到了九岁。通过父亲的旧同事打听到父亲的下落，得知他已是某省音乐学院的知名教授，他找到了父亲。父亲在一家招待所见了他。父子见面，相对沉默了半小时，也没有任何情感流露。父亲拿出两百元钱放在桌上，说：“我现在又组建了家庭，生了一男一女两个孩子，孩子的妈妈不知道我以前有小孩，希望你不要来打搅我们平静的生活。在卧龙山找点事做，饿不死的，以后别再来找了。”从那以后，父亲的这句话像鞭子一样，时时刻刻都在抽打他，让他变得无比自卑又自尊。他想，这辈子就是要饭也绝不会要到亲生父母那里去。这些年，他偶然在报纸和电视上会看到父亲的名字和形象，每每看到，他就迅速翻过。他这辈子都不想认父亲了，心里这样想着，人却被导演拉过去了。

在休息室，肖珂看到了一位在众人簇拥下，年已六旬的乐坛指挥肖鸿蒙。

“这位是这场晚会投资方的总指挥，红光集团总经理助理肖珂。”导演向肖鸿蒙介绍道。

“小珂。”肖鸿蒙认出了肖珂。

肖珂要走已来不及，只得留下来面对他的生父肖鸿蒙。肖鸿蒙比他最后见到的那次要老多了，头发灰白，原本挺直的脊背也出现了稍稍的弯曲。

肖鸿蒙走过来握住肖珂的手说：“去年，我来卧龙山找过你，可听说你已经走了，我好后悔，我原来那样对你，真的对不起，爸爸这次是真心向你来赔罪。你的事我跟你的继母和弟妹们说了，他们要我一定要找到你。对不起啊孩子。”

肖珂的眼睛红了，他想，为什么你们老了才想到我呢。这么多年的隔阂让他对父亲难以亲近，但他知道他身上流淌的是肖鸿蒙和马莉莉这两个人的血。

“我母亲马莉莉今天也来了。”肖珂说道。

“真的?”肖鸿蒙有些难以置信。

“你带我去见她吧，我要跟她好好检讨一下自己的过错，我能理解她的苦衷。”肖鸿蒙请求道。

今晚来的还有一大批像马莉莉这样早年的老员工。一个月前，廖副局长告诉她要举办“梦里卧龙”这台晚会，希望她能协助编排一个反映卧龙山矿五十年创业史的节目，她欣然答应。在节目编排中，马莉莉全心投入，她联系了当年跟自己一起工作的同事故地重游，采风体验。因为合作，她有了跟肖珂接触的机会，在磨合中，肖珂看到了母亲真实的一面，善良、热情、有才华，他在内心的挣扎中，亲情终于占了上风。

自从跟肖珂相认后，肖珂时不时地会回家看看，特别是给丁豆豆出点主意，儿子现在比以前乖多了。看到儿女一天天在走正路，马莉莉觉得过去的回忆不再是那么苦涩了，她甚至想起当年跟肖鸿蒙相爱的时光也有了些许色彩。肖鸿蒙毕业于著名的音乐学院指挥系，平时自恃有才，狂放不羁，也喜欢四处留情。曾有一段时间，他迷上了庹老师的妻子，借口有共同的爱好，竟然每天都在学校门口等人家下课。庹老师忍无可忍，亮出了菜刀，警告他如果再来就砍他的脚。他看上马莉莉是在一次文艺晚会上，马莉莉在台上表演独舞，婀娜的身姿，曼妙的舞步，当即就把这个多情才子迷得神魂颠倒不能自持，整个晚会，他的眼睛就没有离开过她。后来又一起排练节目，演样板戏，关系越来越密切，直到同居。当一有了孩子，肖才子这才清醒过来，一旦组建家庭，想再出矿山就很难了。大好年华决不能在深山里度过，他借口马莉莉与他人关系暧昧，极力摆脱这件事，马莉莉比他更绝，居然将孩子往他家一扔，渺无音讯。

马莉莉也在反省自己，说肖鸿蒙自私自利，无情无义，然而，自己又何尝不是这样。肖鸿蒙不管怎样，最起码还养了儿子九年，而她却一天都没有尽过抚养孩子的义务，他们的自私，让儿子承担了苦难。她这次重访卧龙山，打算到当年他们留下足迹的地方重新走一遍，再回味一下。丁成奎的事听了组织上的通报后，她反而平静下来，老丁走到这一步，始作俑者不是她，而是另一个女人，她心里就像打翻了的调味瓶，五味陈杂。为了抛开这些烦心事，她跟着肖珂提前来到卧龙山，见到了多年不见的老同事，心情渐渐开朗起来。

马莉莉正跟一班老同事聊着天，肖鸿蒙突然闯了进来，愣了几秒钟后，马莉莉认出了肖鸿蒙，转身要走。

“莉莉，别走!”肖鸿蒙一下挡在了路口。大家见此情景，面面相觑，这些人都知道他们过去的关系，现在他们一家团聚，谁都不想当电灯泡，一个个找理由溜走了，现场只剩下了肖鸿蒙、马莉莉和肖珂。肖鸿蒙缓缓朝马莉莉跪下：“莉莉，过去是我做错了，对不起你和孩子，我向你道歉。”马莉莉眼泪也刷地流下来：“你跟我道什么歉，谁要你道歉。其实，最该接受道歉的是孩子。”说着她竟然也跟着肖鸿蒙一起跪下来：“孩子，你能原谅我们这两个不负责任的父母么?”看着这对朝思暮想了三十年，也咬牙切齿恨了三十年的父母跪在他的面前，看着他们皱纹满布的脸，肖珂的心在痛，周身的血液在加速奔流，他把两位老人扶了起来，流着眼泪一字一句地说：“一切都过去了，我原谅你们!”

第55章　山雨欲来风满楼

“明海，你来我办公室一趟，有重要事情。”一大早方志凌就打来电话。

“今天不是要去卧龙山参加文艺晚会吗，该出发了，什么事这么重要？”黎明海问道。

在方志凌的办公室，只见一男一女两个陌生人坐在沙发上，方志凌介绍：“这两位是省纪委的同志，特意来通报一个案子的。”来人微微点了点头。说：“现在我们正在调查省里的一个大案，这个案子跟你们的副矿长利德隆有关系，即将进入司法程序，特向贵单位通报一下。”

黎明海颇感意外，他望望方志凌：“利副矿长出了什么事？”

“真是人心不足蛇吞象。你说这老利，捞得差不多就该收手，没想到他还越搞越大，他入股红光集团在山西开的煤矿，那矿本来已经被查封，他们又偷偷启封开采，结果矿难死了好几个，查下来才知道是老利他们搞的。”两位纪检干部走后，方志凌大发牢骚。

“红光集团，那不是跟倪锦添有脱不掉的干系？”黎明海说。

“就是啊，据说前一段时间，红光集团资本运作不景气，海外投资又巨亏，国内的实业缺乏竞争力，他走这一步也是铤而走险。”方志凌说。

“他不是要开发旅游业吗，谁都知道这是赚钱的买卖。”黎明海不解地问。

“这个项目不是才批下来吗，前几个月他们股票大跌，想用股票做抵押贷些款，银行不接受，我想他们是急于弄钱才出此下策。煤矿和铀矿有很大的不同，铀矿在花岗岩地层里，主要事故是冒顶偏帮，而煤矿除有冒顶偏帮外，还有瓦斯爆炸，老窿突水等问题，事故相对会多很多，而老利又没有煤矿工作经验，还是按原来的一套管理，不出事才怪呢。”方志凌说。

“会怎么处置老利呢？”黎明海问。

“现在已经不归我们管了，不用你操这份心。”方志凌说。

“毕竟共事一场，老利的脑子还是蛮灵的，他走这一步有点可惜。”黎明海惋惜道。

“还有一件事，上级对我们的批复文件下来了，原来的卧龙山矿撤销下马，重新组建新的卧龙开发公司。我们几个领导现在面临两种选择，要么回省城，找个位置，老老实实地留在行政单位当公务员，要么留在卧龙山，轰轰烈烈地干一场事业，你选择哪种？”方志凌问。

“我们才四十几岁，正值壮年，当然想干一番事业。你呢，怎么打算？”黎明海反问。“我正在考虑之中。”方志凌答道。

“有什么考虑的，这一年搞得不错，通过一系列的招商引资，我更有信心了。现在就算没有计划指标这块，靠新招的项目也能养活自己。去年刚办起的环保灯具厂，一年就盈利六百万。管理这块现在也学了不少经验，这些合作单位的做法有很多可取之处。前年，待业青年闹事，其实跟我们的管理不严有很大关系。结果查处了煤场、油厂的几个负责人，制定了规章，一切都进入了正轨。待业青年的收入也提高了，跟正式工没什么两样。说好了，你必须跟我一起干。”黎明海说。

“不行啊，我得顾家，孩子那么小，不像你家的已经工作了。”方志凌说道。

“我看你是不放心青岚吧，你孩子全托，又有保姆，再说从卧龙山到省城的高速公路再过半年就通了，回家两个小时足够，你还有什么不放心的。”黎明海抢白道。

“总觉得这些不是我们的主业，我是学地质开采出身，现在都是做灯具瓷板什么的，感觉好像不务正业。”方志淩说。

黎明海说：“你曾经劝我别在一棵树上吊死，我看你还就在采矿这棵树上吊死了呢。社会处于转型期，各个行业都会出现大量的机会，只要能发展经济，哪行哪业都可以成就一番事业，我们必须把握这些机会。我总在想，那些没文化，大字不识几筐的土老板能干得那么风生水起，凭什么我就不行?”他经常会想起叶胜男给他介绍的那些老板，生意做得那么大，竟然没几个有文化。

“那是他们生逢其时，遇上了天时地利人和的环境，从长久来看，这些人是走不远的。我认为事业还是以自己的专业为主，否则，一个人要学习干什么?”方志淩反驳道。

黎明海说：“你以为别人就不学习了，你想干主业，我当然也想，近来国家有发展核能源的趋势，我看再过几年，采矿还是我们的主业，但技术和设备必须全面更新。昨天大佬洪那边传来一个好消息，我们的四号铀矿床经过井下接杆钻补充勘探，又发现了不少盲矿体，在深部发现了比较好的成矿构造，预计这个矿带铀储量可能大幅提升，特别是铀矿品位比较高，浸出性能好，随着国内和平利用核能事业和技术的发展，卧龙山又将进入一个辉煌时代。

“一说到工作，你就滔滔不绝。等这台晚会结束，我们研究讨论吧。”方志淩表态。

“今天的晚会我们是主办方之一，别去晚了。”黎明海再一次提醒。

到了尤家村晚会演出现场，县市的领导班子也陆陆续续到了，黎明海上前一一跟他们打招呼，见到肖珂，他想证实一下早上发生的事。他小声问肖珂："你们倪总怎么没来?"肖珂有些犹豫，但他还是如实相告："山西煤矿那边出了事，集团今天只能由几个副总代表了。你们的廖副局长也没来，估计也有点麻烦。"黎明海有种不祥之兆，他想找方志淩问一下。

方志淩也在人群中找他，见到黎明海，他附在黎明海的耳边小声地说："刚才市里的王书记跟我透了一个小道消息，余副省长、丁副厅长、廖副局长、倪锦添，还有我们刚退休一年多的老朱书记这两天被先后叫进去了。"

"啊，是怎么回事，我说怎么都不来了呢，都有问题?"黎明海大吃一惊。

"据说，利德隆那件事只是个导火索，这个案子早就开始查了，但不是查他，而是从土地下手。安置区那片地，按上级规定是划拨地，不能收钱的，但他们编了个花样收了我们两千万，这事被上面查到，案子正好跟山西煤矿的事撞上了。我们矿山下马，老利这几个月没什么事，赌瘾又犯了，跑到澳门去赌博，结果输了几百万。倪锦添的财政出了问题，老利豪赌失利，于是擅自启封被查封的煤矿，他们抱着侥幸的心理派人挖矿以解燃眉之急，煤矿岩层疏松，他不了解这个情况，加上又急于出产品，把保安矿柱都挖掉了，结果第二天就塌方死了人。因为这个被查封的煤矿注册法人代表是朱世茂，钱是倪锦添投的，这样老朱牵出了倪锦添。这些年，倪锦添将他企业的法人代表都换成了别人，这样出了事，跟他也没多大关系，但这次倪锦添被叫去问话，被问得最多的却是他跟黄梅萍干了很多地块非法买卖的事，这正是上面要查的案子。黄梅萍一下子把廖副局长、丁副厅长都带出来了，还波及到了余副省长，说不定过两天也会把我们叫进去问话呢，你可要做好思想准备。"方志淩说。

"不至于吧，我们能说什么，单位穷成这样。"黎明海说。

"那么穷不是也出了'煤耗子'、'油耗子'吗?"

“是啊，不提醒我倒忘了，你说煤场经理那家伙倒了一辈子的煤，最后真的倒霉了，本来还有一年就要退休，结果被判了八年，够他受的。”黎明海说。

“看完这台晚会，好戏在后头呢。”方志凌笑道。

尾声 新的太阳即将升起

晚上八点多，晚会拉开了序幕。

这台节目虽说准备的时间不长，但因为是用钱砸出来的，荟萃了国内和省的一批一线歌星和影星，很是轰动。但真正下了功夫的节目却是根据卧龙山矿五十年创业史改编的交响史诗《足迹》，这部作品集朗诵、歌唱、表演于一体，分《艰难起步》、《步履铿锵》、《迈向辉煌》、《远去足音》四大篇章，真实地再现了卧龙山半个世纪以来的历程，如诗如画，如歌如泣，让人如临其境，感慨万千。特别是表演工人井下掘进、土法提炼金属的那一段，场面气势恢弘，感人至深。

黎明海转头问方志淩："这个节目什么人编排的，很了解我们这个行业的情况。"方志淩说："一个月前出节目单的时候，书记、局长看上面尽是明星的表演，就提出既然是合办就一定要体现我们这个行业的特色，肖珂的母亲马莉莉有参与节目的编排。"

报幕员走上台预报节目："请听诗朗诵：《山谷的记忆》，表演者，马莉莉等。"她特别解释说这是临时加的一首集体朗诵节目，由当年卧龙山矿工会文娱部长、现在的著名指挥家肖鸿蒙先生即兴创作，卧龙山矿的老职工集体表演。只见马莉莉穿着一件红色的风衣，领头走上了舞台。虽然上了年纪，头发有些花白，但声音依然如铜铃般响亮。

嶙峋的山谷里/一阵清爽的风刮过/抬眼看东南，一群大雁在飞翔/一串怀念的思绪/在心灵的深处疯长/车水马龙的日子/那沸腾的生活/曾经的一切已成回忆/抹不去的是那炙热的烙印。

风，那么的醉人/花，如此的芬芳/那蜿蜒的小河/千回百转/蜿蜒舞起的灯光/照亮了百年的康平桥/如丝的细雨/滋润着广袤的大地/雨后的彩虹横跨在天空/我们相约在快乐的季节/沐浴在温暖的阳光下……

朗诵完毕，台下响起雷鸣般的掌声。

“这首诗是肖大才子诗兴大发，临时赶写的。写好后马莉莉立即带五个人排练，只彩排了半个小时就登场了，真不愧是专业出身。”方志淩说。

“听说肖珂跟马莉莉相认了？”黎明海问。

“不止是母子相认，今天晚上他们一家三口团聚了。”方志淩说。

“看来人算不如天算。”黎明海笑道。

“听说叶胜男过两天又要来了？”方志淩突然问。

“她是大股东，来很正常。”黎明海说。

“不过，她来可是醉翁之意不在酒。”方志淩笑着说。

黎明海一惊：“你这样说是什么意思？”

“上次她来，紫云给她介绍了一个男朋友，是老韩原来那个研究所里的高工，老婆死了多年，老韩去世后，他对紫云很有意思，但紫云已心有所属，就把他介绍给叶胜男了。没想到叶胜男对他很满意，这样一来，一箭双雕，既帮了叶胜男找到了另一半，又解了自己的危机。”方志淩说。

“你这家伙，什么都知道，紫云咋没跟我说呢？”黎明海问。

“我是妇女之友，紫云怎么会跟你说，那不显得有点小气。紫云是多聪明的一个人。”

黎明海笑：“你做妇女之友倒是挺称职的。”

“你们这对老情人什么时候结婚？”方志凌问。

“明天就去领证。”黎明海说。

在一阵热烈的掌声中，演出圆满结束，观众还沉浸在刚才那激情四射的气氛里，一直在鼓掌，不愿离去。

肖珂是这台晚会主办方的主要负责人，他时刻都在留意周边的情况。这时，他突然看见一个人鬼鬼祟祟地从舞台边上跑开，于是迅速离开座位快步跟了上去，一把扳住这人的肩膀。对方一扭头，果真是郭子龙。肖珂揪住他的胳膊：“你要去哪里，这么鬼祟，干了什么？”郭子龙见是肖珂，冷笑道：“看在我们过去同坐一条船的份上，告诉你个秘密，台下埋了炸药，要保命就跟我走，一会儿台上的人全玩完。”

他俩扭头往台上望去，只见台上的领导和演员已经列队摆好姿势准备合影，摄影师站在三脚架前右手高高举起：一、二……郭子龙仿佛看见：“三”后一声巨响，广场上地动山摇，舞台坍塌，台上的人消失了，在浓烟中，一朵紫黑色的蘑菇云冉冉升起……

“快跑啊，你想死呀！”郭子龙极力挣脱肖珂的束缚，然而，他的胳膊却被肖珂紧紧地箍住，动弹不得。“三”声过后，郭子龙所期待的爆炸声并没有响起，反而是“咔嚓、咔嚓”的闪光灯闪个不停，这下郭子龙也呆住了。

“郭子龙，想不到你这么阴毒，好在我对你早有防备，否则，今晚真的要出惊天大案。”肖珂望着郭子龙痛心地说。那天肖珂跟他聊天，郭子龙那阴森的表情让他警惕，他跟郭子龙是一起长大的，很了解郭子龙的特点：争强好胜，不择手段，报复心极强。肖珂暗地让人监视他的一举一动，果真发现了他制造爆炸案的行为。但他没有马上制止郭子龙，凭他对郭子龙的了解，如果当时制止了，他又会想出别的计划，那更加令人始料不及，不如就让他一心一意干这件事。他一面严密监控郭子龙的一举一动，一面让人及时排除郭子龙安放在舞台下面的炸药。

“哥，你放过我吧，反正没人知道。”郭子龙突然软了下来，他抱住肖珂的胳膊说道。

“没人知道，那是谁把炸弹排除的？你这个人做事从来不计后果，别怪我狠，你能干出这事，说明你心里根本没我这个兄弟，不让你再坐几年牢，就不知道悔改。”肖珂一招手，两名公安干警过来把郭子龙押了下去。

舞台上照样繁花似锦，观众席依旧气氛热烈，刚才那紧张的一幕竟然在无声无息中过去。肖珂长长地舒了一口气，他看看手表，还有几个小时，一个崭新的太阳就要升起了。

后记

为了昨天的记忆

写完《链式反应》的最后一个章节，心中长舒了一口气，写这部书我没有任何功利的幻想和希冀，只为心底深藏的一个美好的记忆。因为这个记忆的底色就是我生活和工作了近三十年的地方。我生于20世纪60年代，我的童年和青春年华是在赣中腹地的一个叫象山的铀矿度过的。那是一个风景如画的地方，山清水秀，古木参天，有“千古第一村”之美誉。我1993年工作调动到广州，至今已有二十年了。无数次半夜醒来，不知身处异乡，脑海里还是一幅幅熟悉的画卷，一幕幕亲切的场景，猛然觉得那里才是我的根，那座山仿佛是我梦牵萦绕的故乡。当地位和财富都成浮云之时，最值得怀念的是人间的真情。

20世纪50年代末，这里发现了大型铀矿，而此前我国一度被称之为“贫铀之国”。铀是制造原子弹的原料，没有铀，就意味着无法造出原子弹，中国就得一直生活在世界大国的核威慑之中。所以当发现这个超大铀矿时，上至中央，下至地方，都非常重视。

那些年，全国各地数以万计的军人和专业精英迅速向这个地方集结。那时县城只不过一万余人，而矿山职工连家属已有五六万人了，无论是规模还是级别都远超普通的县城。然而，创业之初，那种艰苦的条件非一般人能忍受。据老一辈矿工讲，深山里，虎狼出没，交通极为不便，人们的生产和生活方式十分落后。在这样的条件下，要建设一座大型铀矿，谈何容易。为了确保这支开采队伍的素质，矿工大部分由部队整编而来，当时对矿山工人的一般要求是：转业军人、出身贫农、共产党员。就是这些人，用青春和汗水乃至生命，为我国的核工业历史写下了辉煌的篇章。沧海桑田，到了21世纪，这个建设了半个世纪的矿山到了一个十分关键的时期。因国家政策调整，原来红红火火的局面不复存在，面临的是关停并转的困境。在这样的境地下，他们又默默承受改革带来的阵痛，自力更生，奋发图强，尽量不给国家添负担，他们就是这样一群可敬可爱的人。

在浩瀚的文学书籍中，我觉得反映核工业战线，特别是铀矿工人的作品太少了，这与他们那种波澜壮阔的奋斗史很不相符，因不在一线工作，我对铀矿工人的井下作业也不是很了解，但我对他们的生活还是比较清楚的。我选择了小说这种形式，尽量少写专业，多反映生活，《链式反应》就是描写铀矿三代人不同的人生经历和奋斗历程的这样一部小说。

当然，小说并不是一味照搬矿山的内容，而是我生活过、接触过的所有社会角落。当时围绕着矿山的还有很多企业，有些是系统内的，还有很多是系统外的，这些地方发生的事情都是很好的素材，特别是调到广州后，我从事新闻记者这个行业，接触到的社会面更广了，更多深刻的事件进入了小说情节。近年来，有很多当年在矿山生活和工作过的人跟我一样，有着浓浓的怀旧情结，在外奔波了二三十年后，却始终记得这块给他们留下深刻记忆的土地。网上各种纪念文章、图片常常勾起我对昨天的人和事的回忆，这种记忆永不磨灭，日久弥新。

我的父母在矿山附近的一个发电厂工作，因为电厂规模不大，我们的医疗卫生、文化教育都依附在这座全国闻名的铀矿基地。我的小学、中学都是在矿子弟学校就读的，每天跟着矿子弟们一起上学玩耍，课余上他们家做客。很多同学的父母都是转业军人，淳朴热情，豪爽大气，他们来自天南海北，操着南腔北调跟我聊天。师范毕业后，我分配到矿子弟中学工作，后来又调到宣传部，在那里成家立业，那份对矿山的情感始终埋在心灵的深处。

当年，我家离学校大概有三四里路，还要登一个山坡，过一座桥，每天要这样往返四趟。我每天几乎要跑步上学，即使这样还免不了迟到；放学的时候却很悠闲，一边走一边感受蓝天彩云带来的美好心情，有时还特意走一段崎岖的山路，采一把野花回家。我家附近有个机械厂，这里有上百名年轻工人，在上班路上，姑娘小伙有说有笑，意气风发，我每天与他们擦肩而过。整整十年，除了周末休息，我们天天见面。虽然从来没有跟他们说过话，但我想彼此之间，始终有这样一个印象，一些创作灵感就来自他们。

《链式反应》所描述的是一个曾经辉煌的军工企业在转制困境中的人和事。我选择了这样一个横截面来写，这是因为我对矿山的转制及生活区的挪移安置并不陌生，小说主干的设计其实很简单：卧龙山矿实行改革转制，要在省城弄一块地皮建生活区安置老矿工。围绕着这个事件，对卧龙山矿和与之有关的各种社会关系展开了全景式的描写。开拓者们艰苦创业的历程没有作正面描述，全是侧面描写，更多的是白描式的叙述。重点放在以黎明海为首的第二代矿山主人身上，着力凸显了他们为了矿山的未来所做的种种努力。

《链式反应》着重刻画了铀矿三代人的人生，第一代是开发矿山的“垦荒牛”，他们中有把毕生的精力放在地下深处的部队转业兵；有技术精湛，对工作一丝不苟的科技工作者，为了心中理想可以牺牲一切是他们的共性，这些人可以说是我们父辈的写照。小说的重点放在矿山的第二代人物上，这时社会和企业都处在一个转型期，国家政策调整，企业由盛转衰，社会和体制内各种矛盾突出，残酷的现实迫使他们为矿山的未来千方百计寻找新的彼岸。第三代是新时期社会多元化的产物，他们中有在逆境中不屈不挠，智慧杰出的年轻人，也有放浪形骸自暴自弃的待业青年。在这三代人身上，牵扯着社会方方面面的焦点和一群社会人物。

小说塑造了一群典型人物，主要想展现矿山人的几种特殊的情感，一是友情，黎明海跟方志淩的关系是铀矿子弟中最典型的，他们的父母当年是战友，一起读书，一起成长，后来又在一起工作，不是兄弟胜似兄弟。二是爱情，黎明海与妻子贾鸣芬是矿子弟婚姻的写照，因为矿山非常封闭，年轻人的婚姻基本上是在内部解决，往往他们的父辈就是战友和同事，他们对另一半了如指掌，这样对他们来说既是好事也是坏事，审美疲劳见异思迁不可避免。三是亲情，因为矿工大部分是军人出身，文化不高，他们对事业充满热忱，而对妻儿老小疏于照理。如贾二宝对子女，包括龚凡对子女都是这样一种态度。在描写这些情感中，我尽量充分地展现出人性之美。在矿山，待业青年是不能不写的一族，这里只写了两个典型，一个是从小被遗弃，但发愤向上，有理想有雄心，在改革大潮中弄潮的肖珂；一个是劳模的后代，但自暴自弃，最后走上蓄意杀人的郭子龙。社会上的人物有倪锦添、丁成奎、余江水和廖丙章，他们亦正亦邪，有胆量、有远识等过人之处，同时，又为了自己的一己之私，尔虞我诈，投机专营，利用手中权力索贿受贿，是新时期各种人物的典型。

我的态度就是尽力将小说写得好看些，以个性化语言刻画人物和揭示人物的心理活动。也尽量避开不熟悉内容，突出所了解的风土人情，人伦家庭。理想很美好，只是本人才疏学浅，或是对一些实际情况比较生疏，还是有很多东西写得不深刻不到位，希望能得到读者的谅解。

这本书的出版，得到了很多朋友的关心和支持，在成书之前，我将手稿给了不少专家、文友以及儿时的玩伴过目，他们提出了不少意见和建议，老同事彭富良先生特别勘正了书中一些不够专业的提法，总之，这本书的完成，离不开他们的帮助，我在此深表谢意。

2013 年 12 月 31 日于广州

评论

那山　那井　那人

——一座特种矿山的文学记录

谢连波

此书出版之前，作者邓静宜曾向我征求意见，我浏览全篇后，认为这是在当下文学中，难得的一部直面人生的厚重作品，但在一些情节和细节的处理上，提了一些我的看法，作者表示赞同，并采纳了我的意见。当她将修改稿再次呈我审阅时，作品的思想深度和艺术表现上都有了一个质的飞跃，我被书中的人和事深深震撼了。《链式反应》描述的是一个曾经辉煌的军工企业在转制困境中的人和事，为一群特种矿工及其子弟的命运作传，为这一鲜为人知的特殊群族留下史诗般的档案，这表现了一个作家的情怀和社会责任感，更难得的是，这一特殊的题材却涵盖了社会人生的普遍意义：恩怨情仇，贪腐欺诈，忠奸争斗，如一斑之窥全豹，一滴水之见汪洋，是值得一读的好作品。

一股浩然正气扑面而来

卧龙山矿是一座提供核原料的矿山，它从发现到建设的本身就是一部荡气回肠，恢弘壮丽的诗篇，全书充满了一股浩然正气，这股正气来自矿山的奠基人，即以黎友山为代表的一大批矿山垦荒牛。他们来自革命队伍，从战场上走来，在祖国需要的时候，脱下军装，拿起风钻，转入深山采矿。他们有崇高的理想，坚定的信念，铁骨铮铮，舍生取义，正气凛然。这里随便举几处这样的细节：

“他们都是军人，军人以服从命令为天职。几十辆大篷车行进在崎岖的山路间，融化在火一般的杜鹃里，这瑰丽的景象把这些军人的心灼热了，他们在默想，为了党的事业兴旺发达，为了国家的繁荣富强，无论被派到哪里，都将心甘情愿，粉身碎骨在所不惜。”

书中还写道：“干部吃苦在前，工人们干起活来，那种场面又是何等壮怀激烈。这位郭傻子连续几天加班加点，在高温烟雾的熏烤下，两眼红肿，双手脱皮，声音嘶哑。坑道工是一批刚刚从部队转业的战士，为了多出产量，在百米深的巷内打水平钻。他们争分夺秒，饿了，啃个冷馒头；渴了，喝口生水，一直打到钻机发烫，再换下一拨人。”

特别是在“绵延的荣光”这节里，集中再现了“飞虎队长”、“一摸准”、“铁公鸡”等一批这样的有血有肉，感觉真实，让人肃然起敬而又平凡的英模。

同时，小说还描写了一批知识分子在这场伟大的事业中的无私奉献。如留苏专家龚凡、总工程师王文辉、子弟学校教师庹老师夫妇等，这些人为了国家的利益，牺牲了自己的利益。他们放弃了个人美好的前程，放弃了都市舒适的生活，在封闭的深山里奉献了自己的一生。如“活着干，死了算，献了青春献子孙。”这些豪言壮语，都是这批人发自心底真真切切地喊出来的。这些典型都是在生活中提取，然而又高于生活，这种对核工业铀矿队伍的英模们史诗般的描写，让人在真实与虚拟中徘徊，因了这些，作品显得坚实而有力度。书中还写了以黎明海为首的矿山第二代主人，他们有高度的责任感，有担当，在工作上认真负责，精益求精，为了矿山的未来，殚精竭虑。在处理一系列问题上，也是充满了正气。如为木材厂的一位家属打抱不平，不与好色商人同流合污，等等。可以说，一部好的文学作品，比理论著作发挥的作用要大，读了这部小说，对平复当下人们一切以个人利益为先、一切向钱看的浮躁心态很有益处。

一个充满张力又封闭的氛围

卧龙山矿是一家国有大型军工企业，本身就有很多不为人知，不引人注意的地方，矿山人来自五湖四海，由专业人才、退伍转业兵和少部分当地农民组成。俗话说，一方水土养一方人，长期以来的磨合，形成了一种有别于地方的一种独特的文化。书中多次提到了矿山人的特质，这种特质在这个群体中表现得特别突出，让人印象深刻。如尤拐子夸矿里人："你们矿上人就是好看，高大、白净，一口标准的普通话，走在路上，一眼就能分辨出谁是矿子弟，谁是乡巴佬。你们的人来自五湖四海，吃的是牛奶白馍，后代都是杂交出来的。当地人找对象，以找到矿上人为荣。如果谁走了狗屎运被矿上招了工，立马身价百倍呢。"尤拐子不愧是在卧龙山矿成长起来的农民，虽然一辈子没有出过卧龙山，但他身上显现出这座矿山文化的强大渗透力，素质不凡，能说会道。

书中描写了黎明海与方志淩那亲如兄弟般的感情，黎明海在多次危难时刻都有方志淩这样的兄弟为他挺身而出。遭车祸身负重伤，是方志淩送他到省医抢救，并代他解决了井下冒顶事故；鸣芬病重，也是方志淩出面联系医院；这种感情是深受上一代人的影响，代代相传的。如同学聚会那段：他们不但是发小，而且还是邻居，父辈是战友或同事，他们就像在一个家庭长大的孩子，无论出差还是游玩，都习惯住同学家里。他们还有个习惯，回老家或外出，喜欢将房门钥匙交给对面邻居。他们的孩子在一起更是亲密无间，每个孩子都吃遍整栋楼门的所有人家。家长上幼儿园接孩子，一般都会同时将邻居的几个一起接回来。还有对他们特殊口音的描述：他们的父辈一个个南腔北调，可到了他们这一辈，却是清一色的普通话，甚至还带上那卧龙山一带的口音。这种口音能够在茫茫人海中将他们分辨出来。只要有心去找，全世界每一个角落都可能有卧龙山的子弟。

还有关于对矿山的现实描写：因为矿山长期处在一种封闭的状态，半个世纪以来，除了外面调来和分配来的，职工很少流动，很多人在一个岗位上，一干就干到退休。年轻人的婚恋也基本上在内部解决，所以到后来，亲连亲，故沾故，很多人都成了亲戚。没成亲戚的在一起共事或做邻居几十年，感情也不会比亲戚差。大家低头不见抬头见，不看僧面还要看佛面，有什么错误，别人也会看在父辈的份上放一马。即使是出了经济问题，只要不是太严重，也都是内部解决，不会上诸于法律。

也正因这样，这批人在市场经济的大潮中落了伍，不善于开拓市场，宁愿受穷，也不愿意将企业转制。如黎明海的老岳父听说机械厂又要被民营机构兼并，气得抽出皮带揍人。张扬的个性，封闭的环境，造就了这样一个独特的群体，书中还提到了子弟学校的教育，当年他们是万众瞩目的国有军工企业，连美术、音乐这样的副科都有科班老师，在当地首屈一指。这些因素决定了矿子弟们见识广、素质高，有强烈的自豪感和自信心，但又缺乏市场的历练，固步自封，这个特殊矿山独有的氛围和群体，在作者细腻的笔下跃然纸上。

一幅现实生活的生动画卷

当今文学作品普遍缺钙，一些作家热衷于风花雪月的恋情描写而回避尖刻的社会矛盾及历史难题，但这部长篇新作《链式反应》却是个例外。作者敢于直面严酷人生，小说聚焦了社会转型期和矿山转制期的焦点问题，如老而病弱穷困的矿工、偷鸡摸狗斗殴闹事的待业青年、与矿山争利的农民、乘人之危的老板，与私企勾结的贪官、在感情旋涡中挣扎的男女，作者对矿山转制及生活区的挪移安置陷入困境怀有深刻的同情，对牵扯其中的贪腐、阴暗有着无比的憎恶。

不难看出，作品的情节和素材都是取自于作者所工作和生活过的环境，有着浓重的现实背景。小说视野开阔，涉及面广，这部仅有二十多万字的小说涵盖了社会生活的全部，矿山、学校、乡村、医疗、体育、珠三角、乃至战争、“文革”等等，为读者敞开了一个恢弘开阔的社会时空，正是这生活化社会化的内容让小说丰富了内涵与韵味。作者做过教师、宣传干事，特别是从事了近三十年的新闻工作，耳闻目染，其笔墨所至，完全是时下社会生活的百态图，各种人物和形形色色的故事，是一个时代对人性的强力透视。

书中虽然是以矿山为背景，但主要内容还是社会现实的写照。作品涉及官场、转制、改革等等，但作者不拘泥于这些，跳出这个框框，把写作重心放在了人性、人情和人心上面。她的小说，充满了对社会的观察和自己的思考与判断。从中也可以看出，作者是一个典型的记者型作家。作者在矿区工作和生活了多年，对矿区熟识并怀有深厚的感情，对矿山转制期的焦点问题也有深刻的理解。小说一开篇就展开尖锐矛盾：“矿长，不好了，昨晚尤拐子又把路挖断了！”幼年被矿车扎断腿的农民挖断了生产大动脉向矿山要挟索赔，派出所民警赶到现场处理，结果农民聚众闹事，砸警车，打民警，还扣了民警作人质。这事若发生在地方上的乡村，县公安局一闻讯息立即就会汇集警力处置，力量不足，地级市警力会迅速增援。但卧龙山矿区是特殊的军工企业，行政级别与地级市平行，中央直属，如今不景气，市县都装聋作哑不愿理。咋办？峰回路转，非常事件用非常手段处理，一帮顽劣待业青年提着掺了汽油的水桶威吓放火烧屋，解救了民警也暂时解决了问题。

错综复杂的矛盾随着故事情节的进展展开：待业青年围困党委

要求转正，老矿工希望挪移到省城安度晚年，唯利是图的老板贱吞矿区资产，矿井发生冒顶事故三十名矿工被埋……作家描述的一件件都是严酷的社会矛盾，更可贵的是，作者批判的锋芒直指当今社会最令人关注又最令人憎厌的官场贪腐。但作者从容面对，照实写来，因此有很强的感染力和震撼力。当下官场贪腐积集深重，已到天怒人愤的地步。反腐反贪小说蓬勃一时，出了不少很受读者欢迎的作品，《链式反应》非专写反腐，但锋芒犀利，利刃直插官场腐败。正如一名作家所说：真正的文学作品总是在真实和虚构中行走，既让人看到生活的本真，领会到人生的苦甜酸辣，又让人体会到文学的价值，领略艺术的美妙神奇。

一组过目不忘的人物群雕

社会转型期呼唤与时代相适应的杰人，当下长篇小说的创作应担负起塑造一个能够承担历史命运的典型人物，小说提供什么人物，让读者如何认识世界，至关重要。小说聚焦社会转型期的人物命运转折，在典型环境中塑造了一群鲜活的人物，成功地塑造了卧龙山矿三代人这样一个群体形象，充分地展现了人间的真善美，狠狠地鞭挞了假恶丑，读后给人们留下深刻的印象。

首先说以黎明海的父辈黎友山、贾二宝、方仁峻、刘一刀、龚凡、王文辉、郭傻子、飞虎队长等第一代矿山的开荒牛，他们从硝烟弥漫的战场上走来，身经百战，九死一生，在祖国需要的时候来到这里。他们的那种信念，在常人看来不可思议。如庹师母欣赏黎明海的音乐素质好，有艺术细胞，特意到黎家做黎友山的工作，让他同意儿子去考音乐学院。

黎友山的眉毛拧成一个结：“什么，唱歌，让我儿子当戏子？不行！”庹师母解释，“黎矿长，你的思想太封建了，现在的文艺工作者是很光荣的，明海喜欢，你为什么不让他报呢。”

“你让别人去报吧，我儿子一定要接我的班，现在没仗打了，否则我还会送他去打仗，吹吹唱唱，算什么男人?”黎友山不客气地回绝了。

这个情节很出彩，但并不夸张，当年那个时代，我们那一批忠诚的干部的确是把党的事业看得高于一切。如郭傻子就是这样一个典型代表：他干活从来没有时间观念，也不计较报酬，不是他当班的时候也是随叫随到，加班加点毫无怨言，以至于一些人叫他“傻子”。他也不生气，还自豪地说：“有人说我傻，我是傻，可为了早日实现共产主义，我就是要做一个革命的傻子。”龚凡原是卧龙山矿的高级工程师，最早一批的留苏人员，是个经验十分丰富的采矿专家。一口井打多深，放多少炮，往哪个方向掘进，他说了算。矿脉的走向，矿藏量多少，他一眼就能判断，人们称他是“井下之王”。这样一个业务精英，他的结局却让人无比唏嘘。

黎明海说得上是当代的“英雄”，但又非“高大全”式的人物。他是红二代，当过兵，在竞聘中当了矿长。他事业心和责任心强，有正义感和原则性，他精明干练，英俊潇洒，有女人缘而又不乱性，是当下理想的男人和企业领袖。这个人物的价值还重在体现十八世纪至今的道德状况的细微变化。他的妻子贾鸣芬去世，他陷于沉痛之中，友人就劝也是丧夫不久的前女友苏紫云共处一室照顾他，相拥中竟忘情地性爱，这深刻而又真切的描写，展现了真实的人性。这其中的道德基石就是真爱，没爱的性他坚决不取，对于富有的女同学叶胜男直白的示爱，他坚决拒绝，这就是黎明海形象的光辉所在。

待业青年肖珂又是一位塑造得比较成功的典型。他是一位弃儿，十岁即独立生活，没上过大学却凭自学获得丰富知识，更重要的是底层生活让他看透社会人生。他多才多智，宠辱不惊，有理想有雄心，在改革的大潮中弄潮搏击。这么几件事中将其形象凸显出来：尤拐子们砸警车扣民警是他出谋解救、矿山与倪锦添谈判是他拥有详细资料而不至于惨败、他遇辱不惊获倪赏识重用、他出谋策划建设卧龙山旅游区。他鄙弃了拥有权柄的黄梅萍赤裸裸的性引诱，令他的形象更加正面。艰难困苦育汝于成，这和官二代的同母异父的弟妹丁豆豆们正好翻了个个。

倪锦添个子不高，体格强壮，天庭饱满，环口豹眼，虎虎生威，额有刀疤。外形即似在社会中滚打的枭雄。他一出生母亲就死了，父亲假右派押去了西北劳改，由于无人管教，青少年时打架斗殴，成了黑社会头目，给人护场收数。改革开放后他转做生意，欺行霸市，投机取巧，以次充好发了财，于是洗黑抹红，捐钱公益，当上优秀民营企业家和政协委员。经营上他空手套白狼，克扣工款，打压商家，大发不义之财，身家达百亿之巨。他勾结贪官，行贿钻营，织就官场关系网，可以调动副厅长副省长为其谋私。成也贿贪官，败也贿贪官，倪锦添是新时期唯利是图的商人中的典型，当今并非罕有。丁成奎和黄梅萍是贪腐土壤滋生出来的一对雌雄毒蝇，丁利用手中权力乱批土地，贱批土地，索贿受贿，价值千万豪华别墅唾手可得。贪官多有情妇，黄梅萍一个什么也不是的农家女，凭几分姿色和一个肥美的屁股上位，居然当上了处长，野心勃勃还对丁成奎逼宫谋求坐正。书中还描写了“西米右派”、“刘一刀”等这样一批人在历史进程中的灰色人生。作品对一众人物的描画亦很形象，很精彩，惟妙惟肖，如贾鸣芬的痴情、贤惠、知情达理；如贾二宝、黎友山的粗豪固执等。

一部情节紧凑注重细节的力作

一般来说，女作家多写些生活化情感化的题材，而且写得柔情细腻，而男作家更多喜欢宏大叙事。《链式反应》就属宏大叙事，虽然是破碎性的历史叙事，但毕竟宏大，这在女作家中是少见的。小说的主干情节其实很简单：卧龙山矿转制，一些分矿及工厂下马，并要在省城弄一块地皮建生活区安置老矿工。作家并没有作正面描述，几乎全是侧面描写，且是白描式的叙述，但小说读来却异常有吸引力，很出彩，究其原因在以下几个方面。

一是作者构思精妙，把握节奏，善于铺垫。在这部小说中，一个个情节出人意料而又在情理之中。如在上篇的第三章就写了鸣芬去医院看病，因碰上小学男同学而终止了妇科的检查，留下了后患，终于在中篇的末章因病医治无效，撒手人寰，令人扼腕。还有黎明海突如其来的私生子、卧龙山矿突发事故、待业青年大闹机关，以及后面的所有结局，前面都经过了精心的铺垫，让人们觉得出乎意料又合情理。相对她以前的两部长篇小说，这部显得更加厚重，更加匠心独运。作者还善于将一些片段式的甚至不相关的故事连缀成篇，这归功于作者日常对生活的观察、感悟与积累。这一特点从她第一部小说《花开的声音》就明显可见，《花》全书都是学习班琐事，却写得有声有色实属不易。

二是细节把握精准。细节决定成败，细节是小说这一文种的精灵，人物形象全靠细节撑起来。小说里的一些片段和细节很精彩，其中方仁峻、黎友山各自老婆的生产，以及黎友山抓反动医阀刘一刀抢救粟右派濒临死亡的妻与子的描述就非常到位，既准确反映了当时畸形的社会政治现实和其中的人际关系，又刻画了黎友山和粟右派鲜明的人物个性。这般精彩的片段书中很多，如解放战争中方仁峻转投解放军，以及文化大革命中黎友山等几个被批斗的描述都是很典型的。以细节刻画人物是成功的要素，如表现黎明海的精明干练，则写他及时调整战术，用背身发球打败怪球手。表现他灵魂高尚则写他面对富姐叶胜男的强势告白不动情，等等。场面的细节更是细腻独到，如，同样是描写办公室环境，叶胜男与西米粥的就截然不同。“叶胜男的办公室足有半个篮球场那么大，一色的红木家具，黎明海心里估算了一下，这些陈设没有五百万拿不下来。”而西米粥的呢，“办公室在省城最中心地带，一面弧状的玻璃幕墙将整个城市的风景尽收眼底。房间分了几个区域，办公间有一张巨大的班台，后面是一排顶天立地的书柜；接待区域是一圈奶白色的真皮沙发和茶几；休息区则有超大的席梦思床和豪华的卫浴间。”只是两个办公室的描写，就将一中一西、一传统一现代，两个人物的背景表露无遗。再一个是心理描写到位、准确。如黎明海对贾鸣芬的感情转变，肖珂对母亲的态度等等，可以说恰如其分。

三是整篇小说语境直白质朴，简练明快，甚至可称精到，特别是对话很符合人物的身份、性格。这也是她的一贯风格，她的小说语言干净，略带一些诙谐，看似缺乏文学作品对语言的精雕细琢，但它却是生动有趣的。在阅读的体验中，经常会让人会心一笑。如黎友山骂儿子：“就凭我是你爹，混账东西，夫妻在一起主要是过日子，整那些没用的干啥!”

文学作品是通过艺术的形式来反映现代社会和生活，作者用对人物的爱和憎表达自己的思想和情绪，读了《链式反应》，我为作者的新作高兴，希望她能坚持下去，在自己熟悉的这一片沃土上，有更多的收获。

（作者系中国作家协会会员，著有《红色痉挛》等长篇小说）